La Peste

鼠 疫

[法] 阿尔贝·加缪　著

孙宁　译

百花洲文艺出版社

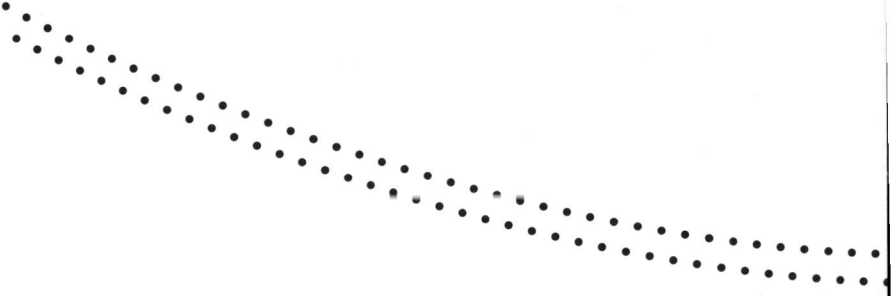

La Peste

就像用虚构表现真实的世间万物一样，使用一种桎梏去表现另一种桎梏，确实有其合理之处。

——【英】丹尼尔·笛福
Daniel Defoe

La Peste

contents

◆ 目 录 ◆

Volume
001 第一部

Volume
049 第二部

Volume
127 第三部

扫码听故事

鼠 疫

Volume
141　第四部

Volume
201　第五部

Volume

• 第一部 •

这是一部纪事作品，其中所讲述的奇特事件发生在一座普通的城市。而不同寻常之处正在于此，因为这类事件不应该发生于 20 世纪 40 年代的奥兰——一个法属海外省的省会，位于阿尔及利亚的海边。

　　在这样一座平淡无奇的城市，人们很难展开想象的翅膀。它外表宁静，城市内部既没有花园也没有树林，根本听不到树叶沙沙的声响，也看不到鸽子展翅飞翔的画面。在这座相当丑陋的城市里，想要发现季节的变化，只能通过头顶的天空来观察。要感受春天，就得感受到新鲜的空气，看到小贩们运送来自郊区的大批鲜花；夏天时则骄阳似火，墙壁上都布满灰尘，房屋都被烤得生机全无，人也只能躲在阴影下生活，百叶窗都紧紧闭住；秋天却是大雨滂沱，一片泥泞，和盛夏时节的光景形成了鲜明对比；晴朗的天空只有在冬天才得以充分享受。

　　想要了解一座城市，最简单的方法就是去观察这座城中居民的劳动方式、爱意起处，还有死亡时分。在奥兰这座小城，这些事情竟然都同时进行，所表现出来的神情也都兼具漫不经心和狂热不羁，这可能是受到了气候的影响。可以说，人们对这种百无聊赖的感觉习以为常。居民们尤其喜爱经商，他们都说做买卖就是自己的首要任务，所以他们在周一到周六的白天都在为了发财勤勤恳恳地工作。到了傍晚，离开办公室之后，人们要么待在自家的阳台，要么按时去咖啡馆聚会，去同一条林荫大道上散步。而一周余下的那点时间，人们则用来享受简单的生活乐趣，比如电影，比如女人，比如在海边沐浴。年轻的人们会有强烈的享乐欲望，老人们的消遣则要简单得多，无非是与联谊会的朋友们吃吃喝喝，参加法式滚球协会的活动，又或者到俱乐部打牌，碰运气大赌两把。

有些人也许会认为，这些现象是当代人共有的，而不是这座城市独有的。正常来讲，人们都是从早工作到晚，娱乐时间则用喝咖啡、闲聊，还有打牌来消遣。不过呢，也有些城市、有些地区，那里的人时不时就会去臆想一些别的事情，这种臆想一般并不会对他们的生活造成改变，但是这种臆想会让人觉得比什么都强。而在奥兰，情况却截然不同，这是一座完全现代化的城市，没有臆想的余地。和在其他地方的人一样，这里的人们都缺乏关于时间的思考，所以他们相爱的状态并没有什么值得描述的。男人和女人都浑浑噩噩，除却长相厮守于两人世界中，便是在阴阳刹那间的交流中恣意纵欲，很少能见到两个极端之外的折中状态。

在我们奥兰，人临死时可能遇到的麻烦尤其显得特别一些。但是，用"不适"一词可能比"麻烦"要恰当些。生病对于人们来说本就不太舒服，但在有些城市、有些地区，病人会自然而然地得到照顾，因为大家都认同病人需要有所依靠，需要温情，这是合乎情理的事情。但是在奥兰这座城市，不幸生病的人只好陷入孤独，尤其是临终的那些人，就像身陷囹圄一样，只能被困在重重围墙中，听着热浪把墙烤出噼啪声。奥兰有着极端的气候，景观也枯燥无味，白日易逝，人们忙于生意，连娱乐都显得无趣。所有居民都在电话里或咖啡馆里谈论着提货单、票据和贴现事宜。对于这座城市来说，哪怕这里已经颇为现代化，死神的降临也总是让人感到不适。

我指出这样几点，也许足以让人对我们的城市有了解。大体而言这座城市很平庸，这里居民的生活也十分平淡，但一旦养成了生活习惯，日子也就不难打发了。从这个角度看，这种轻松如常的生活，也称得上是不错了。居民们都夰满活力，直率热情，一切都不至于杂乱无序，所以游客们总是对这里抱有一定的敬重。这座城市本身虽然没有灵魂，又缺乏植被，毫无美景可言，但总还是能让人感到悠闲自在，易于进入梦乡。值得补充的还有一点，城市之外是无与伦比的美景，四周都是山丘，阳光明媚，而城市就坐落在一片平原中央，荒芜却僻静；城市前面则有一个风景美不胜收的海湾。唯一有些令人遗憾的是，要欣赏大海，需要一段脚程走过去，这是因为城市是背向海湾建造的。

这样说来，恐怕大家不难理解，那年春天发生的事情，在所有居民的意料之外。而那些事情，则催生了一系列的严重事件。我们也会看到，本部纪事作品的主题，就是这些事件。这些对于一些人来说非常自然的事情，在另一些人看来则难以置信。而作为一名纪事作品的作者，当知道事情确实已经发生，全体人民都性命攸关时，他的任务就是忽视那些自相矛盾的说法，说一句"这件事发生了"，而成千上万不计其数的见证者也会来由衷证实他说的不假。

此外，叙述者（到时候我们就会知道他的身份）其实原本是没有资格从事这项事业的，但是命运的力量将他卷进了这些所有要他讲述的事情中，也因为机缘巧合，他能够收集到足够数量的证言，而正是在这样的条件驱使下，他能够成为一名历史学家。当然，历史学家哪怕再业余，也总能掌握到一些普通人没有的资料。资料的来源，除却叙述者本身的见证材料外，也有别人的，在这篇纪事作品中，所有人物都因为他的位置向他倾诉了自己的心里话。而除此之外，还有那些辗转从他人手中得到的资料。对于所有这些资料，叙述者想要查考那些在他看来还不错的资料，也想随意使用这些资料……不过，我们还是先言归正传，将这些谨慎的言辞和评论都搁置到一边。我们先来尽可能详细地讲述头几天发生的事情。

贝尔纳·里厄医生于四月十六日的早上走出自己的诊所时，一脚踢开了楼梯间遇到的死老鼠后下楼了，这个时候他并没有对这件怪事多加留意。可是，走到街上后，他忽然觉得那只老鼠有些不对劲，便走回去将这件事情告诉门房。在门房米歇尔看来，这件事情显得格外荒唐，几乎是一种诬蔑。面对这位米歇尔老先生的如此反应，贝尔纳医生一开始只是觉得这只死老鼠的出现有些奇怪，但此时他越发觉得自己的这个发现有些不同寻常。门房对自己的立场十分坚定：老鼠不会出现在这栋楼里。医生百般讲述自己在二楼楼梯口遇到一只老鼠，还是死的，言之凿凿，但都只是白费了口舌。米歇尔老先生仍然坚信这栋楼里没有老鼠，这只老鼠是被别人从外面带进来的。总而言之，这不过是一场恶作剧罢了。

贝尔纳·里厄在这天晚上站在楼房的过道里找钥匙准备上楼回家时，突然看见从阴暗的楼道尽头钻出来一只浑身湿漉漉的大老鼠。它停下来，就像是想保持平衡，而后便冲向医生，接着又停下，原地打转，轻叫一声后倒在地上，嘴巴微张，嘴角淌下一股鲜血。医生只是注视了一会儿，便上楼回家了。

在这个时刻，他脑子里想的并不是那只老鼠，而是被那股鲜血勾起的心事。像他叮嘱的那样，他那病了有一年的妻子安然躺在卧室里，以便养足精神，好在明天去往一家山区的疗养院的路上能够应付旅途劳顿。

"我感觉很好。"妻子笑着说。

妻子已经三十岁了，床头灯下，医生端详着面对他的这副面孔，在他看来，妻子虽然有些病容，但这张脸仍然和少女时一样。也许，是脸上的那丝笑容隐匿了其他一切。

医生说道："睡得着就睡会儿吧，十一点钟护士会过来，到时候我会陪你，去车站坐十二点的那趟火车。"

医生亲吻妻子的前额，那里有微微的湿润，妻子微笑着目送他到门口。

四月十七日，也就是次日，医生路过门房身边时被拦下了，米歇尔老先生对那些恶作剧的人大加指责，因为他在过道里发现了三只浑身是血的死老鼠，大概是用大号捕鼠器抓来的。门房站在门槛上，拎了好一会儿老鼠爪子，说尽了冷嘲热讽的话，可是并没有达到让恶作剧制造者们原形毕露的目的。

米歇尔先生只好说："哼，那些家伙，我迟早会抓到他们。"

里厄对此十分困惑，他要去巡诊他那些最贫穷的病人们，他们住的街区在城市的郊区，这些街区清理垃圾比别的地方要晚得多，汽车在驶过一条条街道时，扬起尘土，车身几乎擦着被随意丢在人行道边的垃圾箱。在车来车往的一条大街上，医生数了躺在破布堆和烂菜叶里的死老鼠，大概有十二只。

医生出诊要看的第一位病人，住在一间街边的屋子里，这屋子既是卧室又是餐厅。现在病人正躺在床上，这是一名西班牙人，已经年迈，面容布满沟壑，但仍然刚毅。病人半坐在床上，两个小锅摆在他面前的被子上，装满了鹰嘴豆。看到医生进来，这位半坐在床上的呼吸急促的哮喘病人身子后仰，想要重新喘口气，他的妻子连忙将一只小盆拿来。

在打针时，病人说："医生你好，你看到它们跑出来了吗？"

他的妻子接话："是的，邻居都捡三只了。"

老人搓着手："它们一定是饿坏了！所有垃圾桶里都能看见，它们都跑出来了。"

在这之后，里厄开始注意到全街区都在讨论这些老鼠。出诊结束之后，他便回家了。

米歇尔先生说："您有一份电报在楼上。"

里厄询问老先生有没有再看见老鼠。

门房回答："没有，我在这里盯着呢，您知道的，那些畜生不敢进来。"

那份电报通知里厄，明天他母亲会来帮儿子照看家务，在儿媳去疗养院期间。护士在医生到家前就已经来了，他正好看到妻子站在那里，穿着一身套裙，略施粉黛。

医生对妻子笑了："很好，很好。"

随后不一会儿他们就到了车站，在卧铺车厢中，医生把妻子安顿好。妻子看了看车厢：

"这对我们来说是不是太贵了？"

医生回答："都是必需的。"

"听说闹老鼠了，怎么回事？"

"这事很奇怪，我不太清楚，但都会过去的。"

接着，医生语速很快地请求妻子的原谅，因为他没能好好关心她、照顾她。妻子摇头，似乎告诉丈夫没有必要说这么多。

但医生继续说："当你回来时，一切都会变好，到那时我们可以从头开始。"

妻子的眼睛里闪耀着晶莹的光芒："你说得对，我们可以从头开始。"

不一会儿，妻子转过身去看着窗外，背对着医生。人们在站台上摩肩接踵，一片熙熙攘攘。这时，两个人都听到了鸣笛，这声音来自火车头。医生叫了妻子一声，看到转过头来的妻子已然是满脸的泪水。

里厄轻声说："别这样。"

妻子又一次微笑起来，只是这微笑在泪水中显得有些僵硬。

"走吧，"妻子深吸一口气，"一切都会好起来的。"

医生紧紧地拥抱了妻子，然后便回到了站台，两个人之间隔着一层车窗的玻璃，他能看见的只有她的笑容。

医生说："要好好照顾自己。"

只是，这句话妻子并不能听见。

医生在站台的出口不远处遇到了牵着小儿子的奥东先生。他是位预审法官，穿着一身黑色的套装，身材瘦长，看上去有些像殡仪馆敛尸员，又有些像以前那些所谓的上流社会人士。医生问他是否要出门旅行，他用和蔼的语气简短地回答道：

"我夫人探亲回来，我来接她。"

火车又一次鸣笛了。

奥东先生说："老鼠……"

朝着火车出发的那个方向，医生望了一眼便很快转回来。

他说："是的，也没有什么大不了的。"

医生当时记得最清楚的，就是一名车组人员经过时，腋下夹着一只箱子，里面装满了死老鼠。

这一天下午的门诊开始时，有一位记者拜访了里厄，他早上就来过一趟。这个名叫雷蒙·朗贝尔的年轻人穿着一身运动服，看得出来他的生活水平不错；他并不高挑，但有着宽阔的肩膀，脸庞显得果敢而坚毅，两只眼睛炯炯有神。

对于自己的来意，雷蒙说得十分直截了当，他想要了解的信息是阿拉伯人的卫生条件，因为他在做关于他们生活状况的调研，这份调研委托来自巴黎的一家大报社。

里厄将他们糟糕的卫生环境告诉了他，但在进行深入交流之前，他想要弄清楚记者是不是真的能如实报道。

记者回答："这是当然。"

医生追问："我是说，你真的能对这种状况进行彻底的批判吗？"

"这需要实话实说，肯定做不到彻底批判。而且我觉得这种批判是没有依据的。"

医生认可了这种说法，语气不紧不慢。其实他只是为了弄清楚眼前人是否能知无不言、言无不尽，才提出的这个问题。

他说道："关于你的报道，恕我没办法提供资料，因为只有那种毫无保留地表达的报道，我才能接受。"

记者笑道："这种说法出于圣茹斯特①。"

里厄没有提高嗓门，他只说那是一个厌世的人所说的话，这个人与他的伙伴有同样的看法，他们决心拒绝不公正、拒绝让步。

朗贝尔看着里厄，耸了耸肩，最后他站起来，说："你的意思，我应该明白了。"

"你能这样想很好。"里厄将其送到门口。

"行，我明白。"朗贝尔显得有些不耐烦，"打扰你了，不好意思。"

握手之后，医生告诉他，想要写出一篇十分吸引人的报道，可以从城里最近发现的那些死老鼠身上下手。

朗贝尔叫着："啊，对于这件事我可太感兴趣了！"

里厄下午五点又要出诊，他在楼梯上碰到一个熟面孔，两人此前在住在这栋楼顶层的西班牙舞者家里见过几次。这个年轻男子名叫让·塔鲁，他的体形有些笨重，面容也显得十分敦厚，深陷的眼眶上横着两条眉毛，十分浓密。此时塔鲁正一边看着一只临死前不停抽搐的老鼠，一边还有滋有味地抽着烟。他抬起头来向医生问好，灰色瞳孔中的眼神十分平静，他说这些老鼠的出现很奇怪。

里厄说："确实，这件事让人们恼火。"

"医生，我觉得这非常有意思，真的。从某种意义上来说，你说得很对，我们只是从来没有看到过这样的现象而已。"

塔鲁向后捋了一下头发，又看向已经一动不动的死老鼠，最后笑起来："医生，无论如何，这件事归门房管。"

正当此时，医生看见了楼道口的门房，他正站在楼道口附近，背靠着墙，向来充血的一张脸上有一丝疲惫浮现。

_____

① 圣菇斯特（1767—1794），法国大革命时期雅各宾派领袖之一。

老米歇尔见里厄向他示意有新发现，便说道："没错，我清楚，又有两三只老鼠被发现了。在别的楼房里，情况也差不多。"

老米歇尔的手不自觉地摩挲着脖子，神情十分沮丧，显得不安而焦虑。关于医生对他身体状况的关心，门房当然没有直接说自己的身体不好，而是说虽然有些不舒服，但应该是心理作用，都是因为这些老鼠害的。他的情况会随着老鼠的消失而好转的。

四月十八日，也就是次日的清晨，医生把母亲从火车站接回来了，而后他也注意到米歇尔先生的脸色越发憔悴：他在从阁楼到地下室的楼梯上发现了十几只死老鼠。而这附近的楼房的那些垃圾桶里也都装满了死老鼠。听闻这个消息，里厄的母亲并不显得太吃惊："会发生这种事的。"

这位小个子老太太已经是满头银发，和善的目光从她黑色的眼睛中投射出来。

她说："很高兴见到你，贝尔纳，我的心情可不会被那些老鼠破坏。"

里厄一直认为，只要和母亲在一起，凡事都会变得没什么大不了，所以他对她的话深以为然。

里厄还是给市政灭鼠所的所长打了电话，打听市政部门关于大量露天死去的老鼠的看法，他们两个是旧相识。梅西埃所长早就听说了这件事，并且在离码头不远的所里已经发现了五十多只死老鼠。但他仍然在暗地里思考这件事情到底会有多严重。医生也说不准，但他认为灭鼠所应当采取措施。

梅西埃说："我可以尝试向上请示一下，要是你认为十分必要，那看来上面确实应该下令了。"

医生说："总归有必要。"

在医生的女佣人的丈夫工作的大工厂里，已经有数百只死老鼠被人们捡到。这是女佣人亲口告诉他的。

　　总而言之，这段时间，居民们已经开始对此有所担忧。在里厄医生所经过的那些地方，从市中心到城市郊区，但凡是有居民居住的地方，都有随处可见的老鼠，它们或者成排地浮在排水沟里，或者成堆地被扔在垃圾桶里。自十八日起，人们从库房和工厂里清理出来的死老鼠已经有好几百只。有些时候，人们不得不出手弄死那些挣扎太久的垂死老鼠。

　　晚报自那天起，就一直就这件事对市政府是否采取行动进行质问，质问市政府是否会为了保障市民避免遭受这场令人憎恶的鼠害的侵扰而采取一些紧急措施。而市政府对此没有任何打算，没有准备采取任何措施，只是在市议会先开会讨论后，指示灭鼠所清理死老鼠，并在每天早上派出两辆卡车把清理出来的死老鼠运送到垃圾焚化场进行焚烧。

　　在接下来的几天里，事态越来越严重。每天上午收集到的死老鼠数量越来越多。到第四天时，排成长队的老鼠们在人们的眼皮子底下从地下室、下水道、地窖和储藏室里跑出来，摇摇晃晃地走到光亮的地方，原地打转后便成群地死去。夜里，人们无论是在小巷还是在走廊里都能听到老鼠们临死时的轻声嘶叫。而在城郊街区，人们每天早上都会发现倒在排水沟里的死老鼠，它们尖尖的嘴角上还挂着血丝。有些死老鼠肢体僵硬，连胡须都直竖着，还有些已经腐烂肿胀了。在市区里的庭院或者楼道间，人们都能遇到三五成群的死老鼠。有些时候，老鼠们也会孤零零地死在露天咖啡座旁边，或者学校的操场，又或者行政机关的大厅里。受到污染的，还有林荫大道、阅兵场和海滨步道。哪怕在最热闹的地方，惊慌失措的居民们也能发现它们。清晨时刚把死老鼠清理干净，白天又积累得越来越多。漫步在晚上的街道，许多人都能感觉自己踩到了一具刚刚死去的软绵绵的尸体。就像一个身体原本健康的人体内黏稠的血液忽然激荡不已，我们这座原本宁静的小城如今是多么惊恐啊，不过几天便闹得天翻地覆了。仿佛承载我们房屋的大地正在清理自己的体液，溢到表面的是那些作祟的脓血和疖子。

事态越来越严重，在公开的广播节目中，朗斯多克情报局宣布，光在二十五日这一天清理和焚化的老鼠数量，就有六千二百三十一只。这个数字使得全城居民对每天都能看到的那些景象有了清晰的概念，同时也使居民们的恐慌之情越发加剧。人们在此之前只是把这个事当成一件偶发事件，有点厌恶，从而抱怨。但现在人们发现这个来势汹汹的现象既探究不到根源，也确定不了规模。而那位得了哮喘病的西班牙老人竟还显露出一些老年人才有的喜悦："它们跑出来了，它们跑出来了！"他像这样不停唠叨着。

全城市民不安焦虑的情绪在四月二十八日这天达到了顶峰，因为朗斯多克情报局宣布目前被清理出来的老鼠已经大概有八千只了。有些人开始指责市政当局，有些人要求当局采取能彻底解决问题的措施，而有些人已经计划前往自己的海景房里躲避一段时间。但是到了次日，情报局又宣布了鼠害现象的突然消失，当日灭鼠所收集到的死老鼠屈指可数。全城市民终于松了一口气。

在当天的晌午时分，里厄将车停在楼房的前面时，里厄看到门房正歪着脑袋费劲地从街道的那边走过来，他的神情如同提线木偶，手脚都叉开摆动。一位医生认识的帕纳卢神甫牵着老人，这是一位耶稣会教徒，十分活跃也很博学，在这个城市中的声望极高，哪怕是那些毫不关心宗教的人也会对他敬重有加。里厄等着帕纳卢神甫和门房过来。米歇尔先生感觉不太舒服，想要出去透透气，他喘息时发出咝咝的声响，双眼发亮，腹股沟处、腋下和脖子都感到疼痛难忍，只好请神甫扶他回来。

米歇尔先生说："我走路挺费劲，有几个肿块。"

医生将胳膊伸出车门外，在门房伸过来的脖颈处按了按，摸到一个肿块，像木节。

"我下午来看你，你先回去躺下休息，测量体温。"

里厄在门房离开后，询问帕纳卢神甫怎么看待老鼠事件。

神甫戴着圆框眼镜，眼睛带着笑意说："哦，这绝对是一场瘟疫。"

医生刚吃完午饭，正在读疗养院发来的电报，电报上说他妻子已经到了。这时，医生的一个老病人打来电话，这个病人是市政府的一名职员，患主动脉狭窄症很长时间了。因为他生活拮据，里厄一直为他免费医治。

病人在电话中说："您还记得我吧？不过这次是为别人。您得快点过来一趟，我邻居家出事了。"

老病人气喘吁吁的说话方式让医生想起了门房，但他打算晚点再去看望门房。他在几分钟之后就来到了城外街区的费代尔布街。医生走进一间低矮屋子，气味难闻的楼梯间里十分阴暗潮湿，在这里，他遇到了下楼接待他的那位政府职员。此人大约五十岁，名叫约瑟夫·格朗，胡子是黄色的，高个子，窄肩膀，有些驼背，四肢都瘦瘦长长。

职员擤了擤鼻涕，走到里厄身边，开口道："一开始我还以为他活不下来，现在他好一些了。"

到了最高一层，也就是三层后，里厄在左边的大门上看到了红色的粉笔字："我上吊了，请进来。"

走进去后，他们看到桌子被推到了角落，吊灯下是一把翻倒的椅子，上面则是一根垂在半空中的绳子。

格朗似乎一直在字斟句酌，虽然用词都非常简单，他说："我正要出门时听到了动静，看到大门上的字时，我还以为是恶作剧，但是他发出的呻吟听来非常奇怪，简直可以说是恐怖。幸好我及时把他解下来了。"

他挠着头，接着说："我进去了，因为我认为上吊的过程肯定非常痛苦。"

他们推开房门，站在门口，这个敞亮的房间里几乎没有什么家具。医生向床上的病人走去时，在病人喘息的间隙中，医生仿佛听到了小老鼠吱吱的声音，但房间里没看到任何老鼠的踪迹。躺在铜床上的男人身材矮胖，呼吸吃力，一双充血的眼睛盯着他们。他呼吸不畅，但是好在跌落下来的地方不高，受的伤也不重，脊椎并没有断掉。"得拍一张 X 光片。"医生告诉他，几天后便可痊愈，还给他注射了一针樟脑油。

那男人呼吸不畅地说："医生，谢谢你。"

"通知警察局了吗？"

格朗面对医生的询问显得十分尴尬："还没，当时我认为最紧迫的事情……"

医生打断了："那是当然，那么报警的事由我来做吧。"

然而就在此时，病人突然激动起来，在床上坐起身，说没有必要报警，因为他已经好了。

医生安抚道："安静些，请你相信我，这不是什么小事，警察需要知道。"

那男人应了："哦！"然后他身子向后靠，开始低声啜泣。格朗停止摩挲自己的胡须，走到病人床前，劝道："好了，科塔尔先生。要尽量理解。医生是有这个责任的。比如说，万一您又想不开……"

科塔尔流着泪，说他不会再这样做了，之前不过一时糊涂，现在他只希望别人能帮他舒服一些。医生给他开了一服药。

"好了，我们不谈这件事了。你可别做傻事，过个两三天我再来。"医生离开前对他说道。

在楼梯口，医生告诉格朗他得去报告一下这件事，但是他会让警察过两天再来调查。

"他有没有家人？今晚得有人看着他。"

格朗摇了摇头，说道："其实我跟他也谈不上熟识，只是互相帮助总是应该的。"

医生站在大楼的走道，不由自主地看了看角落，然后问格朗这个街区的老鼠是否完全消失了。虽然有人曾跟格朗聊起过这件事，但他并没有多加留意这些坊间传闻，所以对此一无所知。

"这件事我可不清楚，需要我操心的事情多着呢。"

医生要去看望门房，还要给妻子写信，所以他和格朗握手道别。

兜售晚报的正在大声叫卖，鼠患停止的消息到处传播。而在医生面前的这个门房的体温已经高达三十九点五摄氏度，四肢和颈部的淋巴结都肿了，肋部的两块黑斑还在不断扩大。他一只手搭在脖子上，一只手放在肚子上，半个身子探出床外，大口大口地朝垃圾桶里吐着暗红色的胆汁，五脏六腑好像都要吐出来了。长时间的呕吐后，门房已经上气不接下气了。他重新躺下后，又因为体内的疼痛不停呻吟着。

他说："那死东西在灼烧我，我有很强的灼烧感。"

他说话时口齿不清，嘴唇是灰黑色，他转头看着医生，因为头痛过于剧烈，他鼓起的双眼里流出了泪水。门房的妻子看着沉默的里厄，眼神中满是忧虑。

她问道："这是什么病啊，医生？"

"现在没法确诊，什么病都有可能。从现在起，一直到今天晚上，让他多喝水，别吃东西，记得服用清洗肠胃的净化剂。"

恰好，门房渴得不行。

回到家中，里厄立马给他的同行里夏尔医生打电话。里夏尔是城里最有声望的一位医生。

里夏尔在电话里说道："我没发现什么不同寻常的情况。"

"没有高烧和局部组织发炎？"

"那还真有！有两例淋巴结异常肿大。"

"不太正常吗？"

里夏尔说道："你知道的，所谓正常……"

晚上，门房烧到了四十摄氏度，一直说胡话，抱怨那些死老鼠。里厄尝试着给他做固定性脓肿处理。使用松节油进行灼烧时，守门人痛得大声哀号："啊！那些畜生！"

淋巴结肿得更严重了，摸起来硬得像木头。门房的妻子吓得六神无主。

医生告诉她："你好好看着他，必要的情况下，打电话给我。"

第二天是四月三十日，晴空万里，暖风习习，远郊的花香随风而来。这座小城终于从一周的惶恐中解脱出来，在这一天迎来了万物复苏的气息。早上大街上的喧嚣声比以前更加欢快热闹。里厄收到妻子的来信后，心情愉悦地去看望门房。门房躺在床上，身体仍然虚弱，但体温已经降到三十八摄氏度。他对着医生微笑着。

他的妻子问道："医生，他身体好转了，对吧？"

"我们还需要再观察观察。"

　　然而到了中午，门房的体温蹿到了四十摄氏度，又开始胡言乱语和呕吐不止，脖子上的淋巴结一碰即痛。门房头疼欲裂。他的妻子双手放在被子上，握着他的双脚，不知所措地望着里厄医生。

　　医生说道："听我说，现在我得给医院打电话，派救护车送他过去。我们得把他隔离开来进行特殊治疗。"

　　两个小时后的救护车里，医生和门房的妻子俯下身来注视着守门人。因为蕈状赘生物在他嘴里蔓延，所以他只能勉强说出只言片语："老鼠！"他脸色铁青，呼吸急促，嘴唇蜡黄，眼皮出现了铅灰色，身体已经被淋巴结的疼痛折磨得散了

架。门房蜷缩在床上，仿佛只想用床把自己紧紧包裹起来，又像是受到某种地下的力量的不断召唤。在某种无形的压力下，门房的呼吸停止了。

他的妻子开始哭泣："真的没有希望了吗，医生？"

里厄说道："他已经死了。"

门房的死亡，标志着一段各种迹象都让人困惑的时期结束了，也标志着另一段更为艰难的时期的开始。在这一阶段，前期的震惊都慢慢转变成惊恐。小城的居民们从未想过，他们的家园会变成这样一个独特之地：光天化日之下老鼠成群暴毙，患者一个接一个地得了怪病死去。现在他们意识到了，从前的错误想法必须得到纠正。如果一切就此了结，那这种习惯就会卷土重来。但是居民中的另一些人，他们既不是门房，也不穷困潦倒，却还是步了米歇尔先生的后尘。正是从那一刻起，小城里人心惶惶，令人深思。

不过，在叙述最近发生的这些事件之前，叙述者认为介绍另一名见证人对前面所述时期的看法非常必要。这位见证人名叫让·塔鲁，曾出现在本文的开头。几周前他来到奥兰，自此便定居在市中心的大旅馆中。他表面上靠自己的收入才得以过得如此惬意。但是，哪怕后面居民们和他逐渐熟悉，也没有一个人知道他的来处，还有此行的目的。他的身影出现在每一个公共场所。自初春起，人们经常能在海滩上看到他游泳，他看上去十分开心。他总是笑容满面，肯定是个好好先生，他好像对所有的正当娱乐项目都很熟悉，但并不沉湎其中。其实他唯一公开的习惯，就是他时常游走于西班牙音乐家和舞蹈家的圈子，而在奥兰这座城市，这个圈子里的人数量并不少。

无论如何，塔鲁的笔记都是这个困难时期的一种纪事，只是因为这段纪事对琐碎小事有所偏爱，所以显得十分特殊。在全城混乱之际，塔鲁一心一意地扮演历史学家的角色，记录那些不能称其为历史的事情，尤其注重对人和事物的细节的记载。有些人会为他这一立场扼腕叹息，甚至质疑他冷酷无情。尽管如此，这些出自他的笔记的次要细节对这一时期的纪事依然意义重大，其特殊之处使得人们不至于对这位有趣的人物过早地下决断。

塔鲁的记录最早可追溯到他刚抵达奥兰的时候。从一开始，这些记录就流露出一种奇怪的、置身于丑陋城市中的满足感。他对两只装饰市政府的铜狮进行了详细的描述，也宽厚地评价了荒诞的城市规划、风格简陋的房舍和光秃秃的植被。他还将自己在电车中和大街上听到的谈论进行了记录，但并未进行评价，只有下面这次谈话是个例外。这次谈话内容来自两位电车售票员的交谈，关于一个叫作康的人。

其中一位说道："康这个人你很熟悉吧？"

"康？是留着黑胡子的大高个吗？"

"没错，他曾在铁路上扳道岔。"

"对对，是的。"

"你听说了吗，他死了。"

"啊？什么时候的事情？"

"就在闹鼠患后。"

"好吧，他究竟得了什么病呢？"

"不太清楚，大概是发烧，而且他身体本来就不强壮，腋下又长了脓肿，最后没挺过来。"

"但是他看上去和正常人没什么不一样啊。"

"那可不太一样，他的肺本来就比较虚弱，又参加过市军乐队，长年吹短号，肺受到的损害更大了。"

另一位售票员最后说道："唉，病人不应该吹短号的。"

塔鲁对于自己记录下来的谈话十分不解，康明明知道参加军乐队会对自己身体造成伤害，为什么还要坚持参加呢？是有什么深层次原因支撑着他冒着生命危险为主日游行伴奏呢？

塔鲁房间的窗户对面的阳台上，那里时常上演的场景似乎很合他的心意。实际上，他的房间对着一条横街，横街并不大，墙影下总有几只猫在睡觉。每天午饭后，烈日炎炎下，全城人都在昏昏欲睡时，有一位满头白发梳得整整齐齐的小老头儿会出现在阳台上，他穿的衣服像是军装，身板笔挺，神情庄重。他用"猫咪，猫咪"的话语呼唤着那些猫，冷淡的语气中又带着点温柔。猫儿并不想动弹，只抬了抬惺忪的双眼。老头儿将撕碎的白纸撒在街上，蝴蝶一样飘落的纸屑吸引了猫儿的注意。它们走到街心，犹豫不决地伸出爪子，想要抓住最后几片飘落的纸张。就在这一刻，小老头儿对着猫使劲儿吐口水，但凡吐中了猫，他就会乐得哈哈大笑。

最终，这座城市的商业氛围还是迷住了塔鲁。它的市容、繁华和娱乐活动都和生意需求息息相关。塔鲁赞赏这种"独特性"（这一用语来自笔记本），他有一句赞美的话甚至以感叹号结尾："终于找到了！"似乎这里是在这一时期游客笔记中唯一能彰显个性的地方，但想要从中揣摩严肃的意味和蕴藏的含义也并不简单。另外，塔鲁的笔记中还记录了一位旅馆出纳员因为发现一只死老鼠而记错账的事，他用比平常潦草的字迹加上了以下的内容："问题：为了避免浪费时间，应该怎么做呢？回答：去时间的长河里检验。方法：去剧院售票处却没有买到票；选择最遥远最麻烦的路线坐火车旅行，但是只有站票；听几场用自己陌生的语言所做的讲座；周日午后待在自家阳台上；去牙科医生的候诊室里，坐在一张不舒服的椅子上过几天；等等。"但是，在这些思想和语言上的东拉西扯后，塔鲁详细描述了城里的有轨电车的模糊不清的颜色、从不打扫的车厢以及宛如小船的外观。结尾是一句"真棒"，真是令人捉摸不透。

现在我们不妨来看看塔鲁对于鼠患事件的记载：

今天街上出现了大量的死老鼠，猫儿们受不了刺激，都躲藏起来。我记得我家的猫就十分讨厌死老鼠。我觉得，猫肯定不是去吃死老鼠了，而是跑进了地窖里。街对面的小老头不知所措，非常狼狈，头发乱糟糟的，人也没有那么精神了。不难看出，他有心事。不一会儿，他就回屋了。不过临走前，他还漫无目的地吐了一口唾沫。

今天，城里的一辆电车中途停了下来，因为车上不知怎么回事出现了一只死老鼠。两三位妇女被吓得下了车。有人把死老鼠扔下去之后，电车才继续行驶。

旅馆的守夜人非常可靠诚实，他告诉我，在发现这些死老鼠的时候，他就料到了会有一场灾难，"当老鼠弃船而去时……"我回应说，船有灾难的情况下，这是事实。但这情况发生在城市里，没有谁能去证实。但是他却深信不疑。所以我问他即将会发生什么样的灾难，他并不清楚，灾难是无法预见的。哪怕发生了地震，他也不会感到惊讶。我承认这不无可能，于是他问我会不会感觉害怕。

我对他说："求得内心的安宁，是我唯一感兴趣的事。"

他说他完全理解我的意思。

在旅馆的餐厅里，我看到了有趣的一家人。父亲是个身穿黑衣的瘦高个儿，领子笔挺。他的眼睛又圆又小，目光十分冷酷，嘴巴很宽，鼻子削尖，中间秃顶的脑袋左右两侧都有一缕灰白头发，那模样简直像一只驯养的猫头鹰。他总是第一个走到餐厅门口，然后侧着身子让妻子进来，他的妻子身材娇小，像一只小黑鼠；一儿一女跟在她身后，那打扮活像两只训练有素的小狗。走到餐桌边后，他等着妻子落座，然后自己再坐下，最后才轮到两只"小狗"爬上自己的椅子。他对自己的妻子和儿女说话都用了"您"，可是他对妻子说话时的礼貌中却透露出一种刻薄；对儿女的口吻则斩钉截铁。

"您现在的表现可真让人讨厌，尼科尔！"

毫无疑问，小女孩听了这话差点哭出来。

今天早上的饭桌上，男孩对老鼠的事非常好奇，想要在饭桌上好好说说。

"吃饭时不许谈论老鼠，菲利普，从今以后都不许再说这个词。"

"小黑鼠"附和："您爸爸说得很对。"

于是，两只"小狗"埋头吃"狗粮"，"猫头鹰"满意地点了点头，但是这说明不了什么。

然而这种好榜样并没有起到什么作用，对于这场鼠患，人们依然大谈特谈，甚至报纸也插了一脚。向来主题丰富的本地专栏，现在变成了舆论阵地，专门抨击市政府："我们的市政官员真的不知道这些腐烂的死老鼠带来的危害吗？"旅馆经理被这件事搞得恼火不已，讲来讲去都还是关于这件事。对于他来说，这件事简直不可思议：死老鼠居然能出现在一家声誉颇佳的旅馆的电梯里。我安慰他道："这并不稀奇，现在大家都碰到这种情况了。"

他回答道："正因如此，我们和大家没什么两样了。"

最早的那些奇怪的高烧病例还是他跟我说起的。现在大家都开始担忧，在给他收拾房间的女佣之中，有一个人已经得了这种病。

他赶紧加以解释："不过这种病没有传染性，这一点可以确定。"

我告诉他，对于这事，我其实无所谓。

"我明白，先生。和您一样，我也是宿命论者。"

我并不是宿命论者，也根本没有这么高的觉悟。我告诉他……

自此以后，对于这种莫名其妙地引发公众焦虑的高烧症，塔鲁在笔记中进行了更详细的记述。笔记中提到，老鼠消失后，小老头儿终于找到了自己的那些猫儿，并且他耐心地校正着吐口水的方向。笔记中还说，高烧病例已经出现了十几例，其中大多数都没法治愈。

最后，塔鲁还在笔记中刻画了里厄医生，这也是一项资料。据叙述者判断，这一刻画十分真实：

> 里厄医生大概三十五岁，皮肤是古铜色，脸略微呈现方形，黑色头发被剪得很短，深色的眼睛中透露出来的目光十分犀利，嘴唇厚实，鼻梁高挺，嘴角上扬，且一直紧闭着，下颌有些突出，身材中等，肩膀宽厚，有黑色的汗毛，总是穿着合身的深色服装，所以看起来很像西西里岛的居民。

> 里厄从不戴帽子，表现得胸有成竹。他开车时总显得漫不经心，就算是已经开过了弯道，转向灯的箭头也还是亮着。他走起路来健步如飞，哪怕是在人行道他的步伐也没有变化，但在跨上对面马路的人行道时，他经常会轻轻一跃。

塔鲁记录的数字十分准确。对于相关情况，里厄医生也了解过。门房的尸体被运走后，里厄给里夏尔打去电话询问关于腹股沟淋巴发炎的情况。

里夏尔说："我现在是一头雾水。有两个人生病死了，从发病到死亡，一个死在三天内，一个死于四十八小时内。我在那天早上去看望第一个人的时候，他看起来已经逐渐康复了，然后我就离开了。"

里厄说："如果发现了其他病例，请通知我。"

在询问了其他几名医生后，里厄发现几天以来又多了二十多起此类病例，基本上全都致命。于是，他让作为奥兰医师协会主席的里夏尔把新发现的那些病人隔离开来。

里夏尔无奈地说道："我可做不到，这得让省政府采取措施。何况，谁跟你说这些病例有传染风险？"

"没人跟我说过，但是我放心不下这些症状。"

可是，里夏尔认为自己唯一能做的是向省政府汇报，他自己"并没有权力"处理这件事。

就在他们讨论这些的时候，天气突然变得恶劣起来。门房死后的第二天，空气中大雾弥漫，城里落下倾盆大雨。暴雨之后，便是溽热熏蒸，漫天都是浓雾笼罩，只能看到海面上折射的刺眼的银白色光芒，海洋的蔚蓝色不复存在。连酷热的夏天恐怕都比这样闷热潮湿的春天让人舒服。格局颇似蜗牛的这座城市建在高原上，几乎不向大海敞开，城里的人们只觉得被环境困住了，死气沉沉的。围墙上涂满灰泥，绵长蜿蜒，脏兮兮的有轨电车泛着暗黄色，街道两边的橱窗都落满灰尘。唯一喜欢这种天气的人是里厄的那位年老病人，因为他的哮喘不会在这样的日子里发作。

他说："热得要死，但是对支气管炎病人有好处。"

整个城市都在发烧，热得要命，当时里厄医生脑海中萦绕的印象就是这样。就在那天早上，他去费代尔布街调查科塔尔自杀未遂的事件。他觉得这一印象莫名其妙，他归咎为烦躁的情绪，还有太多的牵挂。所以里厄觉得有必要尽快使自己的大脑清醒一些。

医生抵达时，格朗正在楼梯口等待，警察还没来。于是他们决定先去格朗家，进门后大门仍然敞开着。这套市政府职员的两居室中的家具陈设十分简单。映入眼帘的是一个摆着两三本字典、一块黑板的白色书架，黑板上写的是"鲜花小径"四个字，虽然有一半已经被擦掉了，但仍然能辨认出来。格朗说，昨天晚上，科塔尔还睡得很香，但今天早上，他一醒来就觉得头痛难耐。疲惫烦躁的格朗踱着方步来来回回，不停翻合着桌上夹着书稿的大文件夹。

格朗告诉医生，他与科塔尔并不熟悉，只是觉得这个人理应不算穷困。科塔尔的性格向来古怪，所以他们的关系仅仅停留在楼梯上遇到彼此时打个招呼。

"我一共只和他说过两次话。前几天，我在楼梯间，一不小心把要带回家的一盒粉笔打翻了，红蓝粉笔都撒了一地。这时，正在上楼的科塔尔帮我捡起粉笔，又问我要用这些彩色粉笔做什么。"

格朗的解释是，中学毕业后，他几乎忘光自己所学过的拉丁文，现在想重新学习一下。因为有人曾明确告诉他，学习拉丁文很有用，能更好地理解法语词语的含义。

格朗在黑板上写下拉丁文，用蓝粉笔抄下有性、数、格变化和动词词尾变位的单词，又用红粉笔抄了一遍永远不变的词根。

"我不知道科塔尔对这些了解多少，但是他看起来很感兴趣，跟我要了一根红粉笔。当时，我还有些困惑，但还是……当然，我没想到他会用这个来实施他的计划。"

里厄问他第二次聊天的内容，这时警察和他的秘书已经来了，他们想要先听格朗的陈述。医生注意到，格朗说起科塔尔时，总是称他为"绝望者"，甚至还使用了"命中注定"这类词语。他们讨论了自杀的原因，格朗却对用词吹毛求疵。最终，他们都赞同使用"内心忧郁"这样的字眼。警察问格朗，从科塔尔的态度中是不是丝毫看不出他的"决定"。

格朗说道："昨天，科塔尔来问我要一盒火柴，我就把自己用的给了他。他一边道歉，一边跟我说邻里之间……他还跟我保证一定会还给我。我说他留着用就行了。"

警察继续提问格朗，是否察觉到科塔尔有任何不同寻常的举动。

"真要说有什么奇怪的话，那就是在我忙的时候，他似乎想说点什么。"

格朗看向里厄，神情有些尴尬，继续说道：

"这件事情有些私密。"

接下来，警察想去看看科塔尔，但是被里厄劝阻了，因为他觉得最好先让病人对于探访有一个心理准备。于是里厄进入了科塔尔的房间，病人坐在床上，穿着一件灰色法兰绒的衣服，心情焦虑地向门口看去。

"是警察来了吗？"

里厄回答："是的，只需要办两三道手续你就没事了，不要紧张。"

但科塔尔却说，他对警察向来没什么好感，这些手续也一点用处都没有。里厄开始不耐烦了。

"我也对他们没什么好印象，但是想要一次性了结事情，就得准确且痛快地回答他们的问题。"

科塔尔没再说话，医生便转身走向门口。但是这小个子男人在医生靠近床边时拉住医生的手，科塔尔说道：

"病人，特别是上过吊的人，他们是不会动的，对吗，医生？"

里厄盯着科塔尔看了好一会儿，最后向他保证，这里从未发生过这样的事情，而且他是为了保护病人才来到这里。看到病人放心后，里厄把警察叫了进来。

当着科塔尔的面，警察宣读了格朗的证词，并且询问科塔尔能不能对他的行为做出明确解释。但是科塔尔并没有看向警察，只是说："我很好，只是心里有忧郁。"警察催着询问他是否还会再犯，科塔尔终于开始激动，他说自己不会再犯了，只希望别再有人来打扰他。

警察生气地说："我得提醒你一下，现在打扰别人的人是你。"

里厄做了一个手势，对话就戛然而止了。

出门时，警察叹了一口气，说道："你扪心自问，自从这次高烧的事情被大家广为议论以来，我们就忙得不可开交……"

警察又问里厄，情况到底严不严重，医生只说自己一点头绪也没有。

警察听完后，用总结的口吻说："完全是因为天气，就是这样。"

可能就是天气的原因。从这天起，一切都开始变得黏黏糊糊。里厄心中的忧虑随着一次次出诊越发严重。这天的晚上，那位住在郊区的年老病人的邻居，一边呕吐一边说着胡话，双手紧紧按在腹股沟处，淋巴结肿得比之前门房的还要大，其中一个甚至已经流脓，不久后就像腐烂的水果那样破裂。回到家中的里厄立马打电话给省里的药品储备库，可是结果如他当天在工作日志上所写："答复缺货。"而其他地方陆陆续续有电话打来，要他去处理类似病情。显而易见，这些脓疮得要切开。淋巴结被手术刀划个十字就会流出脓血来。病人流着血，仿佛五马分尸，腿部和腹部出现了一些黑斑，淋巴结流尽了脓，但很快又肿起来。大部分病人都会在一阵恶臭中离世。

报纸上对这件事只字不提，只是大肆宣扬老鼠的事情。因为报纸只管街上的事情，老鼠死在街上，人却是死在屋里的。但市政府和省政府已经开始讨论这件事。每个医生目前只诊治了不超过两三个病例，所以没人想要付诸行动。但是只要将数字相加，结果就会令人大吃一惊。几天而已，死亡的病例就加倍增长。关心这场怪病的人都能看出，这是一场真正的瘟疫。里厄有一位比他大得多的同行，叫卡斯特尔，他挑选了这个时间前来找里厄。

"里厄，"他对里厄说，"你肯定知道这是怎么回事吧？"

"我在等待化验的结果。"

"不用化验我也知道。二十多年前，我在东方国家和巴黎看过一些病例，但当时没敢给他们的病定名。舆论是神圣净土：不可慌乱，绝对不可慌乱。有一位同行说过：'大家都知道在西方这种病已经绝迹了，根本不可能再次暴发。'除了那些死人，大家确实都知道。行了，这到底是怎么回事，你我都很清楚，里厄。"

里厄站在诊室的窗口，眺望搂抱海湾的悬崖峭壁，在思索什么。天空虽是蓝色的，但是随着天色渐晚，光泽也渐趋暗淡。

里厄结束思索，说道："卡斯特尔，你说得没错，这真是令人难以置信。看这情况，像是鼠疫。"

站起身来的卡斯特尔走向门口，开口说道："你知道别人会怎么回应我们的推论。'在温带地区，鼠疫已经绝迹很多年了。'"

里厄耸了耸肩，继续说道："绝迹？那这又是怎么回事？"

"确实。而且，你还记得吧，大约在二十年前的巴黎也发生过。"

"好吧，这确实很难让人相信。希望这次不如当年那次严重。"

"鼠疫"一词，在本书中刚才是第一次说出来。写到这里，我们先将站在窗后的贝尔纳·里厄搁置一边，叙述者得说说医生心中的惊诧和疑感，他对事态不同阶段的反应，程度虽有差异，但这也和我们大多数居民的反应一样。世间灾祸常有，但人们总是不愿意相信这灾祸会来到自己头上。在这世上，战争和鼠疫发生的次数差不多，当面对这二者时，人们总是显得无能为力，里厄医生也不例外。所以，我们需要理解里厄的优柔寡断，理解他的自信满满同时又焦虑不安的矛盾心理。人们面对战争时总说："打仗这事可太愚昧了，肯定打不久的。"但哪怕打仗确实是一件愚昧的事情，打仗的时间却不会因此缩短。如果人们不总是只为了自己考虑的话，那他们就会明白，愚昧的事情向来都有。就这方面而言，我们的居民和其他地方的人并无两样，他们总是为自己考虑，说自己是人道主义者。他们不相信灾祸。灾祸是人类厌恶的，所以总有些人觉得灾祸的发生并不现实，灾祸只是一场很快就会消失的噩梦。但噩梦并不总会消失不见，反而在那些噩梦情境中，真正消失的是人类。甚至，没有做好准备的人道主义者是最早消失的。而相比于其他地方的人，我们奥兰的居民们所犯的罪孽并不显得更多，他们仅仅只是忘记了该如何谦虚。他们认为自己无所不能，这意味着灾祸没有发生的可能性。他们仍然风尘仆仆、忙忙碌碌，仍然各执己见。他们认为自己自由自在，又怎么能料到即将暴发的鼠疫会中断交流、阻碍出行和毁灭未来呢？可是，一旦祸从天降，没人能这般自由自在了。

里厄医生最终向朋友承认了鼠疫的发生。那些散居各地的死亡病例确实是死于鼠疫。但哪怕在这样的情况下，他仍认为并没有什么危险。对于当了医生的人来说，他们对病痛有一些认识，故而对此会拥有更加丰富的想象力。医生站在窗前看着依旧如故的城市，面对令人不安的未来，他尽力在脑子里搜集着各种关于这场灾难的信息，心中不免生出一些沮丧。一些数字出现在他的脑海，他不由自主地想起历史上发生过的那三十余次大规模的鼠疫，将近一亿人因此死亡。但是对于漫长的历史来说，死了一亿人似乎并没有对后来产生什么影响。战争爆发的时候，死人是再寻常不过的事情。医生回忆起了发生在君士坦丁堡的鼠疫，根据普罗科匹厄斯①的记载，在那个时候，一天之内就有一万多人死亡。一万名死者，相当于一座大型影院观众的人数的五倍。也许这样的对照会让人们看得更清楚：将五座电影院的观众从出口引导至城市广场，再让他们成堆地死去。这样的事情当然没办法实现，况且也没有人能认识一万张面孔，但是我们至少可以在堆积如山的无名尸体中安放几张熟悉的面孔。而且众所周知，普罗科匹厄斯这样的人根本不会数数。七十年前的广州，在居民受到鼠疫波及之前，死于此病的老鼠已经有四万只。但是在 1871 年，人们还无法数清老鼠，只好大概估算，这样肯定会出错。但是，假设一只老鼠身长三十厘米，那首尾相连的四万只老鼠就有……

但此时医生已经有些垂头丧气，不耐烦起来。不该是这样的。几例病例并不足以被定义为瘟疫，目前只需要做好预防工作。对那些已经明确的症状要多加留意：眼睛发红，头痛，嗜睡和虚脱，口腔污浊，极度口干，胡言乱语，腹股沟淋巴结炎，身上出现斑点，体内疼痛，在这些症状发生后……医生想起自

① 普罗科匹厄斯（约 499—约 565），拜占庭帝国历史学家。

尸，在手册中列举症状后的结尾的那句话："脉搏变得特别虚弱，轻轻一动就可能导致死亡。"没错，在这些症状发生后，病人已经命悬一线了。四分之三的病人——这是一个十分精确的数字——都迫不及待地想做一个轻微的动作，结果却加速了死亡。

窗外春光明媚，医生还在窗内向外眺望，"鼠疫"一词还在窗内回荡。除却科学的含义，这个词还代表一系列奇特、和此地氛围格格不入的景象。现在，这座灰黄色的城市的氛围可能显得既快乐又悲伤，但总体来说还算快乐，不太热闹，有些嘈杂，说不上是喧哗。从前那些灾祸的景象在这种从容平静的安宁环境中很容易被人们忘却：雅典闹瘟疫时，飞鸟绝迹；垂危的病人遍布中国受灾的那些城市；马赛的囚犯将鲜血淋漓的尸体推入坑中；普罗旺斯为了避免鼠疫的疯狂传播，建起了高墙；君士坦丁堡医院的硬泥地上摆着发霉潮湿的床垫；雅法①城中的乞丐面目狰狞；一排排气息尚存的病

①现在属于以色列，是世界上最古老的地中海港口城市。

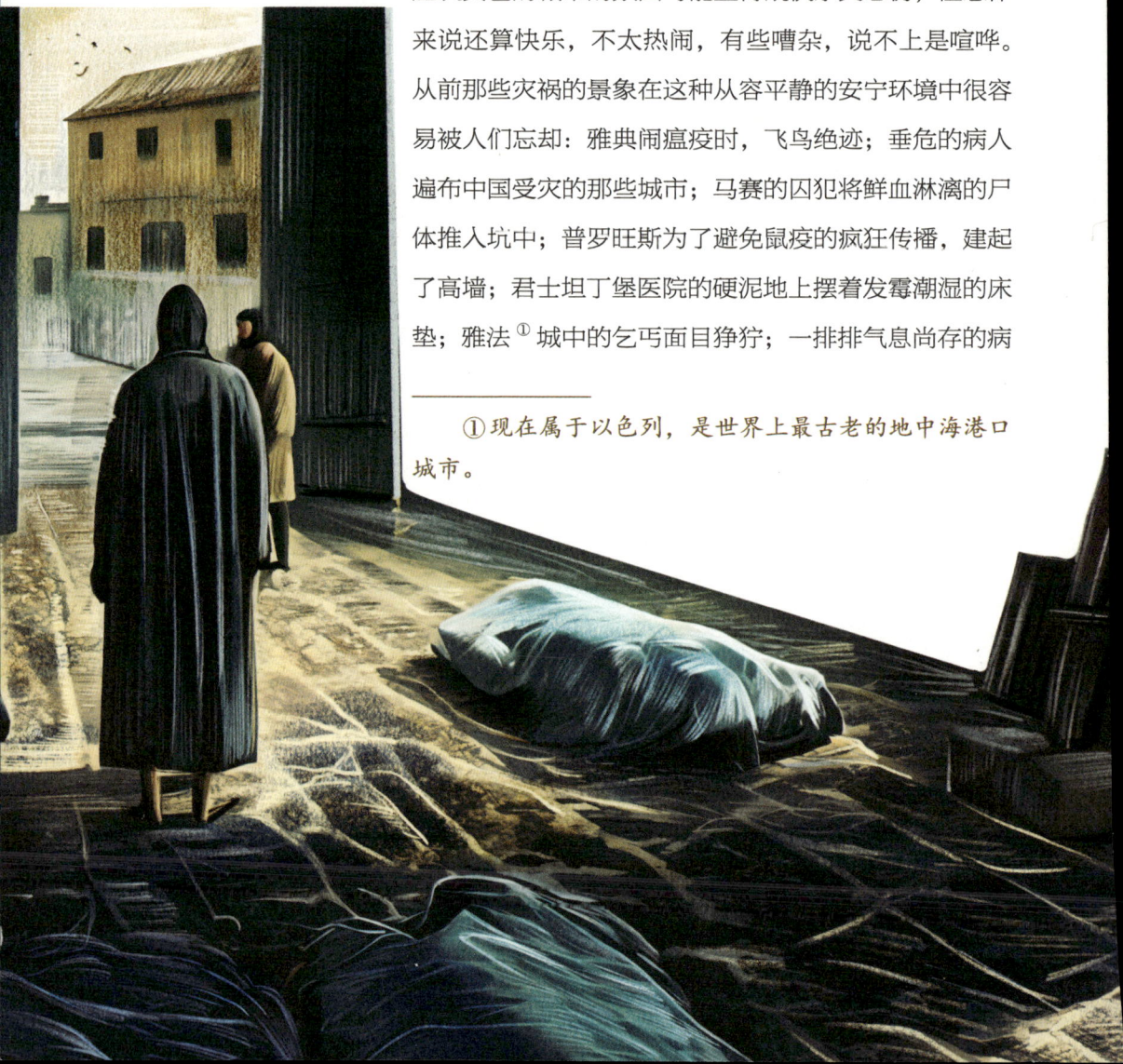

人堆满了米兰的墓地；黑死病蔓延时，戴着口罩的医生随处可见，仿佛处于狂欢节；伦敦城中人心惶惶，一辆辆运送尸体的推车夜以继日地穿梭在城市中，哀号声随处飘荡，好像永不停歇。不，这一天的宁静并不能被这一切打破。虽然窗外看不见电车的身影，但有轨电车的铃声猛然将那些痛苦残忍的想象驱散。大海就在星罗棋布的灰色住宅后面，只有它能见证这个永无宁日焦虑不安的世界。里厄医生看着海湾，想起卢克莱修[1]笔下的柴堆，饱受瘟疫摧残的雅典人于海边架起柴堆，准备将尸体焚烧。尸体总是在晚上运来，位置有限，为了给死去的至亲争夺火化的位置，活人操起火把扭打在一起。他们宁愿遍体鳞伤，也不愿意丢下亲人的尸体。里厄的脑海中浮现了这样的景象：海面深沉平静，倒映着焚尸柴堆的熊熊火光，股股浓烟伴着恶臭冉冉飘向深邃夜空。在人群的搏斗中，火星四溅。人们担心……

但在理智的人面前，这种令人眩晕的景象终归要消散。此时此刻，瘟疫已经让一两个人倒地不起；的确，有人已经说出那个词汇——"鼠疫"。没关系，这一切都会有结束的时候。当下最重要的是认清需要认清的那些事情，采取恰当的措施，驱散无用的阴霾。鼠疫不能凭借想象或者假想存在。在恰当措施到位后，鼠疫就会得到遏制。而在这之后，一切都会回归寻常，这种事情发生的概率非常大。就算情况恶化，我们也能借此掌握鼠疫的情况，搞清楚是否有战胜鼠疫的方法。

医生打开窗户，城市的喧嚣一下子涌了进来。锯木机的噪声从隔壁的工厂传来，短促而尖厉，反反复复。做好本职工作才是最重要的，才能让人安心，其他的都只是细枝末节，绝对不能纠缠在其中。想到这里，里厄打起精神来。

当里厄沉浸在自己的思绪中时，忽然有人来通知他约瑟夫·格朗来了。这位身兼数职的市政府职员的主要工作是定期被委派到统计处协管户籍，如今他也帮忙统计死亡人数。格朗做事勤快，答应过里厄要给送一份亲自抄写的统计结果。

格朗和他的邻居科塔尔一齐进来了，医生看到格朗举起一张单子，说道："医生，四十八小时之内已经死了十一个人了，而且数字还在上升。"

里厄和科塔尔打了招呼，询问他最近的感觉。格朗帮着解释，说科塔尔坚

---

[1] 卢克莱修（约前99—约前55），古罗马诗人、哲学家，代表作为哲理长诗《物性论》。

持要来对里厄表示自己的感谢，还要为那些自己造成的麻烦向医生道歉。此时，里厄在注意查看病例统计表了。

里厄说："目前看来，我们有必要给这个疾病确定名称了。截至今日，我们总是毫无进展。你们跟我来吧，我要去化验室。"

格朗跟着医生下楼梯，说道："是的，是的，万事万物都应该有个名字。那么这病的名字叫什么？"

"现在我还不能告诉你，更何况你知道了又有什么用呢。"

职员笑着说："瞧，要说出来可真不容易啊。"

在去往阅兵场的路上，科塔尔始终保持沉默。夜幕降临，夕阳只剩一缕余晖，晚星初现，跃上还明亮的天际。街上的行人越发多了起来。不一会儿，整片天空都暗淡下来，街灯亮起，人们的说话声调似乎高了，越发热闹。

格朗在阅兵场的街口说道："对不起，我得去坐电车了，我每天晚上的生活安排都是雷打不动的。正如我老家人所说：'永远不要等到明天……。'"

格朗生于蒙特利马尔，热衷于引用老家的俗语，还要加上几句没有出处的陈词滥调，如"仙境般的光明"或"梦幻时刻"。他的这一个癖好已经被里厄所知了。

科塔尔说道："的确是这样，他一旦回家吃了晚饭就再不出门了。"

里厄问格朗是不是在为政府工作，格朗的回答是没有，他说他工作是为了自己。

里厄随口问道："哦，那么工作进展得还顺利吗？"

"根据我这几年工作的情况来看，进展肯定是有的。但是从另一个角度来看，也可以说没什么进展。"

里厄停下来说道："究竟是什么工作呢？"

格朗一边嘴里嘟嘟囔囔的，一边理着两只大耳朵上的圆帽。里厄察觉到这件事情也许和个性发展有关。此时，格朗已经回家去了，医生只好迈着步子继续沿着马恩大街匆匆赶路。在化验室门口，里厄摸了摸口袋中的统计表，听到科塔尔说他有一些问题很想找格朗聊聊，于是医生邀请科塔尔一起去诊所谈话。不过很快他又改变了主意，说自己明天就要去科塔尔的街区，正好可以在傍晚时过去看他。

科塔尔离开后，医生想起了格朗。在他的想象中，现在的格朗正处于一场历史性的大瘟疫中，而不是一场寻常的鼠疫。医生记得自己曾看过这样的描述：鼠疫会撂倒体格强健的人，但并不会侵扰那些体质有些羸弱的人。"这样的人倒是能够幸免于难。"里厄沉浸在自己的想象中，忽然觉得这个职员有些神秘莫测。

约瑟夫·格朗的相貌能够让人一眼看上去就知道这是一名举止得体的政府职员。他又高又瘦，穿在身上的衣服总是显得晃晃荡荡，奇大无比，他幻想这样穿衣能让一件衣服穿得更久。他笑起来的时候，上嘴唇会翻起来，露出黑漆漆的嘴巴。他只有下面的牙齿还在，上面的牙齿已经掉光了。但他的形象可不止如此。他的身上总有一股烟酒气味，一副碌碌无为的姿态。他总是喜欢贴着墙根偷溜进屋，步态很像修道院的修士。对此，我们不得不承认，我们很难想象这样的人居然会答应一位年轻编辑的要求，汇总垃圾清运新税制的报告材料，或者在办公桌上伏案专注地核对城里浴室的税收表。哪怕让一个毫无偏见的人来看，也会觉得市政府临时辅助工作天生就适合他，他每年的收入是六十二法郎三十生丁。这样的工作虽然平庸，但也不可缺少。

而在就业登记表的"能力"一栏中，他就是这样填写的。二十二年前，他取得学士学位后，因为经济的拮据，学业难以继续，而不得不接受这份工作。他自己也说，那时的单位领导让他觉得，只要经过一段时间的考验，证明自己有能力处理城市行政管理上的棘手问题，就有很快"正式入职"的希望。后来，单位领导又做出保证，他有望得到文书一职，如此，他的生活条件能够大大改善。当然，我们能从他忧伤的笑容中窥见，约瑟夫·格朗如此行事不是出于远大抱负。但是，心里憧憬着这样的未来：凭借正当的手段，享受物质富足的生活，从而问心无愧地从事自己喜欢的工作。也就是说，他若是接受了这份工作，那绝对是出于高尚的动机，或者说是对理想的矢志不渝。

这么多年来，他这份临时性的工作始终未有改变，虽然工资曾经涨过几次，但涨幅却非常小，生活成本上涨得离谱。他曾对里厄抱怨过，但未被理睬。其实他大可以行使自己的权利——虽然对此他没有什么把握——但至少能要求单位履行对自己的承诺。然而当初录用格朗的那位领导已经去世多年，职员本人也不记得当初的承诺是如何具体表述的。说到底，还是约瑟夫·格朗不善言辞罢了。格朗的古怪之处，或者说他的特点之一正体现在这里。

正如里厄所注意到的那样，这一特点把我们这位同胞最贴切地勾勒了出来。这么多年来，他一直写不出酝酿已久的申请信，也做不到顺势而为，就这样持续默默无闻地工作，直到现在这个年纪。格朗本人说，他认为说出"权利"和"承诺"这两个词汇都十分尴尬，他对此也并不坚持，而且要求别人履行职责显得太过于胆大妄为，大大偏离了他工作中朴实谦逊的品质。再有，使用"感激""请求""照顾"这样的词汇，也让格朗觉得丢掉了个人的尊严。而且经过一段时间，他习惯了当下的生活后，发现自己的物质生活是可以得到保障的，只需要做到量入为出即可，这一点他也对里厄医生讲过。市长——我们城里的工业巨头——时常把一句话挂在嘴边："总之（市长特别强调这个词，因为它表现出所有理性的力量），我还从来没见过饿死的人。"这句话说得倒是十分铿锵有力。不管怎样，哪怕过着和苦行僧差不多的生活，约瑟夫还是通过"总之"这个词汇脱离了这件事带给他的一切烦恼。对于自己的用词，他持续推敲着。

像他这样始终坚持自己正确想法的人在奥兰城里很少见，在其他地方也不算多。他的生活，在某种意义上堪称典范了。现在的人并不敢像他那样表现出自己善良和执着的品质，但我们却可以从他的只言片语中看出来。他大大方方地承认，他非常喜爱自己的姐姐和外甥，那是他仅有的亲人。他也毫不避讳地说过，一想到自己年幼失去双亲就十分伤心。他还说过自己喜欢听每天早上五点传来的钟声。可是，要用一言半语去表达这么单纯的感受，他也感到颇费力气。正如他每次遇到里厄时所说："医生，我真的想学会表达自己，可是好难啊！"表述困难是他最大的心病。

就在目送这个职员离去的那天晚上，医生忽然明白了格朗的用意：他可能正在写一本书或者别的差不多的东西。在去往化验室的路上，医生因为这一猜想感到十分欣慰。这座城市有着一群爱好高尚、品行谦逊的公务员，鼠疫怎么会出现在这样一座城市呢？而这些爱好又怎么会出现在一个鼠疫横行的环境中呢？哪怕医生知道这些感受十分愚蠢，但他仍然断言，鼠疫在我们这群居民中毫无生存空间可言。

在里厄的再三要求下，省政府终于同意召开卫生委员会会议，尽管他们认为还不是时候。

里夏尔承认："居民们真的很担心，并且那些风言风语也很离谱。省长觉得这只是虚惊一场，他对我说：'你们要开会就赶紧开，但是要悄悄进行。'"

贝尔纳·里厄驱车捎上卡斯特尔，两人一同赶往省政府。

"你知道吗，省里没有血清了。"卡斯特尔对里厄说。

"我知道，这东西要从巴黎调配，我已经打电话给血库了，血库主任都急得团团转。"

"但愿别太慢。"

里厄回答说："我已经打过电报了。"

省长非常激动，但还是表现得很和气。

他说道："先生们，开会了，需要我简单介绍一下情况吗？"

里夏尔不认为有这个必要，与会的医生们都很了解情况。问题是到底要采取哪些措施才恰当。

"搞明白到底是不是鼠疫才是问题的关键。"年岁已高的卡斯特尔忽然冒出一句。

除去惊叫的两三名医生，其他人都还在犹豫。而吓了一跳的省长控制不住地看向门口，好像是要确认门是否关好了，这件事可不能传到走廊去。里夏尔则表示，他认为没有惊慌失措的必要，从目前确诊的病例来看，这只是由腹股沟淋巴结肿大的并发症伴随高烧。无论是科学上的假设还是生活中的假设都有危险。年迈的卡斯特尔静静地咬着自己枯黄的胡须，然后抬头，用清澈的目光注视着里厄。接下来，他又用柔和的目光环视周围的人，表明他很清楚这其实是鼠疫。但他也清楚，如果要公开承认这件事，就势必要采取一些严厉的措施。同行们畏缩不前的原因也在于此。所以，为了安抚大家，他也乐于接受这种说法：这不是鼠疫。省长则激动起来，宣称这绝对不是考虑问题的正确方式。

卡斯特尔说道："是否能引人深思才是所谓的重点，而不是考虑问题的方式正确与否。"

由于里厄一言不发，大家便开始征求他的意见。

"高烧由伤寒引起，但同时还伴有呕吐和腹股沟淋巴结炎。我已经做了腹股沟淋巴肿块切片手术，还请实验室进行了化验。实验室从中检验出了粗矮杆菌，这是鼠疫独有的。但有一点值得补充，细菌的某些特定变化与其通常的描述并不相符。"

听了里厄的发言，里夏尔强调，面对这种情况应该反复考量，至少要等到几天前做的那一系列化验的结果出来。

"三天之内，这种细菌就可以让肠系膜神经结肿到橘子大小，并且呈现糊状，可以让脾脏肿大三倍。面对这样的情况，我们片刻都迟疑不得。传染源正在不断扩大。从疾病传播的速度来看，要是不及时采取措施，两个月之内，全城居民就会死去一半。所以，叫它增长性热症还是鼠疫都不重要。唯一重要的是，你们要阻止它的蔓延，避免城中至少一半居民因此死亡。"里厄在沉默片刻后说道。

里夏尔认为这样想太过悲观，而且病人的亲属至今都还安然无恙，所以疾病是否有传染性还未得到证实。

里厄提醒道："但还有别的人死了。当然，疾病是否具有传染性向来不是绝对的，否则就会发生人口的急剧减少和患病人数的无限增长。问题并不在于是否把事情想得太过悲观，而是应该采取预防措施。"

里夏尔又认为应该概括一下目前的情况，并提醒大家，如果这场瘟疫无法自行停止，那就必须采取严厉的法律规定的防疫措施来阻止疾病蔓延。到那个时刻，人们就得正式确认这是一场鼠疫。但这个事实还没有得到证实，所以仍然需要考虑。

"问题在于是否有必要采取措施来避免城中至少一半居民丧命，而不在于法律措施严厉与否。余下的则是行政的事情。而按照我们的制度规定，正好有一位省长专门负责此类问题。"里厄仍然坚持自己的看法。

省长说道："那是肯定的，但是你们得先正式确认鼠疫的存在。"

里厄忍不住激动地说道："无论我们有没有确认这是鼠疫，它都有可能夺去全城半数居民的生命的风险。"

"事实是我们的这位同行相信这是鼠疫。他对症候群的描述便是有力的证明。"里夏尔也激动起来，插嘴说了一句。

里厄说他只是描述了自己看到的情况。他看到的情况就是高烧说胡话、斑疹、腹股沟淋巴结炎，还有四十八小时内的死亡。

"而对于不采取严厉防疫措施也能让瘟疫停止蔓延的问题，里夏尔先生是否能负责任呢？"里厄不禁反问道。

里夏尔盯着里厄，看起来有些犹豫：

"你确定这是鼠疫吗？请你坦率地说出你的想法。"

"现在问题是时间紧迫，而不是在这里逞口舌之争。你的问题提得不恰当。"

"哪怕这不是鼠疫，也要落实鼠疫发生期间需要采取的防疫措施。"省长询问里厄，"这是你的想法吗？"

"这是我的想法，如果我非得有一个想法的话。"

经过医生们的集体商议，最后里夏尔开口说道："就当这种疾病真是鼠疫吧，我们需要负起责任，拿出行动来。"

大家都对这个说法表示了热烈赞同。

里夏尔则问里厄：

"这也是你的想法吧，我亲爱的同行？"

里厄回答道："怎么个说法我并不在乎，我只觉得，我们不应该有'全城有一半居民不会丧命'这样的假定，因为如果这样无作为，可能这些人会遭殃。"

在这种令人不安的氛围中，里厄离开了。没一会儿，在混杂着尿臊气和油炸味的郊区，一个发出惨死的号叫的妇女转身看向里厄，她的腹股沟处血淋淋的。

会议后第二天，高烧病症迎来了小高潮，甚至上了报纸，但是编辑们对此只是轻描淡写罢了。又过了一天，里厄看到了省政府匆忙粘贴在城里最不显眼角落的白色小布告。不难看出，当局并不重视事态的发展，采取的措施也算不上严厉。看来有人很不情愿惊动舆论。实际上，在决议的最开始，省政府就宣称在奥兰发现了几起恶性疟疾，目前尚未确定它的感染性如何。这些病例并不足以让人担忧，所以民众还能保持镇定。尽管如此，谨慎起见，为了干净有力地消除瘟疫的威胁，省长还是采取了若干预防措施。这些措施得到了大家的理解并且照章落实了下去。因此，省长很有信心，他的工作会得到市民们的通力配合。

接着，布告上罗列了所有计划要为防疫采取的措施，包括要居民们保持最大程度的卫生清洁，身上发现跳蚤的人要去市级诊所，要严格检查供水质量，在下水道喷射某种气体进行科学灭鼠。另外，每位病人的家属都要申报医生的诊断结果，接受卫生检查，同意让病人在医院的特殊病房隔离，这样可以让病房中的诊疗设备在最短时间内得到最大的疗效。补充条款中则要求救护车和病房必须做好消毒工作。

布告栏前，里厄医生忽然转身走向了自己的诊所。正在等他的约瑟夫·格朗看见他来便举起自己的双手。

里厄说道："我知道，数字上升。"

前一天晚上，城里又有十几个病人死了。医生告诉格朗自己晚上要去拜访科塔尔，所以有可能会跟他会面。

格朗说道："我发现他变了，你这样做对他有很大好处。你说得没错。"

"怎么说？"

"他开始懂礼貌了。"

"他以前不懂吗？"

这样说并不准确，格朗不能说以前的科塔尔不懂礼貌，所以把到嘴边的话咽了回去。科塔尔的样子有点像野猪，几乎全部时间都待在自己的房间里，外出时的行踪也十分神秘，吃饭去一家小餐馆，偶尔在晚上去家对面的电影院看电影，职员甚至注意到了他对匪帮片的偏爱。科塔尔的正式身份是利口酒和葡萄酒的代理商。每过一段时间，他就得接待两三名男性，大概是他的客户。但任何情况下，他都显得生性多疑、性格孤僻内向、沉默寡言。

但现在这一切都有了很大的改变，格朗是这样认为的：

"我不知道该如何准确地表达，但我感觉到了，毕竟我救过他的命，对他还是比较关注的。他经常和我聊天，邀请我和他出去，我也不好意思总是拒绝他。总之，他在尝试和大家打成一片，尝试和人好好相处。"

自从科塔尔试图自杀后，再也没有人来看过他。他是那样兴致勃勃地倾听一名女烟商讲话，那样轻声细语地和杂货店老板聊天。他在四处博取别人的同情，无论是在供货商那里，还是在路上。

格朗强调说："我和科塔尔说了，这位女烟商有一副蛇蝎心肠。但是他却说我错了，应该发现她好的那一面。"

科塔尔开始出入城中的咖啡馆和高级餐厅，他也带格朗去过一两次。

他说道："陪我们的人都挺好的，地方也蛮不错的。"

格朗注意到代理商给的小费向来阔绰，所以那里的服务人员都特别关照他。对于这种殷勤的回报行为，科塔尔也很领情。那天，饭店领班送科塔尔到门口，又帮他披上大衣时，科塔尔对格朗说：

"他可以证明，这个小伙子不错。"

"证明什么？"

"好吧，证明我不是个坏人。"犹豫一下后，科塔尔说。

但是科塔尔的性情还是有些阴晴不定。那天，他回家后大发雷霆，就因为杂货店老板的态度有些怠慢，他不断咒骂着：

"这个王八蛋，和其他人的德行没什么两样！"

"哪些其他人？"

"其他所有人。"

在女烟商那里，格朗还看到了一幕奇怪的场景。那时女烟商谈到在阿尔及尔颇为轰动的一名罪犯落网的消息——一名年轻的店员在海滩上杀了一个阿拉伯人。大家都聊得很投机。

女烟商说："好人只有在这些败类都坐牢之后才能真的松口气。"

但是她话还没说完就看到科塔尔神色大变，女烟商和格朗眼睁睁看着他匆忙地冲出了店门，连招呼都没打。他们不知道该如何是好。

格朗又给里厄描述了科塔尔性格上的其他变化。"大鱼总是吃小鱼"是科塔尔最喜欢的一句话，这足以证明他对自由主义思想一贯的支持。但是近来，他在大庭广众之下肆无忌惮地看起了宣传奥兰正统思想的报纸，很容易让人感觉他是故意这么做。还有一次，他刚病愈下床后没几天，请格朗帮他去邮局代寄一百法郎给他的远房表姐，每个月都会寄这笔钱。但是格朗动身时，他又开口嘱咐：

"她觉得我从来不惦记她，但其实我很爱她，所以这次寄两百法郎吧，她肯定特别高兴。"

两人之间还发生过一场奇怪的谈话。科塔尔对格朗每天晚上的行程非常好奇，便对格朗接连提问，格朗迫不得已都回答了。

科塔尔说道："原来你在写书啊。"

"差不多吧，但是复杂程度可比写书高。"

科塔尔大叹一声："啊！我可太想和你一样了！"

科塔尔看格朗神色惊讶，便结结巴巴地解释道："只要你是一名艺术家，很多事情都可以迎刃而解。"

格朗问道："为什么？"

"哦，大家给艺术家的东西更多，因为大家都清楚艺术家拥有比别人更多的权利。"

就在布告贴出来的这天早上，里厄对格朗说："行吧，他和别人一样，要么是害怕发烧，要么就是被老鼠事件搞得晕头转向。"

格朗的回答是："如果你愿意倾听我的意见的话，医生，我觉得并不是这样……"

里厄没有说话，直到灭鼠车从他们的窗户下面驶过，排气管发出巨大轰鸣声后，他确定格朗可以听见自己的声音，才漫不经心地开口询问他的想法。

"他心怀愧疚。"格朗看着他，神情凝重地说道。

正如警察所说，他们有很多事情要忙。所以医生只是耸了耸肩膀。

门午，卡斯特尔和里厄进行了交流。血清还在运来的路上。

里厄问道："但是，这种杆菌有些奇怪，血清能起到作用吗？"

卡斯特尔说道："哦，我跟你的看法不太一样。这些生物其实本质上都一样，只是看上去有些奇形怪状。"

"但事实上，我们对此一无所知。这只是你的假设而已。"

"这确实是我的假设，只是大家都这样想。"

这一整天中，但凡想起鼠疫，医生就觉得头昏脑涨，而且一次比一次严重。最后，医生承认了自己内心的恐惧。就像科塔尔一样，他同样需要感受到人们的热情，所以他去了两次人头攒动的咖啡馆，这帮助里厄想起了之前说好要去拜访代理商的事。里厄还是觉得这种行为有些愚蠢。

晚上，医生进门后，发现科塔尔正坐在饭厅的餐桌前，面前的桌上摆着一本侦探小说，也许科塔尔一分钟前还端坐在黑暗中沉沉深思。但是因为此时天色已晚，在朦胧的昏暗中看书想来是很困难的。科塔尔一边坐下，一边回应里厄对他身体状况的关心，他咕哝着说自己身体还不错，还说只要没人来打扰他，他的身体会更好。里厄则劝慰他，独居生活并不容易。

"哦，我说的不是这个意思，我说的是那些特意给你找麻烦的人。"

里厄没有说话。

"我说的并不是我自己，请您注意。我在看的这本小说里面讲了一个很倒霉的家伙，有天早上他被抓走了。人家在办公室谈论他，在文件上写他的名字，人家还始终盯着他，他却对此一无所知。你认为他们是否有权这样对待一个人？你认为这是否公正呢？"

里厄说道："是的，从某个方面来讲，其实他们无权这样做。但是这也得分情况讨论。其实这一切都不是最重要的。你应该出去走一走，不能长期地封闭自己。"

科塔尔有些生气，说自己其实经常出去，而且若是有这个必要，全街区的人都能为他作证。甚至在这个街区以外，他也有朋友。

"建筑师里戈先生也是我的朋友，你认识他吗？"

郊区的道路开始热闹起来，屋子里的光线也越发显得暗。路灯亮了起来，一阵轻快的欢呼声隐约从外面传来。科塔尔跟着里厄走到阳台上。烤肉的香气、喃喃细语，还有习习微风从周围的街区飘来。街道上满是大声说笑的年轻人，充满自由的欢乐的喧闹。夜色中，海面和人群里升腾起喧闹声，发出巨大鸣笛声的轮船却藏在夜色里看不见踪影。这是城里的一个寻常夜晚。对这一切，里厄曾是多么熟悉。如今，这一切在他眼中却显得十分压抑。

里厄问科塔尔："能开灯吗？"

开了灯后，小个子男人眼睛一眨一眨地看着里厄。

"若是我生病了，医生你能不能把我收进医院，在你负责的科室里治疗。请告诉我，医生。"

"为什么不可以呢？"

科塔尔又接着问，是否有人曾在医院或者诊所里抓捕病人。里厄说一切都得视病人的情况再决定，但确实发生过这样的事情。

科塔尔说道："我相信你。"

然后他又问医生愿不愿意开车送他回城。

市中心的灯光稀稀拉拉的，马路上的行人已经少了很多，还有一些孩子在房子门口玩耍。医生应科塔尔的要求，在一群孩子面前停下了车。他们嘴中大叫着，正在玩跳方格的游戏。其中有一个孩子，炯炯有神的双眼里写满了恫吓，双眼紧紧盯着里厄。他那一头黑发梳得一丝不乱，紧紧贴着头皮，样子却很邋遢。医生移开了自己的目光，在人行道上和科塔尔握手道别。代理商发音困难，讲话时嗓音嘶哑。他连着回过头来看了两三次。

"医生，人们都在说鼠疫，这是真的吗？"

里厄说道："人家议论鼠疫也很正常。"

"你说得对。但我们的命运不应如此吧。十几个人丧命而已，又不是世界末日。"

里厄的手放在变速杆上，发动机正在轰轰作响。那个孩子还在目不转睛地看着他，神情看上去安详又严肃。忽然之间，孩子咧着嘴笑了。

医生也笑了，询问孩子："那么，我们的命运该是什么样呢？"

代理商忽然抓住了车门，发狂地喊着，还带着哭腔："是地震，真的地震了！"说完之后他便跑走了。

地震没有发生。第二天，里厄感到自己的工作前所未有地沉重。他在城里四处奔波，和病人本人交流，还和病人的家属交谈。现在这些人面露惊恐，医生感觉到他们表现得满腹狐疑，犹豫不决，对自己的病情闪烁其词。然而就在不久前，大家都非常信任里厄医生，对他的工作非常配合。对于这场抗疫，医生还不能做到应对自如。晚上快十点时，医生的车来到今天出诊的最后一位病人家门口，那是一位患了哮喘的老人家。医生在门口停了一会儿，看着黑暗夜空中一闪一闪的星星，看着昏暗的街道。他已经累得没办法从驾驶座上站起来了。

年迈的哮喘病人正在数鹰嘴豆，从一个锅里取出再放到另一个锅里。看到医生来了，他便从床上直起身来，呼吸似乎都更顺畅了，他面露喜色。

"医生，怎么样了，是霍乱吗？"

"你是从什么地方听说的？"

"广播和报纸都这么说。"

"不是霍乱，不是。"

老人非常激动地说："无论如何，都是那些头头们太夸大其词了！"

医生说道："别听别人瞎说。"

医生检查了一下老人的身体。现在，他坐在饭厅里，充满了悲情。他知道等到第二天一早，十几个蜷缩着身子的腹股沟淋巴结炎患者会在城郊等着他。

是的，医生心中也有惧意。哪怕动了手术切开淋巴结，大部分病人也还是要送到医院去，只有两三例会好转。医生也很清楚，医院对于穷苦的人来说意味着什么。"我不想他成为他们的试验品。"这是一位病人的妻子对他说的话。他不去给他们当试验品，那就得死在家中，仅此而已。不难看出，目前采取的措施并不足够。而关于那些"特设"病房，也只是把窗户缝隙全都封死的两座小楼，还是把其他病人挪走后紧急腾出来的。小楼四周围着防疫警戒线。医生很清楚，如果疫情持续蔓延，行政当局想的这些方法很难奏效。

官方晚上发布的那些通告还是保持了乐观的态度。次日，朗斯多克情报局声称，收到报告的病例有三十多起，目前省政府的防疫措施已被民众接受，大家的情绪都很平静。

"小楼中的病床有多少？"卡斯特尔打电话问里厄。

"八十张。"

"市里的病人不止三十这个数吧？"

"有的人不敢上报，而更多的是来不及上报。"

"丧葬方面没有人监视吗？"

"没有。我给里夏尔打了电话，告诉他不能只说空话，得采取全套措施，得建立真正的防控瘟疫的隔离带，否则干脆什么都别做。"

"他是如何回复的？"

"他告诉我他无能为力。我认为感染人数会持续增加。"

三天内，病人住满了两座小楼。里厄一边给患者切开淋巴结排脓，一边等待运来疫苗。卡斯特尔则待在图书馆，希望能从古书中找到答案。里夏尔听说为了修建一座临时医院，很快就会腾空一座学校。

卡斯特尔告诉里厄自己的结论："死于鼠疫或者其他类似疾病的老鼠们传播的跳蚤有成千上万只，要是不能及时防止，那它们传播疾病的速度会呈几何级增长。"

里厄沉默不言。

此时，天气不再变幻莫测。最近下过几次大雨，现在热浪缓缓升起，夹杂着飞机的轰鸣声。天空一碧如洗，一道金色的光芒从中间迸发出来，水洼都被太阳晒干了。这个季节的万事万物都令人感到十分宁静。但是，高烧症在四天里完成了四次跳跃：死亡人数从十六人、二十四人、二十八人，增加到三十二人，简直触目惊心。我们的居民们本来为了掩饰内心的焦虑还在不停开玩笑，到了第四天，政府宣布将一所幼儿园改为临时医院。如今，居民们走在街上，神情落寞，一言不发。

里厄最终下定决心给省长打电话：

"这些措施根本不够。"

省长说："是的，我看到病例统计数据了，这确实很让人担心。"

"这些数据说明的问题已经很明显了，绝不仅仅是让人担心而已。"

"我即将请求总督府发布命令。"

当着卡斯特尔的面，里厄挂断了电话：

"发布命令！恐怕还得等上一段时间吧。"

"血清呢？"

"这周内就能运来。"

省政府让里夏尔请里厄给总督府打个报告，请求他们下达命令。里厄的报告中描述了临床病人的那些症状，还标明了数字。就在这一天，死亡人数达到四十个人。省长亲口说，他明天要亲自负责对原有的防疫措施进行加强。病人的住房一定要进行封闭式消毒，病人家属则一定要待在安全隔离区内。市政府会根据具体情况统一组织死亡的病人下葬。隔离措施和强制申报也继续按照规定执行。一天后，飞机运来了血清，数量足够用来治疗病人，但还是不足以应付继续扩散的疫情。殖民地政府给里厄发来的电报中提到，新的血清正在准备，

应急储备都用完了。

　　从表面上看来，一切都和以前差不多。在这段时间里，郊区的市场出现了春意。成千上万朵玫瑰在街边卖花者的篮子中凋零，城中布满了甜蜜的芬芳。有轨电车依然很肮脏，在高峰时段非常拥挤，除此以外的时间则空空荡荡。夜幕降临后，街上仍然有熙熙攘攘的人群，电影院门口的队伍排得很长。科塔尔仍然在四处乱转。塔鲁还在观察小老头儿，小老头儿也还在向猫儿吐口水。年迈的哮喘病人还在摆弄鹰嘴豆。格朗每天晚上回家都在从事自己神秘的工作。预审法官奥东也还在牵着自己那几只宠物四处溜达。有时候大家会遇到记者朗贝尔先生，他神情宁静，只关心他自己。这几天里只死了十几个人，疫情好像已经退去了。但几天后，死亡人数在一天内再次达到了三十人，疫情又一次失控了。省长发给贝尔纳·里厄的电报上写着："封锁城市，正式宣布鼠疫暴发。"贝尔纳看着电报说："他们害怕了！"

Volume

◆ 第二部 ◆

此前，虽然我们的居民因为那些稀奇古怪的事情而感到焦虑，但是每个人还是按部就班待在自己的岗位上。大家都认为这样的状况肯定会一直持续下去。但是，从此刻起，鼠疫和每个人都息息相关了。城市封闭了，包括叙述者在内的所有人，现在都成了一根绳上的蚂蚱，只能去适应这样的情况。在最开始的几个星期里，与爱人别离的个人情绪一下子在全城传播开来，其中还夹杂着恐惧，这便成了鼠疫时期人们在漫漫长日的主要痛苦。

　　人们不得不面对分别，这是城市封锁之后最显著的影响之一。几天前，有些情人、夫妻和母子在火车站拥抱告别，说上几句嘱咐对方保重身体的话，在他们看来这只是暂时的分别。他们满怀着一种单纯乐观的信心，坚信这样的离别不会对他们的日常工作造成过多影响，相信他们会在几天或者几周之后重逢。然后，转瞬之间，他们就因为和亲人无法联系，也不能相见，而备感无助和孤独。然而这些特殊的情况根本无从提前准备，因为封城在省政府颁布禁令的几个小时之前就已经开始了。在禁令生效当天的前几个小时里，有的居民直接当面向官员们申诉，有的打电话询问省政府。他们陈述的那些境况都同样值得关心，也同样不可能予以考虑。人们花了好几天时间才发觉，"破例""照顾"和"通融"这些词汇都没有什么意义了，现在自己正处于毫无商量余地的境况中。可以说，我们的居民被迫摒弃了个体的感情用事，这也是鼠疫的突然暴发带来的直接效应。

一方面，外界和城市的正常联系都被切断了；另一方面，为了防止信件携带病菌，政府还发布禁止通信的新法令。这样一来，就连通信这种能让大家有些许安慰的联系方式也没了。刚宣布鼠疫暴发的那几天，守卫的哨兵很容易被同情心打动，默许城里人把信件传到城外。但经过一段时间，他们意识到事情的严重性，估量不了后果，更不愿意承担相应的责任。在刚开始的那几天，每一条通话线路都十分拥堵，公用电话亭被挤得水泄不通，长途电话系统甚至瘫痪了几天。在这之后，通话只能在紧急情况下进行，譬如死亡、出生、结婚等事宜。以前还能通过肉体、情感和心灵来维系鲜活的生命，如今我们唯一的通信途径只有电报了。想要重觅往日的温情，只能通过写有十个大写字母的一封电报。实际上，电报中所能使用的表述很快就穷尽了，几句短语，诸如"想你""爱你""我很好"，怎么能概括长期的共同生活或悲伤的心情呢？

在我们中间的另外一些人，他们始终穷尽一切办法想要和外界交流，但最终任何努力都是徒劳。他们想出来的某些办法可能奏效，但是因为收不到回信，所以我们也不知道具体情况。于是，好几个星期以来，同样的呼吁发了又发，同样的信写了又写。一段时间过去，我们依然在麻木地重复没有改变的内容，本来是发自肺腑的心声，现在却变成一些无力苍白的空洞字眼。我们多么希望能通过这些死气沉沉的语句传递出生活的艰辛。这些枯燥无味而又自我陶醉的独白，如同面壁般没回应的对话，效果恐怕还不如电报所使用的格式化用语。

过了几天，人们不禁想问，既然没人可以出城，那么那些在鼠疫暴发前出城的人能不能回来呢？省政府考虑几天之后，给出肯定的答复，但与此同时，它也表明，只能进不能出，回到城里的人绝对不可以以任何理由再次出城。然而，被鼠疫囚禁的那些人很快就意识到回来的亲人需要面对的威胁，所以他们宁愿忍受离别之苦。在鼠疫最严重的时期，只出现过一次这样的情况——人类的情感打败了被离别的痛苦折磨致死的恐惧。只是它并没有如众人期待的那样，发生在一对因为互相爱慕而忘却任何苦痛的情侣身上，而是发生在卡斯特尔医生和他的妻子这对老夫妻身上。在暴发鼠疫的前几天，卡斯特尔太太去了邻城。叙述者敢说直到今天为止，他们这一家并非世人眼中可以效仿的模范家庭，甚至于这对夫妇是否满意他们的结合还是个未知数。但是这次突然而持久的离别，令他深切体会到自己的生活已经离不了对方，一旦他们明白了这一事实，鼠疫就不算什么了。

这件事只是一个例外罢了。一般来说，直到鼠疫被完全消灭，离别才会结束。对于大家来说，以前自己生活中习以为常的那些情感（早就说过，奥兰人的感情很单纯）变换成了新的面容。平常对待爱情轻佻浮夸的男子变得安逸本分。平时与母亲住在一起却对其不闻不问的儿子，如今时常想起母亲脸上的皱纹，那道道沟壑里写满了自己的不安与悔恨。平素对伴侣最为信任的丈夫和情人发现自己变得疑神疑鬼。这一离别突然而又彻底，令人绝望极了，完全手足无措。人们整天魂不守舍地思念着近在咫尺却又远在天边的亲人，但又深感无能为力。实际上，双重痛苦正在折磨着我们：首先是自身遭受的痛苦，其次是对不在身边的妻子或情人、孩子的思念之苦。

想来在别的情况下，人们想要打发时光，可以用更加忙碌的工作或更加广泛的娱乐。但是现在，鼠疫让大家无事可做，除了在这毫无生气的城市中转悠，就只有日复一日地在令人沮丧的回忆中沉沦。在这样小的城市中，人们漫无目的地散步时，总会走过同样的道路。大部分道路都是他们之前与现已不在身边的亲人共同走过的。

作为在同一个时期和市民们共同感受流亡生活的人，叙述者相信自己能够代表居民们写下自己的感受。鼠疫带给居民们的第一大影响，就是流亡的感觉。流亡的感觉是一种失去理智的欲望，是一种明了清晰的感情，是藏匿在我们内心深处的空虚感，像是炽热的回忆之箭，希望时光飞逝或者倒流。有时，我们中的一些人会对未来充满希望，沉浸在一种幻想中，假定自己正在等待熟悉的脚步声在楼梯上响起，等待回家的门铃声响起。有些时候，我们又会故意忘记火车停开的事实，在往常傍晚搭乘的快车即将到站时，赶到家里等待亲人。但这种幻想并不持久，总有一个时刻，这些人会意识到火车已经停开的事实。而在这时，我们才会明白，这种离别注定要一直持续下去，我们只能被迫在时间的流逝中把自己的生活安顿好。总之，我们又陷入了被囚禁的状态，唯有缅怀自己的过去。我们中的一些人虽然仍对未来充满希望，但是当他们遭受相信幻想的人最终会遭受的痛苦时，这一希望也就彻底没有存在的必要了。

尤其值得一提的是，很快，全体市民就放弃了从前养成的估算分别时间的习惯，哪怕在公共场合也是如此。原因是什么？原来，曾经有一些最悲观的人，估算分别时间大概有六个月，然后他们提前做好了吃苦的准备，鼓起勇气接受考验，也会用尽全力来熬过这漫长而痛苦的岁月。但是，当他们突然间有了非同寻常的远见，或是脑中闪过一种臆想，或是看到报纸上的一则消息，又或者是偶遇了一位朋友，这时他们意识到鼠疫可能会持续一年，甚至更久，但不会是六个月。

这时，他们的耐心、意志和勇气瞬间就垮了，垮得相当突然，甚至觉得自己很难再爬起来。他们坚决不允许自己的精神崩溃，所以开始强迫自己要一直垂目低头，强迫自己绝对不再去展望未来，不去想何时解放。然而这种关闭城门、绝不应战的做法和谨慎小心地逃避痛苦的方法收效甚微。结果甚至导致他们把暂时忘掉鼠疫、幻想将来与家人团圆的情景也忘却了，尽管这样的幻想并不少见。就这样，他们不上不下地卡在深渊和巅峰的中间地带。他们在那里不断沉浮，像是四处飘荡的幽灵，浑浑噩噩、漫无目标地活着，完全不像是在生活，除非愿意扎根在痛苦的大地上，否则全无立足之地。

所有流亡者和囚徒都生活在无用的回忆里，而现在，他们也体会到了这样的痛苦。他们每时每刻都在回望过去，但回味到的唯有伤感。他们希望和亲人在一起做更多事情，以便使那些事情成为回忆中的一部分。同时，在"被囚禁"

的生活中，亲人的身影总是浮现在他们的脑海里，即使在心情愉悦的情况下也是如此。因为他们对当下的处境十分不满，并且憎恨过去、焦虑现状，更对未来感到绝望，颇似受到法律制裁或是仇人报复而过着铁窗生活的人。而幻想火车再次开动，幻想时光在持续不停的门铃声中缓缓流逝，是唯一能够逃避这种无法忍受的空虚感的方法，只是那执拗的门铃却一声不响。

若这真的是流放的话，那么家是大多数人的流放地。虽然叙述者很熟悉每个人的流放地，但是他不得不提像朗贝尔这样一群人的处境。叙述者认为在所有流放的人中，朗贝尔他们对流放有着更深的体会。他们是在旅行途中被鼠疫困在城里的，既远离故土，又无法与亲人团聚，离愁别绪也就更上心头。和其他人一样，他们也拥有由时间引起的愁绪，但是空间让他们有更多感触。他们时不时会碰到高墙，而远处的故乡正被高墙隔离在他们所处的疫区之外。他们整日徘徊在这个尘土飞扬的城市里，对着日出日落，遥寄对故乡的思念。黄昏的露水，飞翔的燕子，还有洒在僻静街道上的几缕奇异的阳光，看着这些纷繁杂乱的讯息和令人目不暇接的景象，他们的烦恼越发浓重。他们闭上眼睛不去看那个可以拯救芸芸众生的外部世界，却沉醉于自己过于真实的幻想中，竭尽全力搜寻独特的景象。他们眼中有许许多多无可替代的景象：可爱的树木，一缕阳光，两三座丘陵，还有女人们的脸庞，等等。

最后不妨来谈谈情侣们的情况，他们的情况最有趣，恐怕也是叙述者最有资格谈论的话题。在那些困扰他们的情绪中，悔恨的情绪尤其值得一提。在现在的处境中，他们的缺点全都显露出来了，而他们正好有了绝佳的机会来客观而兴奋地审视自己的感情。首先，他们发现自己已经很难想象出那些远离自己的情人的言谈举止了。他们也不知道这些情人的时间安排，甚至对此颇有怨言。他们未能细致地了解过自己的另一半，责怪自己太过轻率，反而矫情地认为，对于恋爱的人来说，知道对方的时间安排未必能得到快乐。从这时起，他们很容易回想起之前的爱情经历，并从中发现不完美之处。平时，无论是有意还是无意，我们都清楚，并且能够心平气和地接受自己的爱情的平庸。但也知道任何爱情都能变得更美好，一旦回忆起来，要求就变得更高了。这场飞来横祸侵袭全城，不仅给我们带来义愤填膺的不公正的苦难，而且还唆使我们自己制造痛苦、品尝痛苦，进而心甘情愿地忍受一切痛苦。这就是疾病转移注意力、使局势复杂化的方法之一。

就这样，人们都懒散地生活着，不得不时常孤独地仰望天空，日子得过且过，也许长久下去人们的性格会得到锻炼，但现在却让人变得斤斤计较、目光短浅。比如说，城中的一些居民常常被雨天和晴天支配，如果阴雨绵绵，厚重的阴霾便笼罩了他们的心和脸；一旦天上金光初露，他们就喜笑颜开。而在几周前，他们还没有这么脆弱，还没有产生这种缺乏理性的顺从心理，因为那时他们并不是单枪匹马地面对这个世界，与他们共度岁月的人还生活在他们的天地里。不过从此刻起，他们不得不听天由命了，也就是说，他们受苦与否都毫无道理可言。

每个人都在孤独地自行其是。面对这种不太正常的孤独，没有人会指望得到邻居的帮助。假如我们中的一个人恰巧想要吐露心声，那无论对方说什么，结果都往往是使自己的内心受伤。于是他最终发现自己在鸡同鸭讲。实际上，一个人想表达他被等待与被折磨的形象，那个人往往将之想象成老生常谈的情感，觉得他说的都是世俗中的忧伤和市井中的痛苦。无论是出于好心还是恶意，回答总是不合对方心意，所以最好还是保持沉默。有些人不善于和他人推心置腹，又难以忍受一直沉默不言，只好人云亦云地说些市井之言，说些客套的寒暄之词，聊聊寻常的人情往来，聊聊社会动态和日常新闻罢了。况且最平庸的客套话往往能体现最真切的痛苦。被鼠疫俘虏的囚徒们若想要博取守门人的同情或者激发别人与自己交流的兴趣，只能通过这种方式。

还有，最重要的一点，那就是在鼠疫发生的初始阶段，全城居民都陷入恐慌时，他们还把自己的全部念想放在他们期待的人身上，爱情的私心还在守卫着他们，所以无论空虚的心灵有多沉重，无论焦虑有多么痛苦，他们仍然是幸运的。在鼠疫猖獗的时候，他们的神态却显得心不在焉，实际上这样不无益处，甚至让人觉得颇有镇定自若的气概。他们要是想起鼠疫，那只是因为他们害怕目前的分离会成为永久的分别，在这种绝望的心理中，他们感受不到恐慌。身处不幸之中，他们仍然拥有幸运。譬如，若是他们之中有人意外地因病过世，那么他们原本还在跟幽灵侃侃而谈的内心就会突然被揪起来，没有任何过渡地一下子被抛到黄土之下，溘然长逝，根本无暇顾及其他。

从封城的那一天起，进城的车辆再也没有出现过，汽车仿佛都在原地逡巡。鼠疫的发生让通往奥兰的船只都更改了航线，城门处也设立了守卫。作为整片海岸线上最大的港口之一，从前的喧嚣和繁华一去不复返，贸易也因为疫情凋敝殆尽，停泊在港口的只有几艘接受检疫的船只。码头上是一堆堆孤零零的袋子和酒桶，翻斗车的车斗卸在一边，大型起重机也没人操纵。面对这种突如其来的流放生活，市民们只能想方设法适应。

离别或恐惧是人们共有的感受，但每个人还是更多地将自己的私事放在前面。尽管各种不同寻常的景象浮现在他们眼前，但他们依然很难理解发生在他们身上的事情。疾病的降临从来没有被人们真正接受过。大多数人面对鼠疫都会感到十分恼火，觉得自己的利益受到了损失，自己的习惯也被破坏了，但是这样的情感是无法对付鼠疫的。譬如，他们的首要反应就是指责行政当局。报纸上刊登了一篇名为《目前采取的措施是否还有放宽的余地？》的批评性文章，省长对此的反应却相当出人意料。截至目前，朗斯多克情报局和报纸都没有收到官方通报的疾病统计，但是情报局每天都能收到省长送来的数据，并被命令每周都要公布一次。

对此，公众并没有立刻有所反应。实际上，鼠疫发生三周后，死亡人数达到了三百零二例，公众依然没有对此产生联想。一方面这些人并不都是死于鼠疫，另一方面城里没有一个人知道平时每周死亡的人数是多少。城里共有二十万居民，目前的死亡比例是否在正常范围内，没有人知道。哪怕这样精确的数字具有非凡的意义，平时也没有人留意。这一现象从某种程度上说明了公众缺乏比较的依据。时间一久，死亡人数不断增加，人们才会意识到真相。第五周死亡人数达到了三百二十一人，第六周则是三百四十五人。数字的增加已经极具说服力，但是还不够具有冲击力，市民们的印象依然没有发生改变。他们忧心忡忡，觉得这是一场有些麻烦的意外事件，但是不会持续太久。

总体而言，城市原本的面貌依然存在，市民们并不是胆怯的人，他们用笑颜去面对暂时的不便，唉声叹气的少，谈笑风生的多，他们如从前一样在露天咖啡座上消磨时光，在大街上来来往往。但是，在月底的祈祷周到来的时候，城市的面貌被越来越严重的情况改变了。首先，针对粮食供应和车辆来往，省长采取了一些措施：汽油配给供应，粮食限量供应，甚至规定了要节约用电。通过空运和陆运进入奥兰的，只有生活必需品。因此，行驶的车辆逐渐减少，几乎没了踪影。奢侈品商店不久就得歇业关门，其他商店的橱窗则挂上了"售罄"的牌子，店门口购买者的队伍排得长长的。

因此，一派奇异的景象出现在奥兰这座城市里。很多人，因为一些单位和商店关门而无所事事，只好挤在酒馆或者大街上。就算不是高峰时刻，大街上的行人也多了很多。天气晴朗的下午三点，奥兰城甚至给人一种节日欢庆的错觉：商店关门了，交通也停止了，为了让群众性的庆祝活动顺利进行，市民们也拥上街头分享节日的欢乐。

而趁着这次公众放假，电影院也想大捞一笔，可惜影片在省内已经不再周转。两周后，各家影院只好交换影片放映。一段时间过去了，同样的影片在每一家电影院里上映着，但是影院的收入并没有减少。

最后，我们来谈谈酒馆的情况。在这座城市里，烈性酒和葡萄酒的贸易居于首位。目前酒馆里的库存物数量非常可观，所以顾客的需求尚可得到满足。一家酒馆贴出广告——"喝酒能杀菌"，经过这种舆论的宣传，本来就深信酒精能阻止疾病的公众更加深信不疑。说实话，喝酒的人可真不少。每天深夜两点，被酒馆请出的酒鬼在街上随处可见，他们那乐观的言论也在四处回响。

　　但是从某个角度来看，所有这些变化的现象，很难

被认为是持久和正常的，因为它们出现得过于突然和不同寻常。结果就是，我们依然把自己的个人情感放在首位。

里厄医生在封城的两天后遇到了科塔尔，那时科塔尔刚从医院里出来，脸上满是喜悦。里厄说他精神不错。

小个子男人说道："确实，我的身体已经全好了。医生，我想问问你，这场该死的鼠疫是不是已经很严重了？"

医生给了肯定的回答。科塔尔的口吻却很轻松：

"它会把一切都弄得乱七八糟。现在它一定会持续蔓延。"

两个人一起走了一段路。科塔尔在提到他住的街区有位大杂货商，他储备了很多食品，然后以高价出售。在别人去他家要送他去医院的时候，发现了藏在他床底的食品罐头。"他死在医院，鼠疫可不会为了这个买单。"科塔尔有着一堆类似这样真假难辨的鼠疫传闻。还有一天早上，一名住在市中心的男子疑似得了鼠疫，发着高烧，精神错乱，他跑到屋外，紧紧抱住他遇到的第一个女子，大声喊着自己患了鼠疫。

科塔尔和颜悦色地说道，这与他讲的事实不太搭调："毫无疑问，我们都会疯掉的。"

在这一天下午，约瑟夫·格朗告诉了里厄医生自己的秘密。他看到了书桌上的里厄夫人的照片，然后回头看了看里厄。里厄则回答自己的夫人在城外接受治疗。格朗说道："从某种意义上来说，她运气真不错。"医生则说，只要她能康复就好。

格朗说道："嗯！我知道。"

从里厄认识格朗以来，这是他第一次说这么多话。他仿佛对此时要说的这些话已经深思熟虑过了一样，虽然还得字斟句酌，但他总能找到恰当的措辞。

格朗是为了结婚才辍学找工作的。他年纪轻轻就和一位家境贫寒的邻家姑娘结了婚。他的妻子雅娜身材十分瘦小，格朗总是担心她过马路时的安全，因为和她相比，那些车辆都是庞然大物。那天，他们路过一家小店铺，雅娜被橱窗里陈列的圣诞礼物深深吸引，然后对格朗说："好美啊。"格朗紧紧握住姑娘的手，就这样，他们订下了终身。自此，他们两个从来没有离开过所居住的街区。格朗第一次去雅娜父母家的时候，她的父母有些笑话他，因为觉得这个求婚者举止笨拙、沉默寡言。雅娜的母亲一直在家里操持家务，雅娜会帮母亲的忙。雅娜的父亲是一名铁路工人，他在休息的时候老是坐在靠窗的角落里，望着窗外发呆，粗大的双手平摊在大腿上。

用格朗的话来说，后来的故事和每个人的一样，都很普通：两个人在结婚的最初还算相爱，但是爱情的味道随着工作的时间的拉长而逐渐变淡。因为办公室主任的承诺没有兑现，让娜只好参加工作。格朗在这里想要说的话需要一些想象力。一个前途渺茫、生活窘迫并为了工作不停奔忙的男人，每晚在餐桌上都沉默寡言。爱情在这种环境中根本无法存活。工作的劳累助长了格朗本来就沉默寡言的性格，他甚至变得随波逐流。他也无法如妻子所愿，像从前那样爱她。一年又一年过去了，雅娜并没有离开他，但她还是感觉到了痛苦。最终，雅娜还是独自一人走了。她留给他一封信，大意是："这次离开对我来说并不意味着幸福，但是寻找一个新的开始并不需要幸福……我曾经深深地爱过你，但现在，我厌倦了……"

就像里厄提醒的那样，约瑟夫·格朗当然也可以重新来过，但是他没有信心。现在难过的人轮到他了。

格朗仍对雅娜念念不忘，本来他想给雅娜写一封解释的信。"我已经犹豫很久了，但是这对于我来说太难了。相爱的时候，我们彼此之间当然心照不宣。两个人的爱情并不是一成不变的。某一段时期，我是能说出一些挽留她的话的，但是我没说出来。"里厄一直看着格朗，看他用方格手帕擤鼻涕，然后又擦了擦自己的胡子。

老人说道："医生，对不起，怎么说呢……我很信任你，所以在你面前说这些，说出来又让我很激动。"

很显然，鼠疫和格朗之间还隔着十万八千里。晚上，里厄给妻子发电报，告诉她自己很想她，要她好好照顾自己，奥兰虽然已经封城了，但他一切都好。

已经封城三个星期了，里厄从医院出来时，看到一个年轻人在等待他。

年轻人说道："我想您应该认识我吧。"

里厄不敢肯定，但又觉得他很眼熟。

那个人说道："我叫雷蒙·朗贝尔，在鼠疫暴发之前，我来询问过您阿拉伯人的生活情况。"

里厄记起来了，说道："哦，是这样的。那现在有非常适合报道的题材给你了。"

年轻人说，他来是为了得到里厄医生的帮助，而不是为了找题材。

"奥兰没有别的我认识的人。更倒霉的是，我们报社的那个通讯员是个蠢货。"他继续说道。

里厄邀请雷蒙一同步行去一家位于市中心的诊所，以便谈事情。夜幕缓慢降临，往常十分喧闹的城市在此时显得格外安静。他们两个人顺着黑人聚居的小区继续走。天边晚霞还没有完全褪去，几声军号声传来，仿佛昭示着军人还在尽忠职守。他们沿着陡峭的马路往下走，两侧是紫色、赭石色，还有蓝色的阿拉伯住宅。朗贝尔激动地说着，城市封锁以后，他立刻给他的妻子发了电报，让她留在了巴黎。说实话，她还不算是他的妻子，但是已经差不多了。最开始，他只是想和她取得联系，但并没有觉得他们的联系会持续太久。他想给她寄信，但是一位省政府的女秘书对此嗤之以鼻，邮局也不允许他进入。他在奥兰的同行们也无能为力。最后，他排了两个小时的队，终于被允许发一封电报，上面写了："不久后再见，一切都好。"

然而，就在今天早上，他在起床时突然意识到，他也无法估计事态的持续时间，所以最终决定离开。由于他是经人推荐的（他的工作中有这种便利），所以他能够见到省政府办公室主任。他和主任说自己来到这里完全是事出偶然，自己也和这座城市没有联系，所以理应允许他离开，就算出去后接受隔离检疫也没关系。主任对他的情况表示理解，然而不能为他破例。总体上来看，目前的情况很严重，因此他无法做出任何决定。

"但不管怎样，我毕竟是一个外地人。"朗贝尔说。

"是的，但不管怎样，我们都希望疫情能够尽快过去。"

里厄在谈话的末尾想要安慰朗贝尔，劝他认真想想事情好的那一面，提醒他现在可以在奥兰找到好的报道素材。朗贝尔对此仅仅耸了下肩膀。就在这时，他们抵达了市中心。

"医生，你应该懂的，这话并不正确。也许我生来就是为了和一个女人在一起生活的，而不是一块做报道的料。这件事难道不是合情合理的吗？"

里厄说，这说法听起来的确没有毛病。

朗斯多克情报局那天的通报造成的后果就是：现在市中心的大道上人群全无，只有几个行色匆匆、脸上不带一点笑容的行人走向远处的住所。通常来讲，二十四小时后，市民就会重拾信心。但是当天，死亡人数实在给人们留下了深刻的印象。

朗贝尔忽然开口说道："原因就是，我们两个刚刚认识没多久，但是她和我十分投缘。"

里厄保持了沉默。

朗贝尔继续说："很抱歉打扰到你了。但我只想问问你能不能给我开一张有用的证明，证明我没有得什么该死的鼠疫。也许这能派上用场。"

里厄点了点头。这时，他轻轻扶起了一个跌倒在他脚边的小男孩。随后，两人一起来到了阅兵场。棕榈树和无花果树的枝叶都蒙了尘，一动不动地垂下，一座共和国雕像竖立在树丛中，上面落满了灰尘。他们停在雕像前。里厄把两只沾满白灰的脚先后在地上踏了踏。随后他看向朗贝尔，朗贝尔胡子拉碴，衬衫上挂着领带，领子的纽扣是松开的，一顶呢帽扣在他的后脑勺上，整个一副玩世不恭的神情。

最后，里厄说道："请你相信我，我能理解你的心情，但是我无法给你开证明。我并不知道你是不是真的没有患病。就算现在没有，那我也不能保证你在离开我办公室到进入省政府的这段时间内没有染上鼠疫。况且，就算……"

朗贝尔急切地打断他："况且，就算什么呢？"

"况且，就算有这张证明，它也不会派上用场。"

"为什么？"

"因为，这座城市里有成千上万个你，但是都出不去。"

"没得病的人也不能出去吗？"

"这不是一个充分的理由。我明白，这场变故很荒谬，但是我们得妥善处理，因为这关系到每一个人。"

"可我并不属于这里。"

"那从这一刻开始，你也是这里的人了，和大家一样。"

"你可能并不知道，对于两个情投意合的人来说，这种分离到底意味着什么。这是人道问题，我向你保证。"

里厄并没有马上做出回应。过了一会儿，他才说他希望所有相爱之人皆可重逢，也由衷地希望朗贝尔能与妻子团聚，这种心情他完全能够体会。但是，面对鼠疫，面对法律法规，忠于职守才是他的职责。

朗贝尔苦涩地说道："不，你不理解，你已经脱离了实际，只是在讲大道理。"

里厄仰头望着共和国雕像，坚持声称自己说的都是事实。

朗贝尔整了整领带，开始不服气地说道："那照你说的，我只能另想办法了？但无论如何，我都得离开这里。"

医生表示自己能够理解他的想法，但自己毕竟与此事无关。

"不是的，你和这件事有关系。别人告诉我，你在决定中占有的话语权很大，所以我才会来找你。我那时想，至少应该让你自己来解决一下亲手制造的难题，但你一点都不为了那些两地分离的人考虑，你只是不闻不问。"朗贝尔突然大叫道。

里厄承认，从某种意义上来看，这话没什么问题。他确实没有对这种情况进行考虑。

朗贝尔说："哦，我懂了！你是不是又要说那些为大众服务的话了？但是你别忘了，个人幸福是大众利益的基础。"

医生就像是刚回过神来一样，开口道："行吧，但是你不应该发火的。请不要轻易定论，你只看到了你想看到的，还有很多方面没有考虑到。要是你解决了这件事情，我会非常开心的。但是我的职责并不允许我这么做。"

朗贝尔冷静下来，摇了摇头。

"是的，我不应该发火的，这样只会浪费彼此的时间。"

里厄请朗贝尔不要再对自己抱有怨恨，也希望他能随时告知自己事情的进展。他们二人日后肯定有一项需要共同完成的计划。

朗贝尔忽然显得有些不知所措，他沉默了一会儿说："我相信你。无论你刚才说了什么，也无论我之前是怎么想的，我都相信你。"

"可是，我不认同你的想法。"犹豫一下后，朗贝尔继续说。

里厄看着朗贝尔向前额压了一下自己的呢帽，然后大步流星地走向旅馆，让·塔鲁也住在那里。

过了一会儿，医生摇了摇头。记者这种迫切想要获得幸福的心情无可厚非。但是，责备他"生活得不切实际"就正确了吗？这段时间以来，平均每周，医院都要死五百个人。鼠疫蔓延得相当快速。医生在医院度过的这些日子难道不实际？确实，不幸之中确有不切实际和不太真实之处。但如果你的生命面临着被不切实际夺走的危险，你就得认真对待。这一点并不容易做到，里厄明白这一点。比如说，里厄所负责的这座临时医院（现在有三家医院了）管理起来就不容易。为了接待更多病人，里厄找人改造了门诊室对面的屋子。接诊室的地面上挖了一个小水池，里面添加的是消毒药水，正中间是一个砖砌的小平台。病人被放到小平台上后，立即被脱下衣服，扔进水池里。病人洗过擦干后，穿上医院的粗布病号服，送到里厄那里，然后住进病房。现在收容病人的地方是学校的室内操场，已经住满了五百张床位。从早上开始，里厄就得亲自接诊、打疫苗、做切除腹股沟淋巴结肿块的手术，随后又要去核实统计的数字。下午他还要回到门诊继续这样的工作。直到深更半夜他才出诊结束回到家里。头一天的夜里，里厄的母亲把儿媳的电报给里厄的时候，发现自己儿子的双手都是颤抖的。

里厄说："是有些抖，但是坚持下去，我就能不再如此紧张了。"

里厄的体格比较强壮，抵抗力也强，他确实还不累。但是他有些受不了出诊这件事了。病人如果被诊断为传染性发烧，那就必须得立马送走。病人的家属心中很清楚，等再次见到病人时，要么他已经死了，要么他痊愈了。如此一来，步履维艰的情况就出现了，脱离实际的情况也出现了。

洛雷太太说："医生，可怜可怜我吧！"这是一位女佣的母亲，女佣工作的地方是塔鲁住的旅馆。里厄当然心怀怜悯，但是，这又有什么意义呢？怜悯之心帮助不了任何人。他必须拨打电话。很快，救护车的鸣笛声响起了。刚开始，邻居们都打开窗户进行观望，很快，他们就关上窗户。接着一些不切实际的行为开始出现：劝说、啼哭、挣扎等。疯狂的场景一幕幕地出现在这些被焦虑和发烧蒸腾着的寓所中。最终，救护车还是带走了病人，里厄也得离开。

刚开始有几次，里厄打了电话，没等到救护车来就去看别的病人了。可是，病人的家属往往紧闭大门，他们宁愿和鼠疫病人同处一个屋子，也不愿意与之分别。他们心中很明白分离的结果。喊叫和命令都无济于事后，警察进行了干预，动用了武力，病人被强制带走了。在前几个星期里，里厄一直要等到救护车过来才能离开。后来，一位便衣警察搭配一名医生进行出诊，这样一来，里厄才能安心地看病人。起初那段时间里，洛雷太太家的场景在每个夜晚都会上演。有一天的晚上，里厄走进一间有假花和折扇装饰的小公寓，病人的母亲似笑非笑地对他说：

"这不会是那种发烧吧，就是大家讨论的那种？"

里厄掀开毯子和衬衣，静静地观察病人肿胀的淋巴结，还有腿上和腹部的红斑。看到女儿两腿之间的情景，母亲终于控制不住地开始尖叫。每天晚上，不知所措的茫然神情都会出现在母亲们的脸上，看着出现在孩子腹部的致命症状大声号哭；每天晚上，救护车的鸣笛声总会引起一些危机，但是和痛苦一样，这些危机无力苍白；每天晚上，总有人会紧紧拽住里厄医生的胳膊，哭泣、许诺和废话很快交织在一起。度过了一个又一个几乎毫无差别的漫漫长夜之后，里厄觉得，除了这些一直在重复的同样场景，他再也不会看到其他东西了。和不切实际一样，鼠疫是乏味单调的。也许只有里厄自己发生了改变。那天晚上在共和国雕像脚下，里厄医生看着那家旅馆的大门逐渐吞没朗贝尔的身影，他意识到，他的全身都已经被难以忍受的冷漠侵袭了。

迎着霞光，全城的居民都走上街头，却还是在原地转圈。人们都因为这几个星期的生活而感到疲惫不堪。里厄明白，当这一切远去时，他再也不用竭力克制自己的同情心。人们会厌倦一无是处的同情心。唯一宽慰了医生的是，他的内心在这些压得人喘不过气来的时间里变得越发坚实。里厄感到由衷地高兴，因为这有助于他开展工作。每天深夜两点，母亲看到儿子回家后那空虚的眼神时，感到无比心痛。确切地说，她是因为里厄把他唯一能得到的温情漠然置之而深感悲痛。他必须有自己的态度才能和不切实际作斗争。但是朗贝尔如何才能明白这一点呢？对于朗贝尔来说，一切和他的幸福背道而驰的东西都是不切实际的。说实话，在某种意义上，里厄认为这位记者的想法没错。但是有时候，相比于幸福，不切实际的想法会表现得更强烈。面对这种情况，不切实际的想法必须得到重视。这就是朗贝尔遇到的情况。在朗贝尔向里厄吐露心声后，里厄也了解到了详情。

一场愁云惨淡的战争发生在鼠疫的不切实际和每个人的幸福之间。在崭新的层面上，这场争斗会继续进行着。在很长的一段时间内，这场争斗构成了我们城市的全部生活。

然而一些人看到了不切实际，另一些人则看到了事实。局势在鼠疫暴发将近一个月时更加恶化，这让人十分绝望。首先，新一轮鼠疫开始了；第二，帕纳卢神甫做了一次言辞激烈的布道。在米歇尔老头发病的初始阶段，就是这位耶稣会教士给予了他帮助。这位神甫声名卓著，因为他是碑铭修复方面的专家，还总是在奥兰地理协会的杂志上发表文章。他曾经做过一系列关于现代个人主义的报告，而来听讲的人的数量甚至大于这个领域的专家所能拥有的听众。在报告中，他强烈批判了过去几个世纪的愚昧主义和现代的纵欲主义，并强烈捍卫严格的基督教教义。他抓住了这个机会，勇敢地将严酷的现实摆在了听众面前。因此，他也声名鹊起。

但是，这个月末，城中的教会组织忽然决定用自己的办法来抗击鼠疫：组织一次集体祈祷，为期一周。在这个历史时期，这次布道算是一件大事，因此在它开始之前，就被全城热议。

这项表达虔诚的公众的宗教活动将以星期天的一场庄严的弥撒作结，本次弥撒的目的是祈求因为照顾鼠疫患者而牺牲的圣人圣罗克来保护大家。趁着这次机会，大家希望一直忙于非洲教会和圣奥古斯丁研究工作的帕纳卢神甫能够发表讲话，他在所属修会的威望因为这些工作而越发高了。神甫富有激情，天性热忱，十五天前终于抽出空来，毅然答应了这项任务。

许多人参加了这一周的活动。但并不是因为奥兰的居民平时就对宗教活动非常虔诚。比如说，在星期天的早上，海滨浴场就与弥撒格格不入。居民们的灵魂也不会因为信仰宗教而突然得到升华。他们积极参与此次活动的原因在于，一方面，封闭城市后，港口也被封锁了，人们不能再去海滨游泳了；另一方面，人们现在正处于非常特殊的精神状态中，虽然他们没有从灵魂深处接纳自己所遭受的突发事件，但是已经感受到某些事情发生了改变。他们并不觉得一定要去做什么事情，但还是希望鼠疫能够赶快过去，全家人都能够安然无恙。在他们眼中，令人讨厌的鼠疫既然来了，那必然有离开的那天。虽然他们心生恐惧，但并未感到绝望。忘却自己从前的生活，把鼠疫看作自己的生命形式，这样的时刻还远着呢。总之，人们都在等待。他们如同看待许多其他问题一样看待宗教，既不是热情澎湃，也不是漠不关心，可能用"客观"一词来形容会比较恰当，这是鼠疫赋予他们的独特的精神状态。大部分参加祈祷周的人的想法，可能就像一位信徒对里厄医生所说的那样："总之没有坏处。"塔鲁的笔记上这样写道："面对同样的情况，中国人会敲锣打鼓驱赶瘟神。"不过他也表示："谁也不知道敲锣打鼓是不是真的比防疫措施更有效。"随后他又补充道："弄清瘟神是否存在才是解决问题的关键，奢谈其他都是徒劳。"

整整一周里，善男信女挤满了城里的教堂。在刚开始那几天，很多居民还只是待在自己家门廊前面的花园，听着一阵阵来自大街小巷的祷告和祈求。但没过多长时间，在其他榜样的鼓舞下，旁听者们也纷纷走入了教堂，信徒的祷告声和他们胆怯的声音融为一体。周日那天，一大群人拥进教堂正殿，连教堂前的广场和台阶上都站满了人。天空从昨天起就阴沉沉的，大雨倾盆。站在外边的那些人打起了伞。湿衣服和熏香混合的味道飘浮在教堂里。就在这个时候，帕纳卢神甫走到了讲道台上。

神甫的身材中等，体形粗壮。他靠在讲道台旁，肥大的双手紧紧抓着木栏杆。人们能看见的只是他那乌黑敦实的身影。他戴着一副钢丝边的眼镜，双颊红得几乎发亮。他的声音充满了激情，掷地有声，能够响彻远方："我的兄弟们，你们在经历不幸；我的兄弟们，你们是自作自受。"这话立即在信徒中引起了骚动，一直蔓延到广场上的人群中。

从逻辑上看，神甫接下来说的那些话和他那打动人心的开场白并不协调。但是，恰恰是因为听了这段话，市民们才醒悟过来。演讲技巧被神甫运用得很巧妙，整场布道的主题一下子被凸显出来。在讲完这句话之后，帕纳卢诵读了《出埃及记》中关于埃及瘟疫的原文，然后说道："历史上第一次出现这种灾难，是为了打击上帝的死敌。瘟疫让违背天意的法老屈服。有史以来，上帝之所以降下灾难，是为了让那些盲目无知和肆意妄为的人臣服。请大家仔细想想，然后跪下。"

全场随着神甫最后一句洪亮的话落下而变得鸦雀无声。雨越发大，暴雨敲打着玻璃窗，显得教堂内更加肃静。几位信徒在微微犹豫后，便滑下座位，跪在祷告椅上。接着，全场的信徒纷纷下跪，弄得椅子嘎吱作响。在这之后，帕纳卢神甫重新直起身子，深吸一口气，继续开口说话，语气更加抑扬顿挫："现在鼠疫降临到你们的头上，是因为到了反思的时刻。坏人将会颤抖，好人则不用害怕。在这天地之间的巨大粮仓中，人类的麦子被无情的灾难击打着，直到麦秆上掉下麦粒。就像麦粒不如麦秆多，幸运得救的人也不如受上天召唤的人多。这种不幸并不是上帝的本意。很长以来，这个世界就已经成了罪恶之地，凭借上帝的宽恕才能存在。正因为只要能够诚心地忏悔，就可以为所欲为，所以人们都有恃无恐，反正时间到了去忏悔就好了。自那时至现在，顺其自然是最简单的事情，仁慈的上帝自然会安排剩下的事情。但是，这样终究不是长久之计。上帝一直长久地注视着城中的居民，目光慈悲。但他在永恒的希望中感到了绝望，已经等得不耐烦，于是挪开了注视的目光。我们失去上帝的圣光后，便会长期地陷入鼠疫的黑暗中！"

教堂里的有些人像厌倦的马儿一样不耐烦，对这话嗤之以鼻。神甫停顿了一会儿后，说话的声音越发低沉："据《圣徒传》（是意大利雅克·德·沃拉季内所著的基督教圣人传说集，大约在 1267 年完成）记载，意大利北部的伦巴第地区在翁贝托国王时期经历了一场凄惨的鼠疫浩劫，活着的人都不够掩埋尸体的。而帕维亚①和罗马地区的鼠疫更加猖獗。那个时候，一位善天使现身了，他命令一位恶天使手拿长矛敲打人们的房屋，他敲了多少下，屋中就有多少人死去。"

　　就像是在指着隐藏在飘摇的雨帘后面的什么东西一样，帕纳卢朝着广场方向伸出两只短短的胳膊。他大声说道："我的兄弟们，那场置人于死地的围猎现在就发生在我们的街道上。你们看，瘟神站在你们的屋顶上，正用左手指着你们的房屋，右手拿着用于狩猎的红色长矛。他闪耀如恶魔，威武如撒旦。也许就在现在，瘟神的长矛敲击在木板上嘭嘭作响，手指着你们的大门；可能就在此刻，鼠疫溜进你们的家门，坐在房中，等候你们的归来。他们仿佛就是世界的秩序本身，信心满满，聚精会神，不慌不忙。你们需要清楚的是，只要他对你们伸出手，那世界上的任何力量，包括一无是处的人类科学都无法令你们躲掉灾难，你们最终会鲜血淋漓、痛苦地倒在谷场上，和麦秆一样被抛弃。"

　　说到这里，神甫对悲惨的灾难景象进行了绘声绘色的描绘。他说城市上空有根巨大的长矛在随心所欲地击打着，然后又举起来，上头全是斑斑血迹。最后把鲜血和人类的痛苦一起撒播下去，"作为未来收获真理的种子"。

　　帕纳卢神甫在讲完这段冗长的说辞后停下来。他颤抖的双手扶在讲道台上，浑身都发抖，额前是散落的头发。他继续说起来，嗓音更加低沉，语气中满是谴责的意味："没错，是时候反思了。疏远的关系是无法回报他无边的仁慈的。你们需要用真情来对待上帝，别以为只要装模作样地跪拜上帝就能抵消你们轻视他的罪恶态度。上帝爱你们，希望能够经常见到你们。说实话，这也是表达爱的唯一方式。而现在，上帝已经疲于等待，于是就让灾难降临在你们头上，

----

　　① 帕维亚是当时伦巴第的首府。

如同降临在所有有史以来的罪恶之城一样。现在，你们终于知道什么是罪恶了，就像该隐①父子、大洪水暴发前的人们、所多玛和蛾摩拉②的居民、法老③和约

---

① 该隐是《圣经》中的杀亲者、世界上所有恶人的祖先，是人类祖先亚当及其妻子夏娃最早所生的两个儿子之一。因为憎恶弟弟亚伯的行为，而把亚伯杀害，后受上帝惩罚。

② 所多玛和蛾摩拉是《圣经》中的罪恶之城。

③《圣经·出埃及记》中，先知摩西想带领以色列人离开埃及，法老不答应，上帝降下十灾使法老屈服。

伯①，以及所有被诅咒的人们所经受的那样。自那天开始，灾难和你们被这座城市的围墙团团围住。和上面所有人一样，你们开始用崭新的态度看待世间万物，终于知道要回归到本质问题上来。"

教堂的正殿吹进来一阵温润的风，烛焰被吹得东倒西歪，发出噼噼啪啪的

---

① 约伯是《圣经》中的人物，虔诚忍耐，为人行事正直，受到上帝考验。

声响。在浓烈的蜡烛味中，在一阵阵咳嗽声和喷嚏声中，帕纳卢神甫用着颇为讨巧的精明技巧继续自己的高谈阔论。他语气平和地说道："我知道，你们中间的很多人都在猜测我讲话的用意。虽然我之前说了那样的话，但我要让你们学会开心，让你们走向真理。那个只要提出忠告、伸出援手便能劝人向善的时代已经过去了。现在，真理就是命令。红色长矛指向的道路，就是拯救之路，你们也会被它推到那里。这场灾难，既能谋杀你们，也能教育你们，指明你们的道路。兄弟们，上帝的仁慈在这里尽情展现，它令万物都表现为善和恶、怒和怜、鼠疫和拯救。

"很久之前，鼠疫被阿比西尼亚①的基督徒们看成获得永生的有效方法，是上天的恩赐。没有得病的人却在身上裹住鼠疫病人的床单，抱着必死的决心。当然，这种操之过急的行为十分傲慢，我们不应该性急地想要干预上帝已经安排好的、无法更改的命令，否则便会走向极端。这种渴望得到拯救的疯狂举动并不值得推荐。但这件事情能开阔我们的心胸，具有教育意义。它能让我们看到隐藏在苦痛深渊的那道美妙的永恒之光，正是它将昏暗的拯救之路照亮，表达上天要全力以赴改恶为善的意志。今天，这道光芒再一次穿越这条充满了号叫、恐慌和死亡的道路，我们也被它引向真正的宁静和生命的本源。我愿意给你们带来无尽的安慰，兄弟们，希望你们能带走使人心中平静的福音，而不仅仅是那些责备的话语。"

窗外的雨停了，人们也觉得帕纳卢的布道该结束了。一缕清新的阳光倾泻在广场上，天空还是水汽朦胧的。整个城市开始变得活色生香，车辆的行驶声音和嘈杂的人声慢慢在街道上响起。在一通忙乱中，听众们悄悄收拾好了用品。但是，神甫又继续发言，用鼠疫来自天意以及它的惩罚性特点作为结尾。涉及这么

① 阿比西尼亚是埃塞俄比亚的旧称。

悲伤的话题，他不想用华丽的辞藻来修饰自己的结论，他觉得大家应该对这一切心知肚明。他只是提醒人们，在马赛暴发大规模鼠疫时，历史学者马蒂厄·马雷曾经深陷于无望无助的地狱。这个人真是眼瞎！而在今天，帕纳卢神甫感受到了上帝赐予众人的希望和帮助，这一感觉前所未有之强烈。他只希望，无论临终者的哀号声如何凄惨，无论这些日子有多艰难，奥兰城中的居民都能向上帝倾诉自己虔诚的心声和爱慕的心意。而上天自然会对剩下的事情有所安排。

很难说我们的居民是否觉得这次的布道有作用。预审法官奥东先生对里厄医生说，他认为这场演讲"根本没有办法反驳"。但并不是所有人都这样想。之前，很多人对此事的想法还很模糊，他们不知道自己犯了什么错而被处以不可想象的监禁，但此次布道激发了他们更多的感触。有些人继续过着自己的小日子，努力适应监禁的生活；其他人则与他们完全不同，一心只想着如何从这座监狱逃离。

一开始，就像忍受那些短暂的麻烦一样，人们还是能够忍受和外界隔离的生活的，只是平时的几项习惯被打乱罢了。但是，在暑气蒸腾的夏日晴空下，他们忽然明白了自己正在被囚禁，并隐约地感觉到他们的生活被这种监禁生活威胁了。夜色越发浓郁，他们的精神随着凉爽的夏风而变得饱满。某些时刻，他们会做出一些令人绝望的事情来。

一开始也许是巧合，但自本周日起，城里的恐惧心理越发普遍和浓重，人们不由自主地开始担忧起自己的处境。从这个方面看，城市的生活氛围终于有了变化。然而，说实话，变化的到底是气氛还是心理，这是个问题。

布道之后的某天晚上，格朗和里厄一起走去市郊，他们在路上说起这件事。忽然，一个走起路来跌跌撞撞、东倒西歪的男人撞上里厄。城里的路灯本来亮得很晚，但现在忽然亮起来，他们身后的一盏高大的灯照亮了这个人，他紧闭着双眼，脸上不仅挂着豆大的汗珠，还挂着沉默僵硬的笑容。他们绕过了这个人。

格朗说道："是个疯子。"

里厄刚刚抓住了格朗的胳膊，要拉着他向前继续走，却发现这位职员浑身颤抖，看起来十分紧张。

里厄说道："过不了多长时间，城里的疯子会越来越多。"

他已经累得口干舌燥了。

"我们去喝点什么吧。"

走进一家小咖啡馆后，他们发现只有吧台上的一盏灯亮着。在氤氲着暗红色灯光的氛围里，人们都在漫无目的地小声密语。医生从吧台那里要了一杯烈酒，一饮而尽。格朗对这一景象感到十分惊讶，随后他就想离开了。到了外面，路灯上空响起了一阵低沉的呼啸。里厄仿佛觉得那个不停地搅动炎热空气的看不见的瘟神正潜伏在黑夜中，四处呻吟。

格朗说道："幸好，幸好。"

里厄很疑惑，不知道格朗说的是什么。

他说："幸好我还有工作。"

里厄点了点头，说道："没错，这个条件很有利。"

里厄打算忽略那呼啸声，于是问格朗是否满意这份工作。

"我认为我做得还不错。"

"打算做很久吗？"

暖暖的醉意从格朗的语气中透露出来，他很兴奋。

"医生，我也不知道答案。不过，问题不在这里。"

里厄猜想他在黑暗中正挥舞着手臂，打算讲些什么。突然，那些东西开始滔滔不绝地从他口中说出：

"医生，你知道的，我希望有那么一天，当总编辑看了我送到出版社的稿子后，会站起身来和同事们说：'脱帽致敬，先生们！'"

里厄对于这突如其来的说明感到十分惊讶，他好像看到了自己的朋友正把手举过头顶，胳膊一挥，做出脱帽的动作。越发响亮的奇怪呼啸声从上空传来。

"没错，"格朗说道，"既然做了，就要尽量完美。"

虽然里厄并不十分清楚文学界的惯例，但是据他所知，这件事情不会如此简单。譬如，在办公室工作的编辑应该不会戴帽子。不过这一点也难说，里厄觉得还是不说为好。他竖起了耳朵，控制不住自己去仔细聆听那鼠疫发出的神秘的呼啸声。格朗居住的街区离他们很近了。因为那里的地势很高，习习微风似乎把城市的喧嚣一扫而空，他们的精神也焕发起来。里厄并没有将格朗说的那些话全都听进耳朵里，他只知道格朗说的那部作品已经写了很多页了，作者为了让作品更加完美已经绞尽脑汁了。"就为了一个词，甚至有时候只是一个连词，我会琢磨几个晚上，甚至几个星期。"他缺了牙齿的嘴里陆陆续续蹦出来一串话语。然后，格朗停下来，抓住里厄的衣服上的一颗纽扣。

"你得明白，医生，在'而且'和'然而'之间做出选择相对容易，但是要在'然后'和'而且'之间做选择可不是件简单的事情。更难的是要在'随后'和'然后'之间做选择。当然，肯定有比这更难的选择题，那就是什么时候该用'而且'而什么时候不该用。"

里厄说道："没错，我理解。"

说完，里厄继续前进，格朗则有些愧疚地追上来。

他小声说："对不起，我也不清楚我今晚到底怎么了。"

里厄轻拍格朗的肩膀，说自己愿意给予他帮助，并且非常好奇他的故事。格朗的情绪终于有所平复。到他的家门口时，格朗犹豫了一下便邀请医生进家里坐一会儿，医生欣然应允。

里厄被邀请到餐厅就座。稿纸堆满了餐桌，上面还画着一道道涂改的杠子，字迹很小。

医生的眼神半信半疑，格朗如是回答："没错，就是这个。我有红酒，你要喝吗？"

正在看稿纸的里厄谢绝了。

格朗说道："这是我的初稿，别看了。我的头被它弄得很疼。"

格朗也在看稿纸，他的手像是不由自主地被一张纸吸引了一样，他把它拿了起来，隔着没有罩子的灯泡在看。医生发现，他的手不停地颤抖，汗珠已经从他的额头上渗了出来。

里厄说道："请坐下，把它读给我听听吧。"

格朗看着里厄，仿佛想要表达某种感激之情，脸上露出了笑容。

他说："行，我正打算这么做。"

格朗一直看着稿纸。一段时间之后，他坐了下来。就在此时此刻，里厄听到了模糊的嗡嗡声，似乎在回应城里鼠疫的呼啸声。对于夜色中恐怖而隐忍的号叫声，对脚下的这座城市，对奥兰城中封闭的世界，里厄都产生了强烈的感受。格朗提高了低沉的嗓音："五月份的一个美丽的清晨，一位优雅的女骑士骑着一匹神气的枣骝牝马，在布洛涅森林公园的小道上驰骋着，路边开满了鲜花。"一段沉默后，这座苦难的城市上空又响起了嘈杂声。格朗放下稿纸，继续凝视它。一段时间过去，他抬头问里厄："你认为如何？"

里厄觉得看了开头就想接着看下去，然而格朗却激动起来，认为这样的想法不好。他拍了拍自己的稿纸说：

"这不过是个大概。要是这匹马的小跑节奏和我写的句子完全合拍，要是我想象中的情景能够被完美地展现出来，那么剩下的都是小事，那他们很可能会说：'脱帽致敬！'"

要是就这样拿去印刷，他根本不会同意。哪怕有时候他也很满意某个句子，但他还是觉得它与现实并不完全吻合。从某个方面来说，它所具有的流畅笔调使之多多少少都有些陈词滥调的风格。但至少，他想表达的就是这个意思。此时，里厄站起来，他发现有人在窗外奔跑。

格朗一边向窗外看去，一边说道："我做的事情你总会看到的。到那个时候，一切都结束了。"

急促的脚步声再一次响起。里厄来到街上，两个男人从他面前跑过。看起来，他们的方向是城门。鼠疫和炎热一度让一些市民失去了理智，所以他们决定蒙混过关，甚至不惜使用武力逃到城外。

和朗贝尔一样，这些人也想逃出恐怖氛围，虽然他们没有更成功，但是他们更加机灵和顽强。朗贝尔刚开始一直通过官方的渠道进行活动。他始终认为，坚持到底就是胜利。某种程度上，他的工作需要他八面玲珑、长袖善舞，所以他拜访了很多人，包括一些公务员。他们大部分人对银行、出口、柑橘、葡萄酒贸易等问题都颇有见地，对诉讼或保险问题的了解无可争议。他们还有过硬的学识，非常乐于助人。这些人的能力毋庸置疑。但是他们的能力在这次鼠疫灾难中毫无作用，他们对鼠疫的了解几近于零。

当着他们的面，朗贝尔抓住了一切可以申诉的机会，他的理由就是自己其实是个外地人，这是应该特殊对待的情况。和记者交流过的人一般都认同这一观点。他们也会提醒他，许多人的遭遇都与他类似，所以这其实并不是特殊情况。朗贝尔回应说这丝毫不会改变他的立场。对方则认为困难在于行政部门反对给予任何人任何照顾措施，这样的先例一旦出现，会让人极度反感。根据朗贝尔跟里厄医生提出的分类法，讲出这番话的人可归为形式主义者。另外，还有一些人，他们能言善辩，会对有所求的来访者好言相劝，安慰他们这样的情况会很快结束的。另外一些重要人物则让来访者进行登记和留言，简单地陈述自己的情况，并表示会在得出结论后通知他们。浅薄的人会抓住机会给他推销价低的食宿公寓或宅子；有一些嫌麻烦的人索性扭过脸去；忙到不可开交的人则高高举起自己的胳膊；做事情有条不紊的人则让他先填写卡片，然后将其归档；沾染旧习气的人最多，他们告诉朗贝尔需要重新申办手续，让他去找另一个科室。

在这些不间断的走访中，记者筋疲力尽。在奥兰城的每一位居民看来，只要多活下去一天，便意味着离考验的终点更近了一点。对于这一点，里厄是承认的，但他还是觉得过于以偏概全了。朗贝尔则有些酸涩地告诉里厄，这一切并不全是坏处，好处就是真实的情况被掩盖了，他完全不清楚鼠疫蔓延的程度。这样一来，人们就能更快地打发日子。现在，他已经完全熟悉了市政府和省政府的样子，因为他经常出入办公室，完全知道里面的档案架和文件夹放在哪里，也知道里面有哪些面孔，又或许是因为他总是在漆布长凳上等待，看着面前宣传购买免税国家债券或是动员人们参加殖民地部队的大幅招贴。

曾经的朗贝尔一度心怀希望。省政府发给他一张信息表，要求他按照真实情况填写空白栏，内容包括个人简历、现在和以前的生活来源、家庭情况还有身份。朗贝尔认为这是用来统计遣送回家的人数的调查表。这种感觉被从某个办公室获取的一些模糊的信息证实了。然而，经过几次明确的询问，他最终找到了负责寄送信息表的单位，他们告知他，收集这些信息是以备不时之需。

朗贝尔问道："有哪些不时之需呢？"

他们很明确地说，万一他得了鼠疫死亡，通过信息表，他们一方面可以更方便地通知家属；另一方面可以明确是要等死者家属来付账，还是把医疗费记在市政府账上。这也可以表明他并没有和那些等待他的家人彻底隔离开来，他依然受到社会的关照。但这算不上是一种安慰。朗贝尔也注意到了，那就是一家单位如何在疫情最严重时继续提供服务，如何主动谋划未来的工作，而最高当局对此并不知情，单位如此行事唯一的理由便是职责所在。

接下来的日子对于朗贝尔来说，既是最难熬的，也是最轻松的。哪怕他已经办理了所有手续，也跑遍了所有的单位，但照样四处碰壁。他在咖啡馆之间来回游荡。早上，他坐在一个露天咖啡座上看报纸，摆在他面前的是一杯常温啤酒。他希望能从报纸上看到一些标志着疫情结束的迹象。他关注着路上行人的神情，看到满面的愁容，他便愤怒地扭过头去。他凝视着已经从餐桌上消失的著名开胃酒的广告，凝视着前面商店的招牌。看了一百遍后，他起身开始漫无目的地沿着黄色的城市马路散步。一直走到夜幕降临，从宁静的步道走到咖啡馆，又从咖啡馆来到餐厅。这天晚上，记者徘徊在一家咖啡馆的门前，医生看出他的犹豫。当他貌似做好决定后，便走了进去，找了个最里面的位子坐下。最近，咖啡馆得到单位有关的命令，要延迟开灯的时间。室内像是被灰白的流水入侵，暮色浓重。玫瑰色的晚霞折射在玻璃窗上，光影斑驳。夜色渐起，微弱的光芒在大理石桌面上闪烁。在空荡的大厅中，朗贝尔犹如一个迷路的鬼魂。这一刹那，医生感觉到朗贝尔像是被人抛弃了一样。其实，这座城里的所有囚徒都有这样的感受。里厄转身离去，他觉得自己要做些能够让他们早日解脱的事情。

朗贝尔在火车站也停留了很长时间。车站的月台禁止进入，但是与外面相通的候车室则是开着的。酷暑时节，有时候会有乞丐进来乘凉。朗贝尔进来了之后，看着铁路警局的条例规章和禁止吐痰的标语，还有从前的火车时刻表，最终他选择坐在角落处。候车室的光线并不好，几张描绘戛纳或者邦多尔的幸福自由的生活的广告贴在墙上，周围的地面上都是以前洒出来的"8"字形水渍，还摆着一只好几个月都没有生过火的旧铁炉。这让朗贝尔感觉到一种憎恨——来自极度贫困之人对自由的某种憎恨感。就像他对里厄说的那样，巴黎的场景让他最难以接受。虽然他不知道自己为什么喜欢这座城市，但他的脑海中还是逐渐浮现出一些景象：人烟稀少的先贤祠街区，巴黎北站，皇家宫殿的鸽子，古老的流水和石材，还有这个城市的其他一些地方。想到这些，朗贝尔什么都不想做。里厄认为，大概是因为这些景象唤起了他的爱情。后来的某一天，朗贝尔和医生说，他喜欢在凌晨四点醒来，随后陷入对自己城市的思念。从经验出发，医生完全可以理解朗贝尔是在惦记他那留在外边的女人。凌晨四点，哪怕这一晚刚背叛了爱情的人们也得睡觉。在朗贝尔看来，如果没有鼠疫，凌晨四点，他喜欢的人可以睡在他身边。是的，人们在这一时间通常都在睡觉，但焦虑的心灵会极度希望能够永恒地占有自己喜欢的人。而当这个人不在身边时，这颗心灵又极其渴望她能够安然入睡，直到相聚之时才会醒来。

布道后没多久，就来到了六月底，天气越来越热。布道的那个周日，一场大雨姗姗来迟。但是次日，天空和房屋的上方开始出现太阳。一整天都在吹大风，墙壁都要被灼人的热气吹干了。烈日一动不动地挂在天空中。火一样的骄阳和滚滚的热浪炙烤着城市。除了屋里和拱廊马路，阳光无处不在，走在街道上的居民始终和烈日如影随形。但凡他们停下脚步，就会感到身上被阳光晒得发痛。沮丧的情绪席卷了全城，因为人们不止在经受难耐的酷暑，而且他们目睹了遇难人数不断上升，一周死亡人数接近七百人。无论是在有露台的房子，还是在平坦的马路，郊区已经远不如从前热闹。这一街区的人们本来一直在自己家门口活动，但是现在，任何一扇大门都紧紧关闭着，就连百叶窗都合上了。没有人知道这是为了抵挡热浪还是防范鼠疫。然而，一阵阵呻吟却从某些屋子里传了出来。从前，面对这样的情况，总会有几个爱看热闹的人站在街上竖起耳朵。然而，经历了漫长的恐慌期后，人们都开始变得铁石心肠，就好像这些呻吟声是人类的天生语言一样，哪怕听到了，人们也只是顾着自己的生活或者迅速经过。

在关卡附近，冲突时有发生，警察们不得不使用武器。流血事件难以避免，据说甚至还有人死亡。在这座布满了恐惧和酷暑的城市里，人们会对一切夸大其词。总之，为了应对由不断上升的不满情绪所引起的最糟糕的状况，市政当局开始考虑要采取的措施，以防止那些身处灾难的市民反抗政府。市里的巡逻队一直在来回巡逻。报纸上重申了禁止出城的规定，告诫违令者会被监禁。马路地面被晒得发烫，街上冷清无比，一群骑着高头大马的卫兵在一排排紧闭的窗户之间行进，大街小巷都能听到马蹄声。巡逻队走远后，令人不安的寂静再次笼罩这座潜伏着危险的城市。城市中的恐慌气氛随着偶尔响起的几声短促枪声加剧，那是一些奉命捕杀可能会传播跳蚤的猫和狗的专业小队发出的枪声。

城中一片寂静，四周蒸腾着暑气。任何事情都能让如惊弓之鸟一般的市民们加以关注。随着季节的变换，大地的味道和天空的颜色也首次成为大家关注的对象。每个人都明白鼠疫会随着酷暑而越发严重，所以我们的城市中人心惶惶。夏天的气息越来越重了。六月份的天空在苍茫的暮色中显得分外开阔。晚上，城市上空的雨燕发出越发响亮的啾啾声。市场上的鲜花全都开得绚烂，早已不再是花蕾。早市之后，满是尘埃的人行道上落满了花瓣。人们清楚地感觉到，春天已经逐渐走远了。曾经，春天在一片姹紫嫣红中享有无限风光，而现在，在酷暑和鼠疫的双重压力下它已经逐渐失去了色彩，甚至可以说是花容失色。对于全城的市民来说，对他们造成威胁的不只是每天上百具尸体带来的沉重心情，还有布满烦恼和尘埃的灰白色街道，和这片夏日的天空。阳光普照，一刻都不停歇，它让人们失去了以前那种纵情狂欢或者入水嬉戏的兴趣，不会再像往常一样享受这个本该度假休闲和睡意四起的时刻。这阳光反而让人在城门紧锁的寂静中感到空虚。古铜色的闪亮肌肤和欢乐的季节已经一去不复返了。所有的快乐都被扑灭了，一切都在患有鼠疫的烈日照耀下黯然失色了。

这是一种由疾病引起的重大变化。往常，城市的大门会向大海打开，年轻人纷纷涌向海滩。市民们总是兴高采烈地迎接夏天的到来。但今年，景象截然不同了，海滨地区不许人进，身体也不再享有快乐的权利。而在这时，我们还能做些什么呢？塔鲁经常留意鼠疫的总体情况，并且记录下疫情进展中的每一个转折点。当时我们的生活被塔鲁如实地记录了下来：根据电台的播报，每周死亡几百人的阶段已经过去了，现在是每天死亡九十二人，有时一百零七人，有时一百二十人。"政府和报纸想要削弱鼠疫恐怖的形象，所以对于鼠疫问题的措辞都十分委婉。相比于每周死亡九百一十人，一天死亡一百三十人看起来更容易让人接受。"塔鲁还描绘了一些惊心动魄、凄惨动人的场景。例如，有一次他经过一个家家都关闭百叶窗的冷清僻静的小区时，忽然看到一个女人打开窗户，尖叫两声后，又合上了护窗板，遮住了昏暗的房间。此外，药房里的薄荷糖被抢购一空，因为许多人嘴里都含着这种糖希望能预防感染。这样的情况也被塔鲁记录了下来。

他依然观察着那些值得特别关注的人。据他说，那个逗猫的小老头儿过得十分凄惨。在塔鲁描述中，在一天早上，随着几声枪响，大部分猫都被射出的子弹杀死了，余下的惊慌失措地逃离街道。小老头儿如往常一样来到了阳台，看到这一情景他感到十分惊讶，他俯视张望着街道，安静地等待着。他用手指不停敲击着阳台上的铁栏杆。又等了一段时间后，老头撕了一些纸片，进入屋子，又再出来。过了一会儿，老头十分愤怒地合上落地窗，身影消失不见了。同样的场景在接下来的几天里不断出现。但是，失望和苦闷的情绪在小老头儿的神色中越发明显。一周后，塔鲁没有看到那个原本应该出现的人，紧闭的窗户表明了屋内的忧伤。他那笔记本上的结语是："鼠疫期间，不许冲猫吐唾沫。"

塔鲁晚上回家时老是遇到那个板着脸在大厅里来回走的巡夜人，他一直和遇到的人说他预见过如今发生的这些事情。塔鲁的确听过他的预言，但他当时说的是会有一场地震发生。巡夜老人的回答是："这该死的瘟疫！就算是没得病的人也会一直在心中惦记着。要是真的发生一场地震该有多好！狠狠震一下！数清楚死了多少人，活下来多少人，人们也就闭口不谈了，这事就结束了。"

同样难受的还有旅馆的经理。最开始，因为封城而滞留的旅客只能留在旅馆里。但瘟疫蔓延后，很多旅客更愿意暂时搬去和朋友住在一起。鼠疫曾经让旅馆的房间住满了人，但现在，因为鼠疫，这座城不会再进入新的旅客了，客房都空了。塔鲁是仅剩的几名房客中的一个。经理告诉塔鲁，要不是自己一直在用心讨好剩下的这几个客户，自己的旅馆早就关门了。老板还经常要求塔鲁估计鼠疫什么时候结束。塔鲁说："据说这种瘟疫会被寒冷阻断。"经理开始惊慌："真正的冷天气在这里是不存在的，先生，哪怕有，也得好几个月之后了……"老板很笃定地想，这座城市不会再进游客了，这座城市的旅游业被鼠疫摧毁得一干二净。

"猫头鹰"奥东先生曾短暂地消失在餐厅，但是现在他又露面了，还有两条训练有素的"小狗"跟着他。原来他的妻子正在照顾他的丈母娘，后来他们又一起参加了丈母娘的葬礼，所以现在得接受隔离检疫。

经理和塔鲁说："不论隔离与否，她都有可能患病，那他们也有可能得病。我可不认可这样的做法。"

塔鲁则说，如果人人都这样想的话，最终人人都会染病。但是对于这个问题，经理的态度十分直接，语气不容置疑："先生，我们两个都不可能染病的，但是他们却可能。"

但这一次，鼠疫算是白费力气了，奥东先生并没有为此有所改变。他以同样的姿态走进餐厅，与两个孩子先后入座，然后用优雅但暗含敌意的语气和他们攀谈。但小男孩的模样有所改变，和他姐姐一样穿了一身黑衣，略微驼背，很像是他父亲的缩小版。巡夜人十分不喜欢奥东先生，他和塔鲁说：

"那个人啊，完全可以穿戴好就去送死。像他这样，都不需要去殡仪馆化妆，直接去就行了。"

塔鲁也写到了帕纳卢的布道，记录如下："在灾难的开始和结尾，人们总能说一些漂亮的话。在第一种境地下，这种风气并没有退去。在第二种境地下，这种风气又有所恢复。我理解这种讨人喜爱的热情。但人们只有在灾难降临的时候，才会适应现实，或者说是适应沉默。我们等着瞧吧。"

在最后，塔鲁记录了他曾经和里厄医生的一次长谈，他记得那次的谈话氛围相当不错，还提到里厄医生的母亲有一双明亮的栗色双眼。为此，他有些奇怪地下结论："比起鼠疫，还是表露善意的目光更好。"在最后，塔鲁花费了大量的篇幅去描绘那位接受里厄治疗的年迈的哮喘病患者。

在交谈完毕后，两人一起去看望这名患者。老人冷笑着搓手，算是接待塔鲁。老人背靠枕头坐在床上，面前有两个装着鹰嘴豆的锅。老人看到塔鲁后开口："又来一个，哈！是病人死得太快，所以医生比病人多了吗？真是个完全颠倒的世界啊。神甫说得对，就是罪有应得。"第二天，塔鲁没有提前打招呼就再一次拜访了他。

在塔鲁的笔记中，原本开针线铺的这位哮喘病患者在五十岁时就觉得自己已经做够这一行了。他躺下去后就再也没起来。但是，他的哮喘在站着时会得到缓解。凭借每年一笔小额年金，他十分惬意地活到了七十五岁。他的屋子里看不到一只手表，因为他不能忍受自己的视线中出现手表。他认为"弄一只手表又蠢又贵"。他的时间，特别是他最在意的吃饭时间，是用那两口锅来计算的。他睡醒时，其中一口锅装满了鹰嘴豆，他小心翼翼地用匀速的动作把一粒粒鹰嘴豆装入另一口锅子。就这样，他找到了利用锅子对一天时间进行标记的方法，他说："这很容易操作，装满十五锅之后，就到了吃饭时间。"

他的妻子说，他天性中的一些特征，在他年轻的时候就显现出来了。他其实对于散步、女人、音乐、咖啡馆、朋友、工作等事务统统不感兴趣。他只出过一次城，是为了去阿尔及尔解决家庭的事情。这趟远行随着他在距离奥兰最近的火车站停下而中止，然后他乘坐第一趟驶来的火车回了家。

对于他这种足不出户的生活，塔鲁感到十分惊讶。老人的解释大概是这样：在宗教的说法中，人的上半生在上山，下半生在下山。下山时，每个人的生活都身不由己，很多东西随时会被剥夺，他对此无能为力，而且无能为力也是最好的办法。他还告诉塔鲁，这世间肯定不存在上帝，否则神甫就毫无用处了，因此他从不担心漏洞百出。塔鲁在又听了他的一些话之后理解了他的意思，其实这种哲理与教堂向他频繁募捐所引发的个人情绪有着紧密的联系。塔鲁的最后一处的描述意味深长地形容了老人的形象，老人再三向塔鲁陈述自己的愿望：他希望自己能活得尽可能长。

塔鲁自我提问："那么这是圣人吗？"接着他回答自己："没错，若神圣就是所有习惯的总和的话。"

对于自己在奥兰城中度过的一天，塔鲁做了很详细的描述，这让人们对于市民们在这个夏天的生活和工作都能有一个正确的认识。塔鲁说道："那些醉鬼笑得太过分了，只有他们在笑。"然后他继续写道：

清晨，正处在死气沉沉的黑夜与垂死挣扎的白天之间的时刻，鼠疫似乎在暂时休息。习习微风吹拂着还很冷清的城市。在所有关门的店家中，只有几家门口挂上了"鼠疫期间暂停营业"的招牌，也就是说，过一会儿，哪怕其他店家都开门了，他们这几家都不会开门。卖报纸的那几个还倚靠在街角处做梦，那梦游般的动作似乎在对着路灯卖报。过了一会儿，第一班有轨电车会吵醒他们，然后他们会伸开搁着报纸的手臂，开始奔走于城中。醒目的"鼠疫"两个字印在报纸上。"鼠疫会在这个秋天继续肆虐吗？"一个教授回答道："不会的。""在鼠疫暴发后的第九十四天，死亡人数达到一百二十四人。"

尽管纸张供应短缺，某些期刊不得不减少版面，但一份名为《瘟疫邮报》的新报问世。该报自称将致力于以严谨的态度向市民提供关于疾病蔓延或消退的信息，为读者提供有关鼠疫未来发展

情况的最具权威性的证据；该报还开辟了专栏，支持所有为抗击灾难而奋斗的人，无论他们知名与否。此外，该报还传达当局的指示，鼓励人民振奋精神。总之，该报的目标是团结所有善良的人，共同抵御病害。事实上，没多久，该报就变成只刊登各类鼠疫防疫新品广告的宣传阵地。

清晨六点，商店离开门还有一个多小时，但是门口已经排起长队。人们都在排队购买这些报纸。随后，这些报纸会在人满为患的郊区的电车上售卖。电车已经成了唯一的交通工具，它们十分费劲地向前行驶，踏脚板和栏杆处都站满了乘客。令人奇怪的是，所有的乘客都尽可能地背对背站着，以免交叉感染。电车到站后，车上的男男女女一拥而下，他们各走各的，步履匆忙。然而，情绪不佳的人们常常会发生争吵，这显然已成为他们的慢性病。

随着清晨头几班电车的开过，城市慢慢从梦境中苏醒。只有几家咖啡店开门营业，柜台上贴着"请自备白糖""没有咖啡"等提示。渐渐地，越来越多的店铺开门营业，街道上也变得热闹起来。此时，太阳缓缓升起，七月的天空灰蒙蒙的，暑气蒸腾。闲散的人开始在街上闲逛。他们中的大多数人都想用摆阔的方式来逃离鼠疫的阴影。每天大约十一点，几对青年男女会在几条主干道上招摇过市，从他们身上人们依然能够感受到对生活的热情。困境之下，这种热情越发旺盛。如果瘟疫扩散开来，道德观念也会随之淡化。古罗马时期米兰人在墓地边上纵情狂欢的景象也许会再次上演。

中午时分，饭店里座无虚席。很快，门口便聚集了一些没有找到座位的顾客。气温异常酷热，天空也变得灰沉沉的。等着吃饭的人们纷纷站在商店遮阳帘的阴影里，旁边是被阳光晒得滚烫的马路。饭店之所以这么忙，是因为许多人认为饭店可以简化食品供应问题，但这一想法却无法减轻人们对疾病传染的恐惧。顾客们不厌其烦地擦拭餐具。不久前，一些饭店贴出告示："本店餐具已经用沸水消毒。"然而，他们很快就不再贴告示了，因为顾客们不在乎花钱，奢侈无比的美酒佳肴终将出现在餐桌上。有家饭店也曾经出现了一些混乱的情况，原因是一位顾客面色苍白，感到不适，然后摇摇晃晃地离开了饭店。

大约在下午两点，城市逐渐变得空无一人。此刻，宁静、尘埃、阳光、鼠疫齐聚在街上。热浪沿着鳞次栉比的灰色大楼不断涌出。在热情如火的夜晚，漫长的囚禁时间陷落于拥挤喧嚣、人声鼎沸的城市里。在酷暑袭来的初期，夜晚总是显得寂静清冷。但现在，第一缕凉风带来了一丝希望和宁静。人们走出家门，在街头相互交流、相互争吵或彼此羡慕。七月的天空晚霞满天，城市到处都充斥着喧嚣之声，夜幕在凉风中渐渐落下。每个晚上，在林荫大道上总有一位头戴毡帽、系着大领结的老人，看上去颇有见解。他费尽口舌地穿过人群，不停地呼吁人们皈依上帝。然而，市民们却急切地追寻着他们并不了解的事物，或者追求在他们眼中比上帝更重要的东西。起初，他们认为这场疫情和其他疾病没什么两样，宗教依然有着重要的地位。但当他们意识到疫情的严重性后，他们又开始寻欢作乐了。白天的焦虑在炎热的傍晚变成令人恐慌的冲动和极不雅观的放荡，全体市民因此兴奋不已。

我和他们没什么两样。对于我这样的人来说，死亡不算什么。它只不过是一件承认他们价值的事件罢了。

那次同里厄的会面是由塔鲁提出的，他在笔记本中记录了下来。当天晚上，里厄正在等待他，目光注视着他的母亲。他的母亲做完了家务后便坐在饭厅角落里的一张椅子上打发时间。她的双手放在膝盖上等待着儿子的出现。里厄无法确定她是否在等他，但当他出现时，他母亲的表情变得非常兴奋，完全不像平时生活中那个默默无闻的人。不过，这种兴奋很快就消失了，她的脸色恢复了平静。那天晚上，他的母亲透过窗户望着空无一人的街道。三分之二的路灯已经熄灭了，只有微光时而闪烁，在城市的黑夜中散发光芒。

里厄老太太问道："整个鼠疫期间，路灯照明一直这么少吗？"

"或许是吧。"

"但愿不要一直持续到冬天，否则生活会更加悲惨。"

"是啊。"里厄回答。

他发现母亲一直盯着他的前额。他明白这些日子的担忧和疲惫已经让他的脸颊变得消瘦。

"今天状况不太好吧？"里厄老太太问道。

"嗯，和往常一样。"

和往常一样！这意味着从巴黎运来的新血清的效力似乎没有第一批的好，统计数字又在上升。只有病人家属才能接受防疫血清。只有进行大规模的工业化生产，才能扩大血清的使用范围。大部分病人的腹股沟淋巴结肿块未见溃破，它们在这个季节似乎已经硬化了。病人们因此感到疼痛难忍。昨天，城里又发现了两例新的鼠疫病例，病人的肺部受到了感染。当天召开了紧急会议，面对对于医学一窍不通的省长，疲惫不堪的医生们提出要采取新的措施来预防疫情通过口腔传染。省长批准了这一提议。只是和往常一样，没有人会知道这一提议的效果。

里厄凝视着自己的母亲，感受岁月在她身上留下的温情——她那栗色的眼睛和美丽的眼神更加动人。

"妈妈，你害怕吗？"他问。

"在我这个岁数，没有什么能让我害怕。"她回答道。

"白天很漫长，但是我没办法来看你。"

"如果知道你要来，我可以等你。你不在时，我就会思考你在干什么。你收到她的消息了吗？"

"有。最近收到了电报，一切都还好。但我知道她这么说是为了让我放心。"

听到门铃声后，医生走过去开了门。楼梯平台一片昏暗，塔鲁像一只身穿灰衣的大狗熊。医生邀请客人到他的书桌前坐下，自己则站在扶手椅的后面。他们之间的书桌上有一盏灯，那是屋内独一份的亮光。

"我就跟你直说了。"塔鲁开门见山地说。

医生默许了。

"不出一个月，事态的发展会超出你的控制。到那时候，你在这里就毫无用处了。"

"是的。"医生回答道。

"时间和人手你们都很缺，卫生防疫部门的组织工作也做得不好。"

医生连声表示认同。

"据我所知，省政府正筹谋组建一个民间救助组织，规定健康强壮的男性一定要参加救援工作。"

"你的情报真灵通。不过人们的反应很大，省政府还没有做出最终决定。"

"那为什么不尝试召集志愿者呢？"

"我们已经尝试了，但是效果不佳。"

"官方可能没有足够的信心，他们缺乏想象力。而且他们一直没有跟上灾难变化的步伐，提出的办法顶多只能处理感冒。如果我们听任他们去做，场面会失控的，而我们也会随之完蛋。"

"你说得有道理。"里厄说，"他们甚至考虑过派遣犯人来做那些辛苦的工作。"

"我认为用那些有人身自由的人会更好。"

"我也这样想。但这是为什么呢？"

"那些被判死刑的人让我感到害怕。"

"那接下来怎么办呢？"里厄看向塔鲁，问道。

"我有一个计划——组织志愿者防疫队来协助防疫工作，希望能得到您的批准。政府已经太忙了，最好让他们别插手。我认识很多人，这些人可以成为我们的骨干力量。当然，我自己也会参与其中。"

"我当然会支持你，"里厄说道，"我们需要更多的助手，尤其是和这项工作相关的人。我会向省政府传达这个想法的。实际上，他们也没有其他选择。但是……"

"但是，这项工作存在生命危险，你应该很清楚这一点。我必须提醒你仔细考虑一下。"

塔鲁那双灰色的眼睛看向里厄。

"医生，你听说过帕纳卢的布道吗？"

问题问得很自然，里厄也毫不犹豫地回答了。

"作为一名医生，我在医院里待的时间太长了，认同不了集体惩罚的想法。但是，你应该明白，有时候，基督徒虽然这么说，但他们实际上绝不会真的这么想。他们实际上比看上去的样子要理性。"

"你是否同意帕纳卢的看法，认为鼠疫有好处，它能让人清醒，让人努力思考？"

医生摇了摇头，显得很不耐烦。

"其他疾病的病理分析也同样适用于鼠疫。就和世界上所有的疾病一样，它确实能够让一些人提高认识。但在见识到了它带给我们的痛苦和不幸之后，向它屈膝投降的人只会是懦夫、傻子，还有疯子。"

塔鲁做了一个手势，示意抬高嗓门的里厄安静下来。他笑起来。

里厄耸了下肩："没错。但是你考虑过了吗？你还没有回答我。"

塔鲁将自己的脑袋伸到灯光下面。为了让自己坐得更舒服，他在扶手椅中挪动身子。

"你是否相信上帝，医生？"

这一次的问题仍然问得很自然，但是医生有些犹豫。

"不信。但是这什么都说明不了，我觉得这没有什么特别之处。我生于黑夜，想将黑暗看个彻底。"

"但这也是帕纳卢和你不一样的地方。"

"但我的看法不同。帕纳卢只是一个学者。他对死亡接触得不多，这就是他代表真理说话的原因。那些管理着自己教区的乡村教士，尽管身份卑微，但只要听过临终者的呼吸声，都会站在我这边。他会照顾受苦受难的人，然后才会想去证明苦难的卓越之处。"

里厄站了起来，灯光并没有照到他脸上。

他说道："如果你不想回答，那就算了。"

塔鲁仍然一动不动地坐在扶手椅中，满脸微笑。

"我是否能用提问来代替回答呢？"

这回笑的人是医生。

他说："既然你喜欢神秘，就请说吧。"

塔鲁说："行，你是怎么在不相信上帝的情况下表现出这样的牺牲精神的呢？也许在你的答案里我也能找到我的答案。"

医生还是待在光线昏暗的角落，他说自己已经做出了回答。如果他相信上帝有万能的力量，那他就会让上帝出手，而不是自己去治疗病人。然而，没有人相信这世间存在这样的上帝，哪怕是信仰上帝的帕纳卢。没有人会完全陷入信仰。最起码在这个方面，里厄认为自己正在与天地万物做斗争，正走在通往真理的道路上。

塔鲁说道："哦，这就是你对你的职业的看法吗？"

"大概就是这样。"此话一落，医生重新回到灯下。

塔鲁轻轻吹响口哨，医生看向他。

"没错，"他说道，"你可能觉得我太过骄傲。但请相信我，我只是表现出应有的自信。我不知道未来等着我的会是什么，也不知道事情的结局会是怎样的。我只看到，现在有病人需要我治疗，我会竭尽所能去治疗他们。在这之后，他们和我都会产生思考。但治愈他们是眼下最重要的事情。"

"你要对付谁？"

疲倦的里厄转身面向窗户，远方的人海隐约可见，天空布满乌云。他的心中在抵抗一个突如其来却不理智的念头，因为他想向这位古怪却又亲切的男子倾诉自己的心事。

"我完全不知情，"医生对塔鲁说，"我向你保证，我完全不知情。当我开始从事这个行业时，我并没有非常清楚自己的选择。也许是因为我需要它，也可能是因为像其他年轻人一样，我们都被这个行业吸引了。或者可能是因为，对于我这种来自工人家庭的孩子，这个行业非常具有挑战性，而且还必须接触死亡。你知道有人是不想死的吗？你听过有个女人在临死之前大喊'我不想死'吗？我听到过。对于这种情况，那时年轻的我根本适应不了。各种自然规律让我感到不适。后来，我成长得越发谦虚，但还是没办法习惯接触死亡，依然一无所知。但毕竟……"

陷入沉默的里厄感到口干舌燥，他坐下来。

塔鲁轻轻问道："毕竟什么？"

医生认真地看着塔鲁，还是有些犹豫，继续说："毕竟……你这种人，应该能明白这种事吧？也许上帝不愿意人们只是抬头仰望沉默不语的苍穹，而是更希望人们不信命，用尽全力和死亡作斗争，哪怕天地万物终有一死。"

塔鲁表达了自己的赞同："我当然理解。只是，你获得的胜利非常短暂，仅此而已。"

"我知道，总是短暂的。但这不能成为停止战斗的原因。"

"这确实不是理由。但是我想知道对于你来说，这次鼠疫有什么意义。"

里厄说道："是的，这不是理由。意义嘛，或许是看不到尽头的失败。"

塔鲁凝视了医生一会儿，然后终于站了起来，迈着沉重的步伐走向门口。里厄跟在他后面。当医生靠近时，塔鲁似乎在看自己的脚，他说：

"这都是谁教你的，医生？"

"苦难。"这答案来得很快。

里厄打开书房的门，告诉塔鲁他要去看望一位住在近郊的病人。塔鲁说和他一起去，医生欣然同意。走到走廊尽头时，他们遇到了里厄的母亲，里厄向她介绍了塔鲁。

老太太表示很高兴认识他。当老太太离开时，塔鲁转过身去看了她一下。在楼梯平台上，医生试图按下延时照明灯的开关，但灯光却没亮起来。楼梯里仍然是黑漆漆的。医生在思考这是不是新的节约措施，但无从证实。近期，一切似乎都失衡了，不论是家里还是城里，似乎所有人都不再关心任何事情。但是医生无暇进一步思考，因为他身后响起了塔鲁的声音：

"医生，再多说一句，虽然你可能认为有些好笑，但你说得完全正确。"

里厄在黑暗的夜里耸了耸肩膀。

"说真的，我可什么都不知道。你知道什么呢？"

对方回答得很平静："啊，我需要学的东西可不少。"

塔鲁走在医生的后面，在后者停下来时他一不小心滑了一下，他抓住了医生的肩膀才站稳。

里厄问道："你认为你已经完全理解生活了吗？"

"是的。"一如既往的平静声音从黑夜中传来。

走在街上，两个人才发现时间可能有些太晚，现在已经十一点了。只有零星窸窣声在无声寂静的城中躁动着。救护车的鸣笛声在离他们很远的地方响起。他们钻进车里，里厄发动了汽车。

他说："明天你来医院打预防针之前，我希望你想清楚，一旦做这件事，你的生还概率只有三分之一。"

"医生，我们两个人都很清楚，这样的概率毫无意义。一百年前的波斯帝国，某一座城市的市民全都死于鼠疫，只剩下一个清洗尸体的人活了下来，而他自始至终都没有停止手头的工作。"

里厄的声音忽然降低："他不过是撞上了那三分之一的概率。对于这个问题，我们得从头计议。"

这时，他们已经到了郊区。车停在冷清的街道上。里厄站在车前询问塔鲁要不要一起进去，塔鲁说"好"。两个人的脸被天空的光芒照亮。里厄忽然笑起来，声音亲切地说道：

"塔鲁，你觉得让你做这件事情的原因是什么？"

"可能是我的道德观念吧，我也不清楚。"

"什么样的道德观念？"

"理解。"

塔鲁转过身子，走向房屋。直到他们进入哮喘病人的家里，里厄才再次看到他的脸。

第二天起，塔鲁便开始工作了。继第一支队伍建立之后，陆续还有很多别的队伍也建立起来。

叙述者并非刻意夸大救护组织的作用。许多居民如果处在他的位置上，也会想要夸大它们的作用。不过，叙述者更愿意相信：太过强调高尚行为会间接表达对罪恶的敬意。这种观点不免让人觉得高尚的行为是因为罕见而显得可贵，冷漠和恶毒才是人类行为中最常见的动力。叙述者并不同意这样的观点，他相信罪恶往往源自无知。不明不白的善意造成的破坏和恶意一样多。人性本善，而非本恶。实际上，问题的关键不在于此。但是他们或多或少都有无知之处，这就是所谓的善与恶。无知的恶是最令人绝望的恶，因为这种恶认为自己懂得一切，便放任自己随意杀戮。杀人犯的灵魂就是盲目的。如果没有远见卓识，那也就不会有美妙的爱意和真正的善良。

所以，对于塔鲁出力建立起来的卫生防疫组织，应该给予客观的评价。叙述者的赞赏也是适度的，从不会过分赞美善意和英雄主义。作为历史学家，他将继续记录鼠疫为我们所有居民塑造的悲痛而严苛的心性。

那些献身于卫生防疫组织的人并不一定是真正伟大的人，只是他们知道这是必须做的事情，而不是一种选择。这些组织有助于市民们更深刻地了解鼠疫，让他们确信应该采取哪些有效行动来消灭它。消灭鼠疫已经成为某些人的义务了，因为鼠疫的本质已经变得显而易见了——它是我们所有人的事情。

教师受到赞扬并非因为他教会别人二加二等于四，而是因为他选择了这份崇高的职业。因此，塔鲁值得赞扬，因为他和其他人选择证明二加二等于四而不是与之相反。就这份善意而言，他们与教师一样，都选择了值得尊敬的事业。他们的数量远比我们想象的要多，这是人类的光荣，至少叙述者是这样认为的。当然，也有人会对他们的行为提出反对意见，认为他们在拿生命开玩笑。然而，历史上总会有这样的时刻：敢说二加二等于四的人会被处死。教师们深知这一点。问题并不在于知道这一推论的后果是惩罚还是奖赏，而在于知道二加二是否等于四。对于那些冒着生命危险去抗击鼠疫的人来说，他们需要判断自己是否已经被鼠疫感染，并决定是否要冒着生命危险与之抗争到底。

当时在我们城里，许多新道德家认为，做任何事都没用，只有屈从现实才是唯一的出路。虽然塔鲁和里厄以及他们的朋友可以给出不同的回答，但是只有他们自己知道真正的结论：不论使用什么方式，我们都一定要去抗争，而决不能屈服。让尽可能多的人存活才是问题的实质内容，不要让离别成为永别。为了实现这个目标，唯一的办法就是与鼠疫作斗争。这个真相可能并不受欢迎，但它是理所当然的。

因此，老卡斯特尔充满信心地利用周围的资源，竭尽全力当场制作血清，这一切都是理所应当的。里厄和老卡斯特尔都希望从城里传播的细菌中培养出血清，这种血清可能比从外地运来的更直接有效，因为这种细菌和通常定义中的鼠疫杆菌略有不同。老卡斯特尔期待能尽快制造出第一批血清。

因此，即使格朗没有被赋予"英雄"称号，他也自然而然地担任了卫生防疫组织的秘书。与此同时，塔鲁还组织了几支防疫分队，他们在人口密集区开展防疫辅助工作，主要是记录未消毒的地窖和阁楼的数量。另外一些分队则跟随医生到患者家中，确保鼠疫患者的运送工作。在缺乏专业人员的情况下，他们甚至需要自己驾驶汽车运送病人和尸体。所有这些工作都需要登记和统计，而格朗已经接受了这些任务。

叙述者认为，格朗是卫生防疫组织中最具代表性的人物，在防疫斗争中，他发挥着必不可少的作用。他那低调谦逊的美德、内心深处的善良驱使着他不假思索地帮助他人。他渴望做一些力所能及的小事来证明自己的价值。但由于他年事已高，有些事情也力不从心了。每天晚上六点到八点这段时间，他都会尽自己的一份力量。当里厄满怀热忱地向他道谢时，格朗颇感惊讶："这没什么大不了的。既然鼠疫出现了，我们就必须应对它，这是自然而然的事情。一切要是都能这么简单就好了！"他这种说话的调调很常见。某些夜晚，如果卡片登记工作提前完成，里厄就会和格朗聊天，塔鲁也会加入他们的谈话。格朗会详细介绍自己在抗击鼠疫中的工作，分享自己内心的感受，表达自己的喜悦，里厄和塔鲁听得津津有味，从中寻找到某种从容与淡定。

格朗经常被塔鲁问起女骑士的近况，每次他的回答都一样："她骑着马在小跑。"说完后，他脸上勉强挤出一点微笑。有一天晚上，格朗宣布他将不再用"优雅"这个词来描述女骑士，而改用"苗条"这个词，因为它更加具体。另一次，他向两个听众朗读修改过的文章，第一句是："五月份的一个美丽的清晨，一位苗条的女骑士骑着一匹神气的枣骝牝马，在布洛涅森林公园的小道上驰骋着，路边开满了鲜花。"

然后，格朗对自己修改后的文章进行了进一步的改动，他觉得使用"在五月的一个美丽的清晨"这个短语更恰当，因为"五月份"的"份"字把马儿小跑的节奏拉得太长了。

接着，他又开始纠结于用什么形容词来描绘他想象中那匹气场强大的牝马。他觉得"神气"这个词的表现力不够。他尝试了其他一些词汇，如"肥壮"，但觉得它有些贬义；"出色"也不行，因为音韵欠佳。直到有一天晚上，他自信满满地宣布找到了一个完美的词："一匹黑色的枣骝牝马。"他认为，黑色可以含有优雅的意味。

"这样不行。"里厄断言道。

"为什么？"

"因为'枣骝'并不是指马的品种，而是指毛色。"

"哪种颜色？"

"呃，反正不是黑色！"

格朗感到有些尴尬。

他说："谢谢，幸好你在场。不过你也看到了，这太难了。"

"你觉得'华丽'这个词怎么样？"塔鲁问道。

格朗一边看着他，一边思考："好的，好的。"

慢慢地，他脸上露出了微笑。

过了一会儿，格朗又觉得"开满了鲜花"这一说法不够准确。由于他只熟悉奥兰和蒙特利马尔，所以他不时地向朋友们询问，在森林公园小道边的花朵是如何绽放的。尽管里厄和塔鲁并不记得那里曾经开过什么鲜花，但职员的坚信不疑的态度却让他们怀疑起了自己的记忆。职员对他们的怀疑感到很诧异。"只有艺术家才懂得观察。"不过有一次，医生看到他非常激动。他将"开满了鲜花"改为"遍布鲜花"。他搓着双手说道："现在不仅可以看到，还可以闻到。我向你们脱帽致敬，先生们！"他满意地朗读着："在五月的一个美丽的清晨，一位苗条的女骑士骑着一匹神气的枣骝牝马，仕仲洛涅森林公园的小道上驰骋着，小道两边遍布鲜花。"然而，经过大声朗读后，句末的音节听起来有些别扭，格朗喃喃自语着。他坐下来，神情失落。然后，他向医生告别。他要再思考一下。

据了解，他当时在办公室表现得非常心不在焉。人们也很担心他的状态，因为市政府那段时间缺乏足够的人手来处理繁重的事务。他的态度影响了工作，部门领导对他进行了严厉的批评，提醒他拿了工资就要认真工作，而他却没有完成自己的职责。部门领导指出："我无法干涉你在防疫组织的志愿工作，但你的本职工作我必须得关注。在这样困难的时期，你需要充分发挥自己的能力，优先完成自己的职责。否则，其他的努力都是无效的。"

格朗对里厄说："他说得没错。"

"没错，他说得很有道理。"医生表示同意。

"但是，我一直在为结尾的句子纠结。"

他考虑过删除"布洛涅"，因为他觉得这个地名不太重要。但是这样的话，句子就会过于强调"鲜花"，而实际上鲜花是与"小道"相关的。他也考虑过这样的写法："开满了鲜花的森林公园小道。"但是把"森林公园"放在修饰语和名词之间，也不太恰当，这让他十分焦虑。经过几个夜晚，他觉得自己比里厄还要疲惫。

他虽然因为推敲用词而疲惫不堪，但还是得继续完成卫生防疫组织需要的数据补充和统计工作。每天晚上，他都耐心整理卡片，绘制准确无误的曲线图。为了工作方便，他常常去医院找里厄，请求他在某个办公室或医务室里为他找张桌子。他就坐在那里，专注地工作，仿佛就在市政府办公一样。空气中弥漫着浓烈的消毒水的气温和疾病本身散发的气味，在这样的氛围中，他抖动着自己的文件，以便使墨迹迅速变干。大难当前，他努力克制着自己不去想他的女骑士，只好老老实实做好自己的本职工作。

如果人们一定要将他们称为英雄的榜样或典范，那么叙述者认为他们应该推出这位默默无闻的英雄。在叙述者眼中，或许他的理想有些可笑，但这掩盖不了他内心善良的本质。这样一个人的存在，恰恰可以让真理显现本质，让二加二等于四，让英雄主义回归本位，让它永远落后于追求幸福的崇高愿望，永远不要超越这一追求。这也将使这篇叙事作品突显其自身的特点——基于真情实感的叙事，这种情感既不是昭然若揭的邪恶之心，也不是表演中虚假夸张的慷慨陈词。

这座遭受瘟疫侵袭的城市受到了外界的呼吁和鼓励。里厄医生在广播或报纸上得知了这些消息。除了每天都能收到外界运来的救灾物资，现在，人们每天晚上都能在报纸上或广播里看到或听到大量表示同情和赞扬的评论。医生总觉得这些史诗式的语调和华丽的论调有些过于矫情，让人厌烦。尽管他知道这些关切都是真诚的，但这些话并不适用于格朗每天做出的平凡努力，也难以体现格朗在鼠疫中的价值。

有时到了子夜时分，城中万籁俱寂，医生打开收音机，准备上床小睡片刻。来自遥远地方的陌生声音传来，笨拙地表达着他们的关切，让医生感到既陌生又亲切。虽然这些话已经说出口，但也同时表达了他们极大的无奈和无能为力。在这种情况下，任何人都无法真正分担自己无法直接感受到的痛苦。"奥兰！奥兰！"漂洋过海而来的呼叫却无法带来实际的帮助。医生聚精会神地倾听着，但也无法为之做出实质性的贡献。很快，滔滔不绝的演讲开始了，横亘在演讲者和格朗这两位陌生人之间的鸿沟也越来越深。医生陷入沉思："要么共同相爱，要么共同死去，这是唯一的出路。但他们远在天边。"

瘟疫正在全力以赴地袭击这座城市，试图将其占为己有。在鼠疫传播到最严重的程度之前，余下尚待叙述的就是最后几个像朗贝尔这样的人了。尽管希望渺茫，但他们为了寻找幸福而勇敢地站在疾病面前捍卫自己，避免被疾病传染。他们用这种方式来对抗恐惧，虽然并不 定比其他方式更有效，但对叙述者来说，这一切都很有意义。虽然这种抗争也可能带有一些炫耀和自相矛盾的意味，但它仍会彰显我们每个人内心的自豪感。

朗贝尔坚持不懈地斗争是为了避免鼠疫威胁到自己。当他知道自己无法合法出城时，他告诉里厄，打算寻求别的方法。记者首先想到了咖啡馆的服务员，他们似乎了解一切。但他最初咨询的几位服务员只告诉他这种行为会受到严厉的惩罚。他甚至一度被当作煽动者。直到后来在里厄家碰到科塔尔，事情才有所进展。那天，里厄告诉科塔尔，记者在行政部门办事时遇到困难。几天后，科塔尔在路上遇到了朗贝尔，他走上前去，以一贯的直爽态度和朗贝尔寒暄。

"这件事一直没有进展吗？"科塔尔问道。

"是的，没有任何进展。"朗贝尔回答道。

"别指望那些官方部门，他们通常无法理解人们的需求。"

"确实如此，我正在寻找其他方法，但这非常困难。"

"我懂你的处境。"科塔尔说道。

他知道一套解决方案，并分享给了朗贝尔。朗贝尔听后非常吃惊。科塔尔告诉他，他经常去奥兰市的那些咖啡馆，结交了一些朋友，得知有个组织专门从事这种业务。事实上，科塔尔最近的生活已经变得十分拮据，于是他开始走私一些商品。目前，他正在贩卖劣酒和香烟，这些商品的价格涨得很快，他也因此赚了不少钱。

朗贝尔问道："你能确保这件事能办成吗？"

"当然，因为已经有人向我提议过了。"对方回答道。

"那你自己没有尝试过吗？"

"别担心，"科塔尔看起来很老实，说道，"我没有尝试是因为我还没有准备好。我有我的理由。"

沉默片刻后，他接着说：

"你不想知道我的想法吗？"

"我认为这与我无关。"朗贝尔说道。

"在某种程度上，这确实与你无关。但从另一方面来说……好吧，眼前唯一明确的是，自从我们有了鼠疫，我在这儿的感觉好多了。"

朗贝尔听完他的说辞，问道：

"那怎么才能联系到那个组织？"

"啊！"科塔尔说道，"这并不容易，但我可以带你去。"

时针指向下午四点。天气闷热，整个城市都被太阳烤得滚烫。店铺放下了遮阳篷。街上行人稀少。朗贝尔跟着科塔尔在拱廊覆盖的人行道上走了很长时间，彼此默默无语。此时，鼠疫隐身了。万籁俱寂，天空和大地失去了颜色，这是夏季的景象，也是鼠疫的面貌。空气中充斥着危险、尘埃和灼热的气息。若想找到鼠疫的马脚，人们就必须仔细观察和思考，因为只有负面迹象才会使它显露出来。同鼠疫有着密切联系的科塔尔提醒朗贝尔：现在已经找不到狗了。通常情况下，它们应该懒洋洋地侧卧在门口，大口喘气，希望能尽快散热，却依然是燥热无比。

穿过阅兵场，科塔尔和朗贝尔走上了棕榈大道，向海军区走去。左侧是一家漆成绿色的咖啡馆，外面用黄色粗帆布制成的遮阳帘斜撑着。他们进入这家空无一人的咖啡馆，同时揩了揩自己的前额，走到绿色铁皮桌前，坐在花园折叠椅上。苍蝇在空中嗡嗡乱飞，柜台上放着黄色的鸟笼，里面的鹦鹉全身羽毛下垂，沮丧地站在栖架上。墙上挂着几幅描绘战争场景的旧画，上面布满积垢和厚厚的蜘蛛网。所有的铁皮桌上都有逐渐变干的鸡粪，包括朗贝尔面前的桌子。他正感到疑惑，突然黑暗的角落里传来一点骚动，一只美丽的公鸡从里面跳了出来，真相才得以大白。

　　此刻，温度似乎还在不断攀升。科塔尔脱掉了外衣，在铁皮桌子上轻敲了几下。一个穿着蓝色围裙的小个子从屋子里面走了出来。他远远地就看到了科塔尔，向他打了个招呼，一边走，一边狠狠地踢了一脚那只公鸡，将它赶跑。在公鸡嘈杂的啼叫声中，他询问两位客人需要点什么。科塔尔点了一杯白葡萄酒，并向他打听一个叫加西亚的人。据这个小个子男人说，他已经好几天没在咖啡馆里看到加西亚了。

　　"你认为他今晚会来吗？"

　　"呃！"小个子男人说道，"我可不是他肚子里的蛔虫。你不是知道他的行踪吗？"

"是的，但这不是什么重要的事情。我只是想让朋友见见他。"

服务员在围裙上擦了擦湿漉漉的双手。

"您也要加入我们的行列吗，这位先生？"矮个男人问道。

"没错。"科塔尔回答道。

服务员深深地吸了一口气，然后说：

"那好吧，今晚你来这里。我会派孩子去把加西亚找来。"

出门后，朗贝尔好奇地问这到底是怎么回事。

"当然是走私啊。他们把商品偷偷弄进城，然后以高价卖出去。"科塔尔解释道。

"噢，那他们有同伙吗？"朗贝尔问道。

"当然有。"

夜幕渐渐降临，商店的遮阳帘被撤下来，笼子里的鹦鹉一直在叽叽喳喳地叫个不停，一群穿着衬衫的男人围坐在铁皮桌旁。其中一人戴着草帽，穿着白衬衫，裸露着焦黄色的胸膛。科塔尔进来时，他站了起来。在灯光下，他看起来大约三十岁，五官匀称，面部晒成了小麦色，有一双小而深邃的黑眼睛和一口洁白的牙齿，手上戴着两三枚戒指。

"你们好，"他说，"要去吧台喝一杯吗？"

酒过三巡，他们依旧保持着沉默。

最终，加西亚打破了僵局："不如出去走走吧？"

加西亚、科塔尔和朗贝尔一起朝着港口走去。加西亚好奇地问他们找他有什么事情。科塔尔告诉他，介绍朗贝尔给他认识并不是为了谈生意，而只是为了一起"出去走走"。加西亚一边抽着烟一边问了一些问题，说到朗贝尔时用"他"来代指，好像根本没看到他一样。

"这是为什么？"他问道。

"因为他的妻子在法国。"

"啊！"

过了一会儿，他又问道：

"他从事哪个行业？"

"他是个记者。"

"哦，做这个行业的人总是很喜欢说话。"

朗贝尔沉默了语。

"他是我们的朋友。"科塔尔说。

他们继续沉默着，沿着路向前走，最终到达了码头，一道高高的铁栅栏挡住了他们的去路。但是，他们跟着飘来的香味朝着一家卖油炸沙丁鱼的小摊走去。

"总之，"加西亚总结道，"这事与拉乌尔有关，与我毫无关系。我必须找到他。但这并不容易办成。"

"啊！"科塔尔兴奋地问道，"他躲起来了吗？"

加西亚没有回答。接近小摊时，他停下脚步，第一次转身对朗贝尔说：

"后天，十一点钟，在城内高地的海关营房的角落里。"

他装作要离开，但实际上转向他们两个人，说道："可能需要花点钱来打点。"

这只是一种看法。

"当然。"朗贝尔附和道。

随后，记者向科塔尔表示感谢，但科塔尔并不需要他的感谢，他觉得能够帮助记者是一件很开心的事情，并且他相信记者在将来会给予回报。

朗贝尔和科塔尔沿着一条大道走向城内高地，海关营房的一部分已经被改造成了诊疗所。门口聚集着一些人，他们希望能够探望病人或者听到一些新消息，即便这些消息可能只有一个小时的新鲜度，但人们还是热情地聚在一起。这下就能明白加西亚选择这里作为见面地点的原因了。

"真是有趣，"科塔尔说道，"你非要离开。总的来说，发生的事情还是很有意思的。"

朗贝尔的回答是："对我来说完全不是这样。"

"当然，做事总是有风险的。但就算是在暴发鼠疫之前，人们为了穿过热闹的十字路口，也会冒很大的风险。"

此时，里厄的汽车在他们旁边停下。开车的是塔鲁，里厄似乎刚刚睡醒，清醒后便给他们做介绍。

"我们不陌生，"塔鲁说道，"毕竟住在同一家旅馆。"

他想开车送朗贝尔去城里。

"不必，我们还要在这里约会。"

里厄看了一眼朗贝尔。

"没错。"朗贝尔说道。

"啊！"科塔尔惊讶地说道，"医生知道这件事吗？"

"预审法官到了。"塔鲁看着科塔尔，一本正经地说道。

科塔尔脸色突然变得紧张起来。奥东先生迈着坚定有力的步伐沿着马路走来，在他们面前，摘下了自己的帽子。

"你好，法官先生。"塔鲁向他问好。

法官向他们点头致意，然后认真地看着站在后面的科塔尔和朗贝尔。塔鲁介绍了一下在场的记者和领取年金的家伙。法官抬头看了看天空，深深地叹了口气，说这是一个相当令人悲伤的时代。

"塔鲁先生，有人告诉我你负责实施预防措施。我不赞同你的行为。医生，你认为鼠疫会继续扩散吗？"

里厄当然不希望出现这种情况。法官也说要保持希望，因为上天的旨意永远无法预测。塔鲁问他当前的工作量是否有所增加。

"我们反而看到了有关普通法的案件在减少。我只预审那些严重违反新规定的案件。现在人们对旧法律的尊重程度比以前更高了。"

"这是因为旧法律相对于新法律来说更好，肯定是这样。"塔鲁说道。

法官不再凝望天空，而是以冷峻的神情看向塔鲁。

"这又有什么关系呢？"他说道，"判决比法律重要。对此，我们也无能为力。"

法官离开后，科塔尔说："这家伙是我们的头号敌人。"

汽车启动了。

过了一会儿，科塔尔和朗贝尔看到加西亚来了。他走到他们面前，摆了摆手，说了声"得等一等"，权当作打了招呼。

一大批人聚集在他们周围，其中大多数是女性，都在静静地等待着。她们手中拿着篮子，希望将里面的东西递给生病的亲人，希望这些东西能帮到他们。但这些希望都是徒劳的，门口有哨兵手持枪支站岗。营房和大门之间的院子里时不时传出怪叫声。在场的人们不约而同地朝诊疗所方向望去，脸上写满了焦虑和不安。

就在这时，他们身后传来一个清晰而低沉的"你好"声，于是他们转身。尽管天气炎热，拉乌尔仍穿着正装。他身材高大，体格健壮，穿着一件双排扣的深色西装，头戴卷边呢帽。他有一双棕色的眼睛，但此刻他脸色苍白，嘴唇紧闭。拉乌尔说话语速很快，语意明确。

他提议："我们去城里吧。加西亚，你可以回去了，这儿有我们呢。"

加西亚点了支烟，让他们走了。他们紧随拉乌尔的步伐，快步前行。

拉乌尔说道："加西亚已经告诉我了，这件事是可以办到的。但无论如何，你需要先支付一万法郎。"

朗贝尔接受了这个价格。

拉乌尔邀请道："明天和我们一起在海军区的西班牙餐厅吃午饭吧。"

朗贝尔答应了。拉乌尔紧握住他的手，第一次露出了笑容。他走后，科塔尔告诉朗贝尔他明天没空，对此感到很抱歉。他也知道朗贝尔不再需要他的帮助了。

当记者走进那家西班牙餐厅时，在里面用餐的所有客人都朝他转过头来。

这家餐厅位于一条被太阳晒得异常干燥的黄色小街的下坡处，是一家地窖式的餐厅。大多数来用餐的都是西班牙男性。拉乌尔选择了位于最里面的一张餐桌，他坐下后向记者招手示意，朗贝尔便走了过来。这时，那些转过头来看记者的顾客的好奇的表情消失了，他们又重新转过身继续享用他们的美食。与拉乌尔同桌的是一位瘦高个儿，胡须没有修剪干净，头发稀疏，肩膀宽阔，长着一张马脸。他的手臂又长又细，黑乎乎的汗毛从卷起的袖口露出来。拉乌尔向他介绍了朗贝尔，他点了三次头。拉乌尔并没有提及这个瘦高个儿的名字，只表示"他是我们的朋友"，并且觉得他能够帮助朗贝尔。

一位女服务员走过来问朗贝尔是否要点东西，于是拉乌尔的介绍停了下来。

"他会介绍我们的两个朋友给你，这两个朋友会介绍几个信得过的守卫人员给你。但这还没完，要等到那些守卫人员认为时机成熟才行。要是你能在离城门较近的守卫人员家里住几天，那就最简单了。但是这需要我们的朋友提前做好必要的联系。我们的朋友会在一切安排好之后和你结算费用。"

那位长着马脸的朋友一边大口吃下捣碎的西红柿和甜椒沙拉，一边点了点头。接着他用西班牙味的口音说话，提议让朗贝尔在三天后的早上八点钟去教堂的门廊下碰头。

朗贝尔提醒道："还有两天。"

拉乌尔说道："我们得找人，这事可不好办。"

朗贝尔在马脸男人又一次点头后也面无表情地点头同意。在余下的午餐时间里，朗贝尔和马脸男人聊起了其他话题。当朗贝尔发现马脸男人是名足球运动员时，一切就变得简单起来。他们聊到"W"字形的战术布置，聊到法国全国锦标赛和英国职业球队的能力。午餐结束时，马脸男人活力满满，用"你"这一亲切的称谓来称呼朗贝尔，他让朗贝尔相信中卫才是足球队中的最佳位置，因为中卫可以掌控全场。尽管朗贝尔之前一直踢中锋，但他同意这种说法。广播终于播完了低缓轻柔的抒情音乐，然后开始播报前一天鼠疫共造成一百三十七人死亡的消息，听到这里时，所有人都没有反应。马脸男人耸了耸肩便站了起来，拉乌尔和朗贝尔也跟着起身。

分别时，这位中卫握了握朗贝尔的手，自我介绍道：

"我的名字是贡扎莱斯。"

朗贝尔感觉这两天过得非常漫长，似乎没有尽头。他匆匆赶往里厄的家中，向他详细汇报了自己的行动。之后，他陪同医生去看望一名病人。到了病人家门口，一位疑似病例已经在门口等待医生了。朗贝尔便和医生告别。此时，从走廊里传来了奔跑声和喊叫声：他们迫不及待地把医生到来的消息告诉家人。

"我希望塔鲁不会耽搁太久。"里厄轻声说道，他看上去十分疲惫。

"疫情传播得太快了吗？"朗贝尔问道。

里厄说实际情况并非如此，统计曲线上的上升速度甚至有所减缓。只是目前用来对付鼠疫的方法还不够多。

他说："我们的物资储备不足。"他顿了一下，继续说道："在其他国家的军队中，如果物资短缺，他们会调动更多的人力。但现在我们不仅物资不足，人手也跟不上。"

"不是有一些外地的医生和防疫人员到了吗？"

"是的。"里厄回答说，"虽然十位医生和一百多个人看起来不少，但现在的疫情蔓延速度太快了，他们已经是在勉强维持。如果疫情继续恶化，这些人手就不够用了。"

里厄听着屋内的动静，朝朗贝尔笑笑。

他说："是的，你应该赶紧把事情办完。"

朗贝尔脸上的表情有些沉重。他低声说："你知道，我不是因为这个而离开的。"

里厄表示理解，但朗贝尔还继续说道：

"我相信自己不是懦夫，最起码在大部分情况下不是。我曾经接受过很多这方面的考验。只是我无法接受某些想法。"

医生注视着他，说道：

"你会见到她的。"

"或许吧，只是我一想到这种情况还要持续下去，想到她也会在此期间慢慢变老，我就无法接受。三十岁过后，人就开始衰老了，所以我必须抓住每个机会。我不知道你能不能理解。"

里厄嘟囔着说他懂。这时，塔鲁来了，他看上去很激动。

"我让帕纳卢加入我们的团队了。"

"然后呢？"医生问道。

"他想了一会儿就同意了。"

医生说："那太好了，我很高兴。我知道，他本人比他的布道更优秀。"

"大难当前，每个人都一样，"塔鲁说，"只要给他们机会。"

他笑了，朝里厄眨一下眼睛：

"我的人生事业就是给别人提供机会。"

"对不起，"朗贝尔说道，"我得走了。"

星期四早晨，朗贝尔如约来到教堂门廊下，此时离八点还差五分钟。空气清新宜人，天空中飘浮着小而圆的朵朵白云，这些白云不久之后就会被上升的热气吞噬。草坪虽然干燥，但仍然带着些许潮湿的气息。金色的圣女贞德像照耀着整个广场，然而东面屋后的太阳只晒热了她的头盔。钟声响了八下。朗贝尔走在空无一人的门廊下，教堂内传来一阵诵经声，还飘来香水与焚香交织在一起的古旧气味。圣诗的诵读声突然停止了，十来个黑色人影从教堂里匆匆走出，急忙朝城里走去。朗贝尔感到有些不耐烦。另外一些黑衣人顺着大台阶拾级而上，向门廊走来。朗贝尔点燃了一支烟，但随即想起这个地方可能不允许吸烟。

教堂内的管风琴声在八点十五分缓缓响起。朗贝尔走到昏暗的拱顶底下。在正殿里，他看到了刚刚在他面前经过的那些黑衣人。他们聚集在一个角落，一座临时祭台摆在他们面前，上面摆着圣罗克像，它由当地的一家工厂刚刚赶制完成。那些身影缩成一团跪在那里，宛如凝固不动的影子湮没在沉静的灰色中，他们四处散落，质感并不比环绕他们的雾气浓厚多少。管风琴在他们的头顶不停地变换着曲调。

朗贝尔从教堂出来时，贡扎莱斯已经沿着台阶走向城里。

"我以为你已经离开了，"他对记者说，"这是很正常的事情。"

他解释说，他和几个朋友约好七点五十分在离此地不远的地方见面，但他等了他们二十分钟，却没有等到他们。

"可能他们碰到了麻烦。干我们这行，对这些不顺心的事情早已司空见惯了。"

他只能重新约定时间，第二天同一时间在阵亡将士纪念碑前会面。朗贝尔叹了口气，把帽子往后推了推。

"没关系，"贡扎莱斯笑着总结道，"你只需思考足球比赛中的各种组合方式，要进球，就必须向对方半场推进，并把球传到那里。"

朗贝尔点头表示赞同，说道："这是肯定的，但一场足球比赛只需要一个半小时。"

奥兰的阵亡将士纪念碑是唯一能够看到大海的地方。这是一条并不长的海滨漫步大道，另一边是可以俯瞰港湾的峭壁。第二天，朗贝尔首先来到这里，他沿着光荣榜细细查看阵亡将士的名单。几分钟后，两个穿着海军蓝短袖针织衫和蓝色长裤的男子靠近了他，他们面无表情地扫了朗贝尔一眼，然后走到了漫步大道的栏杆旁，聚精会神地眺望着荒无人烟的海岸线。他们两个身材相似，看起来都不到二十岁。记者走远了一些，坐在一张长凳上，从那里可以从容地观察他们。此时，贡扎莱斯走了过来，并和他道歉。

他对朗贝尔说："那两个年轻人是我们的朋友。"接着他带着朗贝尔走到那两个年轻人身旁，告诉朗贝尔，他们名叫马塞尔和路易。朗贝尔估计他们两个是兄弟，因为从正面看，这两人十分相像。

"好了，"贡扎莱斯说道，"我们已经认识了，现在开始做正事吧。"

马塞尔和路易说，两天后才轮到他们值岗，值岗时间为期一周，必须选一个最方便的日子行事。西门一共有四个人值岗，其中两人是职业军人，不能让他们参与，因为他们不可靠，而且这么做还得增加费用。不过，有些晚上，这两个同事会去他们熟悉的酒吧消磨时间。马塞尔或路易（朗贝尔也不知道是谁）建议朗贝尔去他们在城门附近的家里住宿，等待接他离开的人。这样，出城就变得容易多了。但是因为近来有传言称城外要设双重岗哨，所以他们必须抓紧时间。

朗贝尔赞同这一想法，然后拿出一些香烟分给他们抽。其中一位问贡扎莱斯是否能够提前收取一些费用。

贡扎莱斯表示不必着急，到行动结束时再结算费用，毕竟他们都是朋友。

他们约定了下次见面的时间。贡扎莱斯提议两天后在西班牙饭店聚餐，然后一同前往守卫家。

他表示会陪朗贝尔度过第一晚。

次日，当朗贝尔上楼返回自己的房间时，他碰到了塔鲁。

后者询问朗贝尔是否愿意一同前去找里厄，但朗贝尔担心会打扰到里厄，建议晚餐后一起去酒吧找他。但塔鲁表示需要根据里厄和鼠疫的情况来定。

深夜十一点，里厄和塔鲁来到这家狭窄的酒吧，里面有三十多个人在大声交谈，让他们有些不知所措。他们看到酒吧居然卖起了烈性酒，一下子就明白了让这些人兴奋的原因。朗贝尔在吧台最边上的位置向他们招手示意，他们走到他身边。塔鲁小心地推开旁边大声喊叫的人，往外走。

"你不喝酒吗？"

"恰好相反。"塔鲁回答道。

里厄闻了一下酒杯里的苦艾草的味道。在这样的喧嚣环境中交谈不是件容易的事情。朗贝尔也只专心于喝酒。医生也不确定他是否清醒。在这狭小的空间里，边上就只有两张桌子了，一名海军军官坐在其中一张桌子边上，两个女人坐在他的左右挽着他。一个脸蛋通红的胖子正听他讲述发生在开罗的斑疹伤寒。他说："当局为当地人建造了集中营，让病人们住在搭好的帐篷里，周围有岗哨。士兵会枪毙那些想要偷带土药方进入的病人家属。虽然做法有些残酷，但这样做没有错。"几名打扮时髦的年轻人占据着另一张桌子，没人能听明白他们的谈话，声音也随即湮没在电唱机播放的《圣詹姆斯医院》的旋律中。

里厄、塔鲁和朗贝尔在酒吧里喝酒聊天。里厄问朗贝尔是否还满意事情的进展，朗贝尔表示他这个星期可能就得离开。塔鲁觉得很可惜，但里厄理解朗贝尔想离开的想法。塔鲁请大家喝了一轮酒，然后建议朗贝尔可以加入他们的卫生防疫组织，朗贝尔沉思片刻，没有回答。塔鲁问他是否认为这些组织毫无用处，朗贝尔则表示他认为这些组织十分有用。里厄注意到朗贝尔的手在颤抖，觉得他可能已经醉了。

第二天傍晚，朗贝尔穿过聚集在门口的人群，再次踏进西班牙饭店。这群人靠着椅子上，吸着味道辛辣的烟草，享受着热浪消退后霞光万丈、绿树成荫的黄昏美景。饭店里只有几位顾客。朗贝尔走到最里面，选择了一张桌子坐下，那是他第一次见到贡扎莱斯的地方。他告诉女服务员他在等人。七点半，客人们陆续入座，开始上菜了。饭店的拱顶不高，里面充满了餐具声和人们的低声细语。八点了，朗贝尔还在等。灯亮了，有个新来的客人坐在他旁边。他点了菜，吃完后已经是八点半了，但他仍然没有见到贡扎莱斯和那两个年轻人。他在店里抽了几根烟。客人们渐渐离去。外面的天色也暗下来，海上吹来一阵暖风，轻轻撩起了落地窗的窗帘。九点钟，女服务员诧异地看着他。朗贝尔发现自己成了店里唯一的客人，于是他结账后离开了饭店。他来到对面尚未打烊的咖啡馆，坐在柜台边上，紧盯着饭店门口。九点半，他起身离开回到旅馆，思考着如何找到没有留下地址的贡扎莱斯。一想到这个过程需要重新开始，他心里感到十分无助。

黑夜里，救护车疾驰的声音传来时，他忽然意识到自己似乎有些忽略了妻子，他一直在思考如何打破隔离他们的那堵墙。在所有途径都被切断的时候，他的欲望中心又重新升腾起她的形象。突如其来的一阵疼痛使他不得不逃离煎熬的内心，不禁拔腿奔向旅馆。然而，这份痛苦一直伴随着他，让他头痛欲裂。

第二天清晨，他早早地来到里厄的办公室，询问他如何才能找到科塔尔。

"现在我唯一能做的，"他说，"就是从头来过。"

"你明天晚上再来吧，"里厄说，"塔鲁叫我去邀请科塔尔，但我不知道原因。他应该十点钟到这里。你十点半来就可以了。"

第二天，当科塔尔来到里厄家里时，塔鲁和里厄正在谈论里厄部门里的一起意外治愈的病例。

"十分之一的概率。他很幸运。"塔鲁说道。

"好吧，"科塔尔回答道，"这应该不是鼠疫。"但是他们确切地告诉他，这正是鼠疫。

"既然他治好了，那就不可能是鼠疫。这一点我和你都清楚得很。鼠疫是不会放过任何人的。"他说道。

"通常情况下是这样的，"里厄回答道，"但是如果你固执起来，意外之事未必不会发生。"

科塔尔笑了起来。

"看上去不会的。你听到今晚的数字了吗？"

塔鲁对这位靠年金生活的人友善地微笑着，告诉他自己已经知道了最新数字和情况的严峻性。但这又能怎样呢？这只能证明需要采取更特殊的措施。

"哦！你们已经采取措施了啊。"

"没错，但每个人都将此视为自己的事情。"

科塔尔有些疑惑。塔鲁说还有很多人仍然无动于衷。他告诉他们，鼠疫事关每个人，每个人都有责任。他欢迎所有人加入志愿者组织。

"这主意很棒，"科塔尔说，"但没什么用。鼠疫多厉害啊。"

"效果如何，只有试过所有的方法才知道。"塔鲁耐心地解释道。

在他们谈话时，里厄趴在自己的书桌上誊写卡片。塔鲁则一直关注着那个焦躁不安的年金领取者。

"科塔尔先生，你为什么不和我们统一战线呢？"塔鲁问道。

科塔尔感觉自己受到了冒犯，于是站起身来，拿起自己的圆帽子，说道："这不是我的职责。"

随后，他又冷峻地反驳道：

"况且，鼠疫并没有打扰我的生活，我不知道为什么要阻止它。"

塔鲁拍了拍自己的脑袋，恍然大悟地说：

"哦，没错！我真是糊涂了，没有它的话你早就进监狱了。"

听到这话，科塔尔一下子暴跳如雷，紧紧地抓住椅子，仿佛马上就要倒下。里厄放下手中的笔，严肃而又关切地注视着他。

"谁告诉你的？"这位靠领取年金为生的人大声喊道。

塔鲁看上去很惊讶，说道：

"是你自己啊。最起码我和医生是这样理解的。"

听到这话，科塔尔更加暴怒，说话都开始有些语无伦次。

"别激动，医生和我不会揭发你的。你的事与我们无关。而且，我们也不喜欢警察。得了，请坐吧。"塔鲁继续说道。

年金领取者看了看椅子，犹豫了一下，最终坐了下来。

他深深地叹了口气。他并不否认自己的过去，但是令他沮丧的是总有人旧事重提。有一个人曾把这些事情说了出来，为此他必须随时准备回答调查官的问题。他知道，最终他可能会被逮捕。

"这事情有多严重？"塔鲁问道。

"这取决于你怎么看待它。反正这不是一桩谋杀案。"他回答道。

"那是被判监禁还是去做苦力？"

科塔尔十分沮丧。

"如果我运气好的话会被判监禁吧……"

但没过多久，他的语气忽然又变得激烈起来：

"每个人都会犯错误，但如果因此就要被捕，被迫与家人分离，与自己习惯的生活告别，与自己熟悉的一切分离，那简直难以忍受。这是不公平的。"

"哎呀！"塔鲁问道，"你因为这个想过自杀吗？"

"是的，当然这是一种愚蠢的想法。"

里厄终于开口说话了，他说自己理解科塔尔的忧虑，并表示这一切或许会有了结的一天。

"就目前的状况而言，我知道我不必过分担心。"

"我明白，"塔鲁说，"你不会参加我们的组织的。"

科塔尔的手转着自己的帽子，满脸疑虑地看着塔鲁：

"这个是找的错。

"当然不是你的错。但是请不要故意传播疾病。"塔鲁笑着说。

科塔尔辩解道，他并不想让鼠疫暴发，但是它就这样来了。他认为，如果他的事业因为鼠疫而兴旺发达，那也不是他的错。正在此时，朗贝尔来到门口，听到年金领取者大声说着：

"反正在我看来，你们的努力，到头来都是白费力气。"

朗贝尔从科塔尔这里得知他也不清楚贡扎莱斯住在哪里，但是可以回小咖啡馆等他。他们决定第二天去。里厄也想了解情况，于是朗贝尔邀请里厄和塔鲁去他的房间找他，周末晚上的任何时间都可以。

早上，朗贝尔和科塔尔来到小咖啡馆，约好在晚上和加西亚见面，如果有什么不便，就顺延到第二天。晚上他们等了很久，加西亚却未出现。第二天，加西亚才来。朗贝尔向加西亚详细描述了事情的来龙去脉，加西亚并不了解情况，他只知道有些街区为了挨家挨户上门核查，会在二十四小时内禁止通行。因此，贡扎莱斯和那两个青年可能无法通过警戒线。加西亚可以帮他们恢复与拉乌尔的联系，但这需要等上两天。

"我明白了，"朗贝尔说，"我们需要重新计划一下。"

到了第三天，拉乌尔在街角证实了加西亚的说法：城市外围地区曾禁止通行。他们必须再次联系贡扎莱斯。两天后，朗贝尔和那位足球运动员共进午餐。

"我们真的很傻，"贡扎莱斯说，"早该商量好碰头的办法了。"

朗贝尔表示同意。

"明天早晨，我们去找那两个小伙子，把一切都安排妥当。"

第二天早上，那两个小伙子不在家。朗贝尔和贡扎莱斯给他们留言，告诉他们第二天中午在中学广场见面。朗贝尔在下午回家的路上碰到了塔鲁，塔鲁对朗贝尔的神情印象深刻。

"事情还顺利吗？"塔鲁问道。

"重新计划太麻烦了。"朗贝尔说。

他再次邀请了塔鲁：

"今晚来我这里吧。"

晚上，当里厄和塔鲁两人进入朗贝尔的房间时，他已经瘫坐在椅子上了。他站起来，往杯子里倒满了酒。里厄接过自己的酒杯，问他进展如何。朗贝尔重新讲述了整个计划，并表示已经完成了所有的步骤，已经准备去赴最后一次约会。

他喝了一口酒，接着说道：

"然而，他们不会来的。"

"别那么悲观。"塔鲁说道。

朗贝尔耸了耸肩膀，说道："你还是没明白。"

"没明白什么？"

"鼠疫。"

"啊！"里厄叫道。

"你不懂，这事得从头来过。"

朗贝尔来到屋子的一个角落，打开了一台小型留声机。

"这唱片的名字叫什么？"塔鲁问，"听着不陌生。"

朗贝尔说这是《圣詹姆斯医院》。

唱片正在播放，突然传来两声枪响。

"可能是在追捕一条狗，或者是一个逃犯。"塔鲁说道。

唱片终于播放完毕。这时，救护车的鸣笛声响起，声音越来越大，直到开

过窗前，慢慢变弱，最后完全消失在旅馆外面。

"这唱片听了让人感到很沉重。"朗贝尔说，"而且我今天已经听了十遍了。"

"你喜欢这张唱片吗？"

"不是的，但这是我唯一的一张。"

过了一会儿，朗贝尔继续说道：

"你还是没有理解，我们现在必须重新开始。"

他询问卫生防疫工作的进展情况。里厄回答说已经有五个团队在工作，但希望再增加一些人手。记者坐在他的床边，似乎全神贯注于他的指甲。他蜷缩在床边，矮小而强壮的身形被里厄一览无余。里厄突然发现朗贝尔正在注视着他。

他对医生说："你知道吗，很久之前我就考虑要不要参加你们的组织了。但我之所以没有参加，也是有理由的。我曾参加过西班牙战争，所以自认为是个不怕冒生命危险的人。"

"你是代表哪一方参战的？"塔鲁问道。

"我参战的那一方最后失败了。但从那时起，我就有所思考了。"

"思考什么？"塔鲁问道。

"勇气。现在我明白了，伟大的行为可以诞生于人类之躯。但如果他没有崇高的情感，那我是不会感兴趣的。"

"我认为人类无所不能。"塔鲁说道。

"不是的，人类无法忍受长久的苦难，并且无法维持长久的幸福。因此，他们无法做出有价值的事情。"

他看着他们，接着说道：

"塔鲁，你会为爱情牺牲吗？"

"我不知道，但目前看来不会。"

"确实如此。众所周知，你可以为理想而牺牲。但我看够了那些为理想而牺牲的人。我不相信英雄主义，因为这并不难。在这种生死攸关的事情中，我最感兴趣的是，我们因爱而生，也终将为爱而死。"

里厄专心致志地听着记者讲述的内容。他礼貌地说道：

"朗贝尔先生，人可不是一种理念。"

对方一下子从床上跳了起来，激动得脸颊通红。

"人是一种理念，但当人失去爱情后，就成了短暂的理念。而现在的情况是我们无法再相爱了。医生，让我们暂时忍耐吧，让我们等待爱的能力归位，如果这也无法实现，那就等到大家都重获自由的时候，不必去装什么英雄。这就是我想说的。"

里厄起身，脸上露出疲惫的神情。

"朗贝尔先生，你说得对，完全正确。我绝对没有想过让你放弃自己想做的事情，反而认为你要做的事情非常好。但是我必须告诉你：我们不是为了搞英雄主义而做这一切，而是出于自身的善良和正直。这种想法也许很可笑，但是善良和正直是支撑我们和鼠疫斗争下去的重要信念。"

"那什么是善良和正直呢？"朗贝尔突然神情严肃地问道。

"在普遍情况下它们指的是什么我并不清楚。但就我个人而言，我认为认真做好自己的工作就是它们存在的意义。"

朗贝尔充满怒气地说道："啊！我不知道自己的工作是什么。我选择了爱情，也许我的选择并不正确。"

里厄说道："不，你没有犯错。"他的声音洪亮有力。

朗贝尔看着他们，若有所思。

"我认为你们在这些行动中都不会失去任何东西。如果选择的方向正确，一切都会走上坦途。"

里厄一口喝光了杯中的酒。

"我们还有其他的事，得出发了。"他说。

塔鲁跟在里厄后面，但在走出门口时他又回过头来对着记者说：

"里厄的妻子住在城外的一家疗养院里，距离这里几百公里远。你知道吗？"

朗贝尔吃了一惊，但塔鲁已经离开了。

第二天一早，朗贝尔给医生打电话：

"在我找到离开这座城市的方法之前，你是否同意让我和你一起工作呢？"

电话那头沉默了一会儿，然后医生开口：

"谢谢你，朗贝尔，我有什么理由不同意呢。"

Volume

·第三部·

整整一周过去了，被鼠疫囚禁的人们尽其所能地挣扎着。虽然有些人和朗贝尔一样，仍然幻想自己还拥有自由和选择的权利。但在八月中旬，鼠疫的阴云已笼罩一切。个人命运已经不存在，只有集体的遭遇能够留存在历史上，其中包括鼠疫和大家共同的感受。分离和放逐，以及其中蕴含的恐惧和反抗情绪是人们最为强烈的感受。在瘟疫肆虐和酷热难耐的时刻，叙述者觉得有必要概述一下总体情况，举一些例子，讲一讲市民们的暴力行为，讲一讲逝者的埋葬以及情人们分居两地的相思之苦。

　　那年的上半年还未过完，突然刮起的大风连续几天袭击这座瘟疫之城。因为这座城市坐落于高原之上，缺乏天然的遮挡，大风可以肆意地穿过城市的大街小巷，所以奥兰居民对大风尤为忌惮。数月以来，一滴雨都未能落到这座城市，灰色的浮尘笼罩一切，风一吹，灰尘和纸屑便纷纷飞扬。行人越来越少，走在街上的人不时捂住口鼻，弯着腰疾行。以前，一到晚上，人们总会聚在一起，丝毫不急着回家，仿佛每一天都是世界末日。现在的街上，三五成群的行人随处可见，他们行色匆匆地回家或者去咖啡馆。这几天来，黄昏似乎比平常更早来临，路上冷冷清清，只有风声不断。虽然从城市里看不到海，但海上涛声滚滚，传来盐和海藻的味道。这座人烟稀少的城市，如今宛若一座孤岛。

　　到目前为止，鼠疫在城郊造成的死亡人数远远超过市中心，因为那里人口更多，条件也更差。但是鼠疫突然间就蔓延到了商业区，变得无处不在。居民们责怪大风把病毒带到了城市中心。"它使情况变得更加复杂了。"院长这样说道。但无论如何，当市中心的居民们听到救护车从他们的窗前呼啸而过，警笛声越来越频繁的时候，他们知道轮到他们了。

在城里，经过特批，某些街区被隔离开来，除非必要的工作需要，任何人不得离开。这项措施让这些街区的居民感到自己被针对和侮辱了。可是，一旦想到还有比自己更不自由的人时，他们也会感到些许安慰。"还有比我更不自由的人呢"，这句话暗含了当时人们的心态。

在那段时间里，火灾频繁发生，尤其是西城门附近的娱乐区。据调查，有些人从检疫隔离区回来后，因为突遭不幸、家有丧事而变得精神失常，甚至点燃自家房屋，希望火能烧死瘟神。人们费尽力气去制止这些行为，但仍时有纵火案发生。狂风大作，整个街区持续处于危险之中。尽管之前有人表示，当局规定的房屋消毒措施足以消除任何感染的风险，但这种说明显然无效。于是当局必须颁布严厉的法令来惩戒这些无知的纵火犯。也许只有死刑才能让这些不幸的人望而却步。这种想法并非空穴来风，显然，鼠疫似乎很热衷于攻击那些过惯了集体生活的人，如修道士、士兵或囚犯。虽然有些在押犯是被单独监禁的，但监狱仍然是一个集体单位。无论是看守还是犯人，在我们的市监狱中，都会被疾病夺走生命。无情的鼠疫给每个人都判了死刑，不分高低贵贱。这或许是第一次，整个监狱呈现出绝对的公平。

当局试图在平等的众生面前推行一套新的等级制度，计划向殉职的监狱看守们颁发勋章，但也没有达到预期效果。考虑到戒严令已经生效，监狱看守可以被视作动员入伍的军人，因此可以在他们死后给他们补发军功章。虽然犯人们没有提出任何反对意见，但军方却持反对意见，并且义正词严地指出，这一做法可能会引起公众的质疑。为了满足大家的要求，最简单的解决办法就是向死去的监狱看守颁发抗疫勋章。然而，最早死去的那批看守已经被误颁勋章，如今也无法追回。可是，军方仍然坚持他们的立场，认为抗疫勋章起不到颁发军功章而产生的道德激励作用。因为在瘟疫蔓延期间，取得抗疫勋章并不稀奇。最终的结果是，大家都不满意。

管理监狱并不像管理修道院或军队。城里有两处修道院，但修道士们现在都暂时散居在虔诚的教徒家中。同样的，每当条件允许时，连队士兵也会离开兵营，去学校或公共大楼里驻扎。因此，表面上来看，疾病把居民们困在一起，迫使他们相互支持，但同时也破坏了传统的群体形态，让个人重归孤独。这种情况令人感到不安。

可以预见，随着狂风肆虐，某些人内心会燃起怒火。深夜里，城市的几个城门数次遭到袭击，这些袭击者数量不多，但手持武器。双方互相开枪，几个人受伤，几个人逃跑了。经过几次袭击事件，城门守卫得到了增援，骚乱很快得以平息。但是一股革命的气息却冉冉升起，并激发出一些暴力场景：一些曾经遭到火灾或者因卫生原因被封锁的房子遭到了抢劫。老实说，很难确定这些行为是否有预谋。在大多数情况下，某些突发事件会让一些向来受人尊敬的人做出一些令人谴责的行为，而这些行为马上会被其他人效仿。例如，一座房子着火了，一些疯狂的家伙会冲进仍在燃烧的房子里，而房主则待在一旁无动于衷。看到房主没有反应，许多旁观者也会效仿。因此，在这条幽暗的街道上，许多人在火光下四处逃窜。在微弱的火光中，这些人扛着各种东西和家具，身体扭曲。类似的事件不断发生，当局被迫将鼠疫暴发视为戒严状态来处理，并实施相关法律法规。两个盗窃犯被处决，但是这是否会影响其他人，仍有待观察。因为在如此众多的死者面前，处决这两个人只是杯水车薪，根本不会引起集体的关注。实际上，类似的场景经常发生，但当局却对此置若罔闻。实施宵禁是唯一能够触动所有居民的措施。自此，从晚上十一点开始，整个城市就变成一个漆黑的石头城。

在皎洁的月光下，笔直的街道和灰白的墙壁排列得整整齐齐，树影丝毫不见，也听不到任何人类或动物发出的声音。这座沉默的城市似乎只是一个巨大的无生命的大方块组合体，里面有许多默默无闻的雕像，他们或是过去时代的伟人，或是曾被人们所铭记的善人，现在他们都静静地凝视着这个静止了的世界。尽管他们的历史已经消失在远古的时间里，但那冷若冰霜的脸庞亦真亦幻，让人想到他们曾经的人生形象。天空阴云密布，这些普通的雕像端坐在没有生气的十字路口，看起来粗糙而冷漠，它们很好地象征了我们所进入的寂静国度，至少象征了这一国度至高无上的指令。在这个被墓地主宰的世界里，鼠疫、石头和黑夜让一切声音消失殆尽。

夜幕在每个人的心中降临，人们对下葬的传说颇感忧虑。因此，有必要谈一谈这个话题。叙述者对此感到抱歉，他清楚自己可能会因此受到指责，但因为在这段时间里下葬的事情时有发生，而且从某种程度上来说，他和其他市民一样关注这个问题，所以他还是决定公开谈论这一话题。然而，这并不代表他喜欢这样的仪式。事实上，他更喜欢活人的社会，如海滨浴场。但是，海滨浴场已被封闭。于是，活人整天提心吊胆，担心在不久的将来自己就得给死人社会让步，这一点已经显而易见了。当然，人们总是会想尽办法不去直面这一事实，捂住眼睛，拒绝接受。但是，来自事实的凶猛力量不容忽视，它最终将摧毁一切。如果有一天，你所爱的人需要下葬，你会使用什么方法来拒绝下葬呢？

我们这些仪式的一个显著特点就是非常快速！所有的流程都被简化了，殡葬仪式全部取消。在病人死亡时，家属都不在身边，守灵仪式也不必存在，因此那些在晚上去世的病人只能孤单地待着，而在白天去世的则可以立即下葬。当然，医生会通知死者家属，但在大多数情况下他们无法前来。如果他们曾经和病人一起生活，那么他们就得接受隔离检疫。如果没有和死者住在一起，那他们就必须在规定的时间内赶到。在出发前往墓地时，尸体已经被洗净并放入棺材中了。

我们设想过这个情景发生在由一所学校改建而成的临时医院里，有一个出口在它的主楼后面，许多棺木都堆放在通向走廊的一间大杂物间里。这正是里厄医生工作的医院。家属会在这条走廊里看到盖上棺盖的灵柩。接着最重要的手续是让户主在文件上签字。随后，灵柩可能会被抬上一辆改装好的大救护车，或者是真正的灵车。而死者的亲属们则乘坐一辆获准行驶的出租车。沿着外围的公路，汽车飞速冲到墓地。而在城门口，车队会被守卫拦住，官方通行证需要一个章。缺了这个章，市民们就无法到达"最后归宿"。盖完章后，守卫会让出通道，车队来到一块方形地块边上，很多尸体都在等待填满墓穴。因为在教堂举行的遗体告别仪式被取消了，所以神甫会在这里等着尸体。在一片祷告声中，棺材被人抬出车外，用绳子绑好后拖去墓边，再滑入墓穴，直到最深处。第一铲土在神甫挥洒圣水之时就已经四处散落在了棺盖上。为了及时消毒，救护车已经提前开走了。棺木随着土的落下发出沉重的回响，死者家属们正迅速钻进出租车里。一刻钟后，他们就会到达家里。

凭借最快速和最小风险，整个方案最终得以顺利完成。毫无疑问，起初这种做法让家属感到很难受。但在鼠疫暴发期间，这种感受已经变得无关紧要：为了效率可以牺牲一切。开始时，这些行动让人们的精神颇受打击，因为人人都希望能够体面地下葬。幸好不久之后，食品供应问题变得紧迫，因此居民的注意力不得不转移。如果要吃饭，就得忙着排队和办手续，他们没有时间再去考虑周围人是如何死的，也没有时间考虑自己将来会如何死亡。因此，这些从前令人头疼的物质困境也变相地成了好事。正如之前所述，只要鼠疫被控制住了，一切都会变得更好。

为了解决棺木、墓穴和裹尸布短缺的问题，当局不得不想想办法。最简单的方法也得从效率最大化的角度出发，将葬礼分组进行，必要时可以在医院和墓地之间多跑几趟。目前里厄工作的医院里有五具棺材，一旦满了，救护车便将它们运送到墓地。到达墓地后，尸体被搬到担架上，然后放置在特制的大棚中。棺木被消毒后再运回医院。这项工作组织得非常出色，省长对此非常满意。他向里厄表示，他们的做法比历史上记载的鼠疫暴发期间使用黑人拉运尸车的情况要好得多。

"确实，"里厄说道，"葬礼如常进行，我们也在进行登记。这是一项无可争议的改进。"

行政当局虽然取得了这些成果，但现行手续仍然令人不满，因此省政府不得不禁止家属前往葬礼现场，只允许他们到达墓园门口，而且这一点让步还是非正式的。因为最后一项葬礼仪式已经略有变化。那片生长着乳香黄连木的荒芜之地就在墓地尽头，地面上挖出了两个大坑，一个埋葬男尸，另一个埋葬女尸。从这点来看，行政当局仍然尊重礼仪，只是在形势所迫下，才丢失了最后的底线：不管男尸还是女尸，也丝毫不考虑体面，只管一具接一具纷纷往里扔。幸好，鼠疫流行的晚期才出现这种极端混乱的现象。在我们那个时代，男女依然分坑埋葬，省政府对此还是颇为在意的。每个坑底都覆盖着厚厚的生石灰，它们冒着热气，沸腾翻滚。坑边也堆着一座座小山似的生石灰，气泡在空气中不断破裂。当救护车把尸体运来后，人们便用担架把裸露的、略微弯曲的尸体放进坑里，让它们大致能够一具挨一具地整齐排列，然后倒上生石灰，覆盖上土壤，但不要盖得太高，留下一些空间给后来的尸体。第二天，家属在登记册上签字，这标志着人和动物之间尚存明显差异：因为死亡名单可以进行核查。

完成这些工作需要充足的人手。然而，缺乏劳动力的情况总是存在的。护士和挖墓人员起初是正式聘用的，后来就变成临时雇用的人，其中许多人也最终死于鼠疫。无论采取何种预防措施，感染总是不可避免。但细细想来，人们会惊讶地发现，在整个瘟疫传播期间，从事这种工作的人从未短缺。在鼠疫最猖獗的阶段，连里厄医生也感到担忧。管理人员和普通工人都不够用了。但当鼠疫真正席卷全城时，它破坏了整个正常的市场经济秩序，造成了大量市民失业，这一危害反而为抗疫带来了方便——能干粗活的人大大增加了。实际上，因为工作报酬与危险程度成正比，所以从那时开始，人们对贫困的感受总是要强于恐惧的心理。卫生机构掌握着求职者名单，一旦有职位空缺，便会立即通知排在名单前列的人。除非他们在等候期间自己也变成需要别人弥补的空缺，否则不会不来应聘。省长一直犹豫是否使用被判有期徒刑或无期徒刑的囚犯来执行这项工作。但现在，只要失业者一直存在，他觉得还是不要操之过急，避免更多的极端情况发生。

八月底，市民们被井然有序地安置到了合适他们的位置。因为任务得以顺利完成，行政当局问心无愧。不过得把事件的后续部分提前做好准备，以便对最后需要采取的手段做一番论述。事实上，从八月开始，疫情进入稳定期，死者数量已远超公墓的接纳能力。人们拆除了一部分围墙，为死者开辟了一条通向附近土地的通道，但无济于事，必须尽快想出其他办法。起先，人们决定在夜间进行下葬，省去了一些仪式。但救护车上的尸体会越积越多。有些散步者违反宵禁规定，宵禁实施后仍在外围区域（或因工作原因前往那些区域）逗留。他们有时会看到一辆白色的车型较长的救护车在空旷无人的马路上疾驰而过，暗淡的警报灯在黑暗中闪烁。尸体被匆忙扔进坑里，还未停止晃动时，一铲铲石灰便已经落在他们脸上。在越挖越深的坑里，大地就这样悄悄地包容了他们。

不久后，人们不得不在其他地方寻找更多的土地。省政府颁布了一道法令，征用了永久出租墓地，并将挖出的尸体送去焚尸炉。很快，东城门外的旧焚尸炉也派上了用场，因为死于鼠疫的人也得送去火化。警戒岗哨也不断向外挪动。市政府的一名职员建议使用已经废弃的有轨电车，将其改装为专门运送尸体的车辆。人们拆除了座椅，改变了行车路线，将焚尸炉作为其终点站。这样的改造极大地方便了市政府的工作。

在整个夏末和阴雨绵绵的秋季里，每到子夜，人们都能看到那些奇怪的电车，它们摇摇晃晃地驶过海边的盘山公路，里面空无一人。当地居民最终弄清楚了这些电车的来历。尽管巡逻队禁止人们靠近悬崖，但仍有些人偷偷溜进海边的悬崖，在电车经过时把鲜花扔进车厢里。于是，人们在夏夜时分便可以听到这些装载着鲜花和尸体的电车在路上颠簸的声音。

最初的几天，每当清晨的第一缕阳光照耀城区时，一股令人作呕的浓烟就会在东区上空飘荡。虽然所有医生都认为这种烟气并不会对人体造成危害，但居民们却坚信这会让鼠疫从天而降，他们为了离开这个地方甚至多次向当局抗议。为此，市政府设计了一套复杂的管道系统来改变烟气的流向，居民们这才安下心来。只有在狂风大作的日子里，才会有一股从东边飘来的味道提醒居民们，每个晚上都有许多人在鼠疫的痛苦中死去，他们早已处于非同寻常的环境中。

这就是鼠疫造成的严重后果。不过，幸好疫情最终没有恶化。人们已经开始怀疑行政机关和省政府的措施是否已经跟不上时代的步伐。显然，他们的创新能力已经跟不上了，焚尸炉的容量已经达到极限了。政府甚至开始考虑一些令人不安的措施，如把尸体抛进大海。里厄脑海中不由自主地浮现了漂浮在蓝色海面上的可怕遗体。如果统计数字继续上升，无论多么出色的组织机构也将束手无策。尸体将会像山一样堆积起来，腐烂在大街上，而省政府对此也无可奈何。在公共场所，人们也会看到奄奄一息的病人，他们怀着一种理所当然的仇恨和一丝愚蠢透顶的希望，拼命缠住健康的人。

总之，在明确的事实面前，市民们感受到了被流放和离别的痛苦。对此，叙述者深感遗憾，因为他无法报道任何真正引人注目的事情，如那些惊心动魄的壮举或激励人心的英雄事迹，就像老故事里的情节那般。没有比这场灾难更轰动的新闻了。这场灾难持续时间太长了，因此在相当长一段时间内，人们的生活非常单调。在幸存者的记忆中，鼠疫肆虐的日子并不像熊熊燃烧而又冷酷无情的大火，而是像一阵永无止境的践踏，所到之处，万物凋零。

在瘟疫肆虐之初，里厄医生的脑海中总是浮现一些激动人心的场景。不，这些场景与鼠疫没有任何关系。最初，鼠疫表现得小心谨慎，无可指摘。顺便提一嘴，叙述者秉持客观的立场，力求不失实、不偏袒，除非迫不得已，否则不会通过艺术加工来歪曲事实。现在，他的话语更加客观：离别虽然是这段时间中最广泛、最深刻的痛苦，虽然从良心上讲有必要重新描绘鼠疫时期的这种痛苦，但这种痛苦本身正在消除其悲伤的一面，这也是事实。

我们的市民，尤其是那些经历过痛苦离别的人们，能否适应这种情况呢？用"适应"这个词可能并不准确。更恰当的说法或许是，无论是精神上还是肉体上，他们都在遭受难以承受的痛苦。鼠疫刚暴发时，即使他们和爱人失去了联系，但他们也会通过回忆心爱的人来慰藉自己。但是，即使他们对自己爱人的音容笑貌依然记忆犹新，即使那些和爱人相处的记忆仍然清晰，但他们仍然很难想象此刻远方的爱人正在做些什么。总之，在那个时刻，他们可以回忆，却想象不足。在鼠疫暴发的第二阶段，他们的回忆甚至都淡化了。不是因为他们忘记了爱人的面容，而是因为他们再也触摸不到爱人的身体，再也无法在内心感受到爱人的存在。在最初的几周里，他们抱怨自己

只能与一些影子温存。随后，他们发现这些影子变得越来越没有生命气息，记忆中的色彩也逐渐褪去。经过漫长的分离，他们再也无法想象自己也曾可以随时把手放在爱人的身上，无法想象曾经拥有过的温存，也无法想象自己曾经与爱人相伴过。

从这一角度看来，他们已经认清了和鼠疫共存的现实了。没有人再怀有高尚情感，每个人的情感都变得枯燥乏味。我们的市民们呼喊着"结束这一切吧"。在灾难期间，期望早日结束共同的苦难是再正常不过的事情，而他们也正在期待着这个时刻早日到来。然而，当这样的话脱口而出时，他们早先的怒火和暴躁都已消失，只剩下几分仍然清醒的理智，却苍白无力。前几周的野性冲动已演变成一股沮丧，把它看作逆来顺受或许不妥，但看作暂时的认可或许是合适的。

人们现在已经适应了鼠疫的存在，没有其他选择了。他们依然感到不幸和痛苦，但已经习惯了这种煎熬。然而，里厄医生等人认为，养成绝望的习惯比绝望本身更糟糕。以前，分别虽然痛苦，但人们内心还抱有一丝希望。现在，人们无聊地待在路边、咖啡馆或朋友家中，默不作声，眼中充满烦恼，整个城市似乎都成了候车室。有工作的人小心谨慎地干活。每个人都变得谨慎谦虚。他们不再抵触谈及天边的人儿，不再抵触使用人云亦云的话语，不再抵触用冰冷的统计数字来审视他们分别的情况。这是从未有过的情况。在此之前，他们总是试图区分自己的痛苦与集体的不幸，而现在他们也可以将两者混为一谈了。他们活在当下，不再回忆过去，更不去期望未来。说实话，在他们眼中，一切都是当下。必须指出的是：鼠疫已经剥夺了人们的维持爱情和友情的力量，因为这些感情需要对未来的期待，而现在人们只能把握某些短暂的瞬间。

当然，这一切并不是绝对的。虽然所有分别的人最终都会经历这个阶段，但要公正地补充一句话：他们不会同时经历这个阶段。一旦他们拥有了新的态度，突然间的清醒、短暂的幻象和瞬间的回忆都会让病人产生新的痛苦。因此，有时候他们为了打发时间会想象一下鼠疫结束后的生活。出于某种矫情，他们会突然感到自己内心被莫名的嫉妒所伤。另一些人则会在星期六和星期天下午摆脱麻木的状态而变得活跃起来。因为这两天是参加某些宗教仪式的日子，而他们思念的人却不在身边。或者在黄昏时分，一股莫名的忧伤袭上他们的心头，导致一些往事重现在他们的脑海——当然，并不总是这样。这段黄昏时光，对于那些头脑空虚的流放者或者囚徒来说是备受煎熬的时刻，而对于信徒来说则是反省自我的时刻。这段时间里，囚徒们的生命一度停滞不前，他们再次被鼠疫囚禁，身心倍感无力和迟钝。

在这种境地中，他们深知个人的利益必须摒弃。与鼠疫刚暴发时的情况不同，那时他们陷入各种琐事之中，认为这些小事很重要，却毫不在乎他人的生死。而且那时他们的人生体验也仅限于自己的工作经历。但现在，他们只关心大家共同关心的事情，对于爱情这种抽象的存在，他们已经不再关注。现在，他们已经完全被鼠疫支配，只是偶尔在鼠疫沉寂的时候，会突然想到："腹股沟淋巴结炎快结束吧！"但实际上，他们已经进入了一个漫长的梦境，无法感知外界的变化。城中充斥着白日做梦的人，只有极少数在深夜里感受到伤口的刺痛，这些人才算是真正摆脱了命运的束缚。惊醒后，他们漫不经心地摸着伤口，痛苦重新袭来，面容呈现出受爱情感染的悲恸。清晨，他们继续直面灾难，直面机械刻板的生活。

或许有人会问，这些离别者看上去怎么样了？其实很简单，他们平凡至极，没有任何特点，和普通人没什么两样。透过他们，你们可以窥视到这个城市的沉静和无谓的烦躁。他们的神情中没有任何批判意识，反而显得镇定自若。例如，我们可以看到他们之中最聪明的人也在装模作样地和别人一样看报纸听广播，寻找一些令人信服的鼠疫即将结束的证据，或者读到某位无聊至极的记者随意撰写的述评，会莫名地恐慌一番。剩下的人要么喝啤酒，要么照顾病人，要么疲惫不堪，要么无所事事，要么放放唱片，要么整理卡片，总之差别不大。换言之，他们还有什么可供挑选的呢？人们的价值判断力在鼠疫中消亡了，因此可以看到：人们在购买食品和衣服时，不再关注它们的质量，而是来者不拒，接受一切。

最后要提到的是，曾经保护离别者们的特殊权益已经取缔了。他们舍弃了个人私欲，也放弃了可以从中获得的好处。如今，我们已经明白，每个人的生死都受到鼠疫的影响。围绕着我们的，是来自城市大门口的轰鸣声，是敲出了我们生死节奏的盖戳声，是惊慌失措和烦琐的行政程序，是许多火灾和记录卡片。尽管我们的身后事毫无尊严可言，却可以留下记录。可怕的浓烟在我们身旁升腾着，令人安详的救护车鸣笛声在飘扬着，我们都在啃着相同的囚粮，茫然地等待着重逢与平和的光景，这些情景是多么震撼人心啊！毫无疑问，我们的爱一直在，但它毫无用处，甚至活力尽失，反而沉重得让人难以承受，就像犯罪或判刑一样乏善可陈。我们的爱只是一场没有前途的持久战，一场冥顽不灵的等待。就此看来，我们某些市民的态度让人联想到城里各种食品店门口排着的长队。它们同样需要服从和忍耐，无穷无尽又毫无幻想。如果将这种情感提升千倍，便是离别的苦楚。它是另外一种可以吞噬一切的渴望。

不妨重新回想一下那些永恒的夜晚，金色的霞光从灰蒙蒙的云层中露出，洒在这座绿意盎然的城市里，那时也许你才能稍微理解城市里那些孤独者的心情。那时，人们纷纷走出户外，走上街头。让人惊奇的是，涌向依然洒满阳光的露天咖啡座的不再是城里经常回荡的车辆和机器的轰鸣声，而是低沉的话语和沉闷的脚步声混合而成的巨大喧嚣声。在闷热的穹顶下，瘟疫呼啸着为成千上万痛苦的脚步打着节拍。踏步声连绵不绝，令人窒息。渐渐地，无数个夜晚过去了，整个城市都被这种声音填满，它那最忠实最沉闷的声音透露了一种盲目的固执，最终，取代了我们心中的爱意。

Volume

·第四部·

九月和十月期间，鼠疫席卷整个城市，我们的家园变成一座孤岛。成千上万的人被困在城中，度过了漫长的几周时间。天空中弥漫着浓雾、热浪和雨水。南方的椋鸟和斑鸫从高空静静地绕城而飞。仿佛如帕纳卢神甫所言，屋顶上空有挥着古怪的木制长矛的瘟神，长矛被舞得呼呼作响，把这些天上的过客吓得避之不及。十月初，倾盆大雨冲刷了整个街道。在这段时间里，唯一的重大事件就是瘟疫裹足不前，声势相当浩大。

　　里厄和他的朋友们感到非常疲惫。事实上，这种疲劳已经让卫生防疫人员无法忍受了。里厄医生察觉到这一点，因为他发现自己和朋友都已经变得麻木了。以前一提到鼠疫的新闻，他们会非常关注，但现在却不再感兴趣了。朗贝尔临时被派去管理一家隔离检疫病区，这家病区不久前刚刚安置在他的医院里，所以他非常清楚在他那里隔离观察的人数。他对紧急疏散系统的各个细节都了如指掌，这是他专门为那些突然发病的人设置的。他还掌握着隔离检验区的血清效果统计数据。但是他不清楚每周有多少人死于鼠疫，也不清楚疫情是变得越来越严峻还是在逐渐平复。不管怎样，他还是希望城门能尽快打开。

　　由于长时间废寝忘食的工作，很多人已经无暇关注新闻和广播。但凡有人告诉他们新消息，他们也只是装作感兴趣的样子，实际上却心不在焉。这让人想起大战期间的士兵，他们因为筑造工事而极度疲惫，只想坚守自己的岗位，对于停战或是决战已经失去了希望。

格朗一直在从事与鼠疫有关的计算工作，但他并不能算出最终的结果。塔鲁、朗贝尔和里厄看上去就像是不知疲倦的人，相比之下，格朗则健康状况不佳。尽管如此，他却兼任多个职务：里厄的秘书、市政府助理，晚上还得处理自己的工作。因此，大家经常看到他疲惫不堪，仅仅靠着两三个对未来的念想支撑自己，如在鼠疫消灭之后给自己至少休一周的假，然后以积极的态度完成值得"脱帽致敬"的工作。他容易陷入莫名的忧郁情绪，每到这个时刻，他会主动和里厄谈起雅娜，想象她此刻在何处，是否一边看报纸一边想念他。有一天，里厄用平淡的语气提到了自己的妻子，这让他感到很惊讶，因为里厄之前从未这样谈论过他的妻子。他妻子向来报喜不报忧，但他依然放松不下来，于是他给她所在的疗养院的主治医师发了一封电报，询问她的情况。结果对方回电告知他，她的病情加重了，但医生们会尽一切力量阻止病情进一步恶化。

一直以来，那个消息都被里厄藏在心底，但他也无法解释自己为什么会把它告诉格朗，或许是因为过于疲劳了。这位政府职员和他讨论了一下雅娜的事情，然后问起了他妻子的状况，里厄作了回答。格朗说道："你知道的，现在这种病是可以被治愈的。"里厄点了点头，并且承认分别的时间有些长了，他本应该陪伴妻子战胜疾病的。现在她一定很孤独。随后，他陷入了沉默，只是简单地回答了格朗的问题。

其他人的情况也不例外。塔鲁的抗压能力较强，但从他的笔记来看，他的好奇似乎只停留在了自己的工作上，范围远不如以前远。实际上，在整个这段时期里，他好像只关心科塔尔。自从旅馆变成隔离区后，他就搬到里厄家里住了。他并不喜欢听格朗或里厄医生谈论疫情。每次出现这种情况时，他都会急忙把话题引到他平时在奥兰忙忙碌碌的日常生活上。

有一天，卡斯特尔跑来告诉医生，血清已经准备好了。于是他们决定在奥东先生的男孩身上进行第一次试验。男孩刚刚被送进医院，里厄认为治愈他的希望不大。他准备把最新的统计数据告诉他的老朋友，却发现他已经在扶手椅上沉沉地睡着了。平时，卡斯特尔脸上总是带着一丝甜蜜温柔而略带嘲讽的神色，让人感觉他从未老去。但此时，他的脸突然变得松垮，嘴巴微微张着，口水从嘴角边滴落下来，他的衰老一览无余。看到这一幕，里厄不禁感到悲哀。

正是在这种感情脆弱的时刻，里厄才可以判断自己的疲劳程度。大部分时候，他的敏感度都受到了约束，从而表现得冷酷无情。这种敏感还在持续衰弱，他便任由情感支配自己，但他已经无法控制这些情感。他唯一的自我防御方式是躲在冷酷无情的外表下，紧紧揪住自己的心结，这是支撑他继续工作的好办法。除此之外，他再无幻想。他很清楚，在没有终点的时间里，他的任务是诊断，而不再是治病。他必须发现、观察、描述、登记，然后提出绝症的诊断结论。有些病人的妻子哭着哀求他："医生，请救救他！"但是他并不是来救人的，他只是个隔离命令的下达者。从这些人脸上，他看到了仇恨，但是仇恨又有什么意义呢？有一天，有人告诉他："您丧失了同情心。"这样的说法当然不对，他有同情心。支撑着他每天工作二十个小时、亲眼看着生命逝去的是这颗同情心，让他期望每天有一个崭新的开始的也正是这颗同情心。然而，到了后来，他只能勉强维持这颗同情心了，又怎么可能去救人呢？

不！他每天提供的是信息，而不是救援。当然，这不能算作一份真正的工作。但在这种惊恐不安、病亡人数众多的环境中，谁还有闲暇去从事真正的工作呢？能感到疲惫已经算是幸运了。如果里厄有更多的精力，也许无处不在的死亡气息会令他窒息。但是，如果每天只睡四个小时，那他的感触就会减少很多。人应该秉持公正的原则，实事求是地对待事物，虽然这公正既可笑又可恶。连那些得了绝症的人也能感受到医生的变化。在鼠疫暴发之前，他被人们视为救星。他只需用三颗药丸和一根针筒就能解决问题，然后人们会挽着他的胳膊，送他走出走廊。虽然有染病的风险，但人们的心情却非常愉悦。但现在情况已经截然不同了，他必须带着几个士兵上门看病，有时还得用枪托砸门才能进去，这阵仗看上去似乎要与这家人、全人类同归于尽似的。唉！其实人与人之间谁离得开谁呢？和这些不幸的人一样，他也备感无助。当他离开这些人的时候，怜悯之情便在他内心涌动，他也应该得到同样的怜悯。

在这漫长的几周时间里，里厄医生一直抱着这样的念想，其中还掺杂着一些离愁别绪。同样的，这些心绪也写在了他朋友们的脸上。所有一直在前线抗击疫情的人们渐渐体力不支，但对外部事件和他人情感麻木并不是困倦引起的最严重的后果，最严重的是他们放任自流。因为有一种趋势在他们身上作祟：只要不是必要的行为，只要他们觉得肯定力不从心，他们就不会去做。因此，这些人越来越忽视曾经他们自己制定的卫生规定，甚至忘记执行许多自我消毒措施。有时，他们没有采取任何防疫措施就跑去治疗患有鼠疫的病人，因为他们是临时被通知出诊，所以觉得赶去给自己注射防疫药物会很疲惫。这才是真正的危险，因为真正与鼠疫正面斗争的是他们，他们更容易感染鼠疫。总之，他们在赌，但运气往往是无法掌控的。

然而，城里有一个人却不像其他人那样疲惫不堪、垂头丧气，他仍然保持着一副从容不迫的神态，这个人便是科塔尔。他与别人总是保持着若即若离的关系，但只要塔鲁的工作可以安排得当的话，他常常会去看望塔鲁。科塔尔这么做一方面是因为塔鲁对他的情况了如指掌，另一方面是因为塔鲁待人接物的礼仪之道，使其对这位依靠年金生活的小矮人始终热情如初。塔鲁的工作虽然辛苦，但他总是和蔼可亲、对人体贴，这真是不可思议的奇迹。有几个晚上他甚至精疲力竭，但第二天依旧精神矍铄。科塔尔曾经告诉朗贝尔："因为他是一个有血性的男人，懂得体察他人的心情，所以我才能和他们打成一片。"

因此，在这段时间里，塔鲁的记录逐渐聚焦于科塔尔。他试图记录下科塔尔所说的话、做出的反应以及他的想法。其中一篇记录题为《科塔尔和瘟疫的关系》，内容非常详细，篇幅达好几页，叙述者认为有必要在这里对其进行概述。塔鲁对这位依靠年金生活的小矮人的整体印象可以概括为："他正在不断成长。"至少从表面上看，他一直在快乐地成长。对于事态的发展，他并没有感到不满。在塔鲁面前，他有时会用如下表述来表达他内心深处的想法："情况并不见得更好。但我们风雨同舟，携手并进。"

塔鲁记录道："当然，他和其他人一样面临威胁，但问题恰恰在于他的处境和其他人没什么两样。他好像并不认为自己真的会感染鼠疫，他一直带着这种信念过日子。因为一个人一旦患了重病或深陷焦虑，那么他就不会感染其他疾病或焦虑。其实，这种想法并不愚蠢。科塔尔告诉我：'你发现了没有，同一时段，人并不会被多种疾病缠身？如果你得了重病或不治之症，如患上了癌症或结核病，那么你就不会感染鼠疫或斑疹伤寒，这种情况是绝对不会发生的。其他情况就扯得更远了，因为你绝不会见到一个死于车祸的癌症病人。'无论这种想法是真是假，它确实让科塔尔感到轻松愉悦。他唯一不愿意面对的，就是被迫和其他人隔离开来。他宁愿和大家困在一起，也不愿做个孤独的囚犯。在鼠疫暴发后，所有的秘密调查、建档案、填卡片、秘密审问和即刻逮捕都顾不上了。确切地说，警察、罪犯、新旧罪行都了无踪迹，唯有那些坐以待毙的患者等待着最随意的恩赦，警察也在其中。"因此，塔鲁认为，面对那些焦虑慌乱的居民时，科塔尔完全有理由表现出宽容体谅、善解人意的满足神情，这神情仿佛在说："别担心，我比你们更早地经历了这一切。"

"我曾经跟他说过，问心无愧是不和其他人分开的唯一办法，可惜这句话于他毫无效果。他怒视着我，说道：'那这么说来，人与人之间不可能和平共处。'然后他又补充道：'你可以试试看，这话也只有我会说给你听。把人类聚在一起的唯一方法，就是把鼠疫传播给他们。看看你周围的情况吧。'实际上，他的意思不难理解，在他看来，现在的日子极其舒适。无论他走到哪里，人们的反应他都不陌生，因此他一定明白这些人的想法。例如，每个人都试图让别人和自己在一起；人们争先恐后地涌入高级餐厅，坐在那里，不愿意离开；为迷路者指路，有时候热情，有时候却显得不耐烦；每天，乱哄哄的人群挤在电影院门口，剧院和舞厅也都人满为患，他们如同澎湃的潮水涌向公共场所……一方面人们本能地避免接触，另一方面由于人性渴望热情，男男女女不由自主地相互靠近，他们摩肩接踵，耳鬓厮磨，缠绵悱恻。显然，早在他们之前，科塔尔就体验过这一切了。但对女人除外，因为一看到他那副尊容……我猜想，当他想要约会时，他会忍住不去，避免给人留下不好的印象从而损害自己的形象。

"总之，他明显受益于鼠疫。这个离群索居却又不甘寂寞的人已经成了鼠疫的同谋者，而且是一位兴致勃勃的同谋者。他对眼前的一切冷眼旁观：看着这些警觉的灵魂表现出过度的痴迷、内心的敏感和无缘无故的惊恐；他们尽力回避谈论鼠疫，但又忍不住谈个不停；自从得知这种病的早期症状是头痛后，一旦头痛，他们就面色苍白、惊恐万分；最后，他们情感脆弱，性情暴躁，情绪极不稳定，会将他人的疏忽视为冒犯，甚至会因为裤子上少了一粒纽扣而伤心不已。"

科塔尔和塔鲁常在晚上一起外出。塔鲁在日记中记录了他们在暮色或夜色中如何挤在人群中，跟随人群去寻找快乐，来躲避鼠疫的冷酷无情。几个月前，科塔尔在公共场所所寻觅的奢靡生活，他孜孜以求而无法得到的奢华无度的享乐，如今已经令全体市民趋之若鹜。尽管物价不断上涨，有些人却依旧挥金如土，这种现象前所未闻。许多人都缺乏生活必需品，但人们却从没有像现在一样穷奢极欲。休闲娱乐业蓬勃发展，但这也反映了严重的失业问题。有时，塔鲁和科塔尔会跟踪一对情侣，曾经他们还会掩饰彼此之间的关系，现在却紧紧依偎在一起，肆无忌惮地在城中走过，沉浸在浓烈的爱意中难以自拔。科塔尔不禁感叹道："啊！多么快乐的年轻人啊！"他兴高采烈地说着。在他周围，是众目睽睽下的儿女情长，是豪爽丢下小费发出的叮当作响的声音，是集体的狂热。

尽管如此，塔鲁认为科塔尔的态度并没有什么恶意。他说的那句"我早在他们之前就经历过这一切了"，传达出的是怜悯而非得意。塔鲁认为科塔尔开始喜欢上那些被困在城墙和天空之间的人了。譬如，科塔尔总是乐意主动向他们解释，鼠疫并没有那么可怕。他向塔鲁坦言："听听他们说的吧：鼠疫过后，我要这样，要那样……他们是在自找麻烦，而不是在寻求安逸的生活。他们甚至不关心自己的利益。就拿我来说，我可以说在被捕后我要做这件事吗？被捕只是一个开端，而不是终点。你想不想知道我是怎么看待鼠疫的？这些人很不幸，他们做不到顺其自然。我很清楚自己在说什么。"

塔鲁继续讲道："他非常清楚自己所说的话，也准确地分析了奥兰居民内心的矛盾。一方面，他们渴望相互贴近；但另一方面，他们又因为彼此间的戒备之心而疏远，无法热情相待。人们都很清楚不应该相信邻居，因为他会在不经意间把鼠疫传染给你。如果有人像科塔尔那样，在同伴中花时间搜寻蛛丝马迹，他就能理解这种感受，同情那些笃信鼠疫会在须臾之间降临的人。虽然存在这种可能，但面对恐怖的氛围，他仍然显得安逸自在。因为他比其他人更早经历了这一切，所以他无法完全和别人一样去经历这种前途未卜的折磨。总之，和我们这些还没有被鼠疫夺去生命的人一样，他明白，自己的生命和自由每天都处于危险之中。不过，在他看来，既然他已经经历了恐惧，那么让其他人经历一下也是理所应当的。实际上，相较于他一个人承受的恐惧，这样的恐惧显得要容易承受些。他错就错在这一点上，而且他比别人更难被人理解。但无论如何，正因如此，他才更值得我们去了解。"

塔鲁还记录了一件事情，这件事情证明科塔尔和鼠疫患者同时具有一种独特意识。当时的困难氛围也在这段叙事中得以重现，这也是叙述者予以关注的原因。

　　有一天，科塔尔邀请塔鲁一同前往市歌剧院观看歌剧《俄耳甫斯与欧律狄刻》①。在鼠疫暴发的那个春天，剧团来到本市演出，却被瘟疫困住。经市歌剧院协调后，每周再加演一场。就这样，几个月来，每到周五，市歌剧院就会回响起俄耳甫斯悲伤的歌声和欧律狄刻无助的呼喊。尽管如此，这出歌剧始终深受观众欢迎，票房收入居高不下。科塔尔和塔鲁坐在票价最贵的座位上，俯瞰着满座的上流社会人士。前来观看歌剧的人都试图让自己的进场引人注目。在幕前耀眼灯光的照射下，伴随着乐师们的轻声调音，优雅的身影在座位之间穿梭，向其他观众鞠躬致意。人们正在低声细语地交谈着。几个小时前，走在阴暗街道上的他们还在垂头丧气，如今缺乏的自信似乎又回来了，服饰和妆容让鼠疫的阴影消失了。

　　在第一幕中，俄耳甫斯哼唱着如行云流水般的悲歌，几位身穿长裙的女士被吸引过来，对他的不幸评头论足。随后，小咏叹调又吟唱出爱情的意蕴，全场观众都对此报以热烈的掌声。在第二幕中，当俄耳甫斯以动人的泪水向冥王乞求时，他那哀婉的音调略显夸张，甚至发出了不应有的颤音，但人们几乎没有发现。他不经意间做出了几个不协调的动作，但最资深的观众却认为这样增

---

　　① 这部歌剧由德国音乐家克里斯托夫·维利巴尔德·格鲁克（1714—1787）谱写。在希腊神话中，俄耳甫斯是太阳神阿波罗和司管文艺的女神卡利俄珀的儿子，他的歌声和琴声能迷惑百兽。自从毒蛇夺走了他妻子欧律狄刻的生命后，俄耳甫斯痛不欲生。在爱神的帮助下，俄耳甫斯义无反顾前往冥府解救妻子，但他不能回头看欧律狄刻。结果在回来的路上，俄耳甫斯抵御不住对妻子的思念，回过头看了她一眼，导致妻子再度死亡，于是俄耳甫斯自杀身亡。不同于神话故事的悲情结局，歌剧中的结局更为温暖：最终，爱神被俄耳甫斯对妻子的真挚爱情所感动，让欧律狄刻再生了。最后，众神齐声歌颂爱情的力量，成为全剧中绚烂而感人的一幕。

添了许多韵味，使得整场歌剧演出更加生动有趣。

直到第三幕，当俄耳甫斯和欧律狄刻演绎二重唱时，全场观众都沉浸在惊愕之中。仿佛男歌唱演员正在期待着这样的反应，或者更确切地说，仿佛剧场里的嘈杂声让他坚信自己内心的感受。身穿古装的男演员选择在此刻，张开双臂，分开双腿朝台前的脚灯走去，姿态颇为滑稽，然后在田园牧歌的布景前倒下了。虽然这样的布景过时已久，但在观众眼里，它此时显得尤其老旧。此时，乐队停止演奏，正厅里的观众纷纷起身，开始缓慢地离开剧场。起初，他们静默无声，仿佛吊唁完毕离开灵堂，抑或做完礼拜离开教堂。女士们整理好衣裙，低头往外走，男士们则手挽着女伴，领着她们离场，以免她们碰到折叠式的座椅。不过，人群移动的速度逐渐加快，低语声渐渐变成了大叫声，人们争先恐后地朝出口挤去，相互碰撞，最后在尖叫声中挤成一团。此时，科塔尔和塔鲁才站起来，独自面对这幅场景：鼠疫以演员四仰八叉倒地的丑陋形象现身舞台，而在剧场里，一切奢侈品都变得毫无用处，包括那些从红色座椅上耷拉下来的花边饰物和被人遗忘的折扇。

在九月的头几天里，朗贝尔一直跟着里厄忙工作。他只请了一天假，因为他那天要去男子中学门口与贡扎莱斯和两位年轻人会面。

到了中午，贡扎莱斯和记者看到两位年轻人笑嘻嘻地走来。他们说上次不走运，但也算在意料之中。总之，这周不是他们的轮班，得耐着性子等到下周再安排。朗贝尔说的就是这个意思。于是贡扎莱斯提议下周一再见面，但那时朗贝尔就得住在马塞尔和路易家中了。"我会和你再碰头的。如果我没来，你可以直接去他们家里，会有人告诉你他们的地址的。"但这时，不知是马塞尔还是路易提出了一个最简单的办法：立即带这位朋友去家里。如果他不挑剔的话，家里的东西足够四个人吃了。这样，他就会知道该怎么走了。贡扎莱斯认为这个主意很好，于是他们就一起朝港口走去。

在通往悬崖峭壁的城门附近有一座西班牙风格的小屋，墙壁很厚，木质外板窗刷上了油漆，房间里阴暗无光，空荡荡的。住在这里的是两位年轻人的母亲，这位西班牙老太太满脸皱纹，但笑容可掬。她招待客人时端上了米饭，这让贡扎莱斯感到很惊讶，因为大米已经很久没有出现在城里了。马塞尔说道："我们住在城门这里，总是有办法弄到这些稀罕物的。"朗贝尔正在大快朵颐。贡扎莱斯觉得他是个可靠的伙伴，但记者却因为自己还得等上一周而焦虑。

实际上，由于城门的警卫班已经改为每两周轮换一次，朗贝尔不得不等两周才能离开。在这段时间里，朗贝尔一直忙于工作，废寝忘食。他连续工作到深夜才回家睡觉。从原来的轻松舒适到现在的劳累不堪，这样的变化几乎让他放弃了自己的梦想，也耗尽了他的精力。他很少提及自己即将逃跑的计划，但有一件事情是值得一提的：一周后，他告诉里厄医生，前天夜里他第一次喝得烂醉。他从酒吧出来后感到腹股沟肿胀，双臂也摆动得不利落，觉得自己染上了鼠疫。当时，他做出了一个缺乏理智的反应：他朝着城市的高处跑去，在那里大声呼喊着他妻子的名字。那里有一处小广场，人们可以仰望广阔的天空，却无法看到大海。回家后，他检查了自己的身体，发现没有任何感染的症状，于是对这场突如其来的危机感到很是过意不去。里厄理解他的行为。"无论如何，"里厄说道，"有时候人们就是感觉需要这样做。"

"今天早晨，奥东先生跟我提到了你，"里厄突然在朗贝尔准备告辞时补充道，"他问我认不认识你。他让我告诉你，你已经被盯上了，别跟那些走私团队来往了。"

"你说这话是什么意思？"

"他让你必须小心。"

"谢谢。"朗贝尔紧紧握着医生的手如此说道。

他走到门口，又突然转过身来。里厄注意到，这是他在鼠疫暴发后第一次露出笑容。

"那么你为什么不阻止我走呢？你应该会有办法的。"

里厄习惯性地摇了摇头。他说这是朗贝尔的决定。朗贝尔既然已经做好了选择，而他里厄就没有理由去反对。在这件事情上，他感到自己无力判断对错。

"在这种情况下，你为什么要催促我行动呢？"

这时，里厄不由自主地笑了起来。

"也许我也想为你的幸福做些什么吧。"

第二天，他们俩默默无语，只是一起埋首苦干。到了第二周，朗贝尔终于住进了这栋西班牙小屋。主人在公共区域为他搭了一张床。年轻人不回来吃饭，加上别人也劝他晚上尽量少出门，因此他大多数时间都是独自一人，或者与那位老太太聊聊天。老太太身形瘦小，却精神矍铄，身穿黑衣，棕褐色的面容上布满了皱纹，一头白发十分整洁。她性格内向，只有当她凝视朗贝尔时，眼中才流露出笑意。

有时候，她会询问朗贝尔是否担心把鼠疫传染给他的妻子。在朗贝尔看来，这取决于运气，但传染的风险毕竟很小。可是，如果他继续待在城里，他们两人可能永远也见不到面了。

老太太含笑问道："她人好吗？"

"非常好。"

"她漂亮吗？"

"在我看来非常漂亮。"

她脱口而出："啊！原来是这样。"

也许是因为这个，也许不是。朗贝尔陷入了沉思。

这位每天早上都要去做弥撒的老太太又问道："你不相信仁慈的上帝吗？"

朗贝尔承认自己的确不信，老太太又说："原来是这样。"

"你说得没错，必须得和她团聚，否则你还能干什么呢？"

在剩下的时间里，朗贝尔沿着光秃秃的灰泥墙壁漫步，有时会摸摸钉在墙上的扇子，有时会数数桌毯垂下来的流苏上挂着多少羊毛球。晚上，两个年轻人回到了家里。他们话不多，最多也就说句"现在还不是时候"。晚饭过后，他们喝着茴香酒，马塞尔弹起吉他，朗贝尔若有所思。

星期三，马塞尔回来说道："就定在明天半夜十二点行动。你准备好了吗？"和他们一起值班的两个人中，一个染上了鼠疫，另一个被隔离观察。因此，接下来的两三天里，只有路易和马塞尔值班。在这天的晚上，他们会落实最后的细节事宜，第二天差不多就可以行动了。朗贝尔表达感谢后，老太太问他："你满意了吗？"朗贝尔心中别有他想，嘴上却说着满意。

第二天的天气十分潮湿，令人感到胸闷气短。而有关鼠疫的消息却更令人担忧。不过，西班牙老太太却毫不慌乱，她说："世间罪恶丛生，这是不可避免的！"和马塞尔、路易一样，朗贝尔也赤着上身。然而，无论他做什么，汗水总是顺着肩膀和胸部流下来。室内百叶窗紧闭，昏暗的光线使他们古铜色的胸膛看起来更加黝黑发亮。朗贝尔来回走动，保持沉默。到了下午四点，他突然穿上衣服，说要出门。

马塞尔说："注意点，一切准备就绪，半夜你就得走。"

朗贝尔前往医生的家。里厄的母亲告诉他，里厄在城内高地的医院。在医院门岗前，总是有一群人在转悠。"让开！"一位长着鱼泡眼的中士喊道。人群散开了，但仍在附近晃荡。"没必要等了。"中士说道，他的上衣已被汗水浸透。虽然热浪逼人，但他们仍然守在那里。朗贝尔出示了通行证，中士便给他指了指塔鲁办公室的方向。办公室的大门向着庭院。他迎面遇到了正从办公室里出来的帕纳卢神甫。

这间白色小屋十分脏乱，里面弥漫着药物和潮湿被褥的气味。塔鲁坐在办公桌后面，他正在用手帕擦拭从他手臂上滴落的汗水。

"你还没走啊？"他问。

"是的，走之前我想和里厄谈谈。"

"他在大厅。不过如果不必见他就可以解决问题，那会更好。"

"为什么？"

"他太疲惫了。如果我可以帮到你，那你就别劳烦他了。"

塔鲁瘦了，面容也十分疲惫，原本宽厚的肩膀也垮了下来。朗贝尔看着他迷离的眼神，感到很心疼。这时，一名戴着白色口罩的男护士走了进来，他放下一沓病历卡并告诉塔鲁"有六个"，然后就出去了。塔鲁把病历卡摊成扇形给朗贝尔看，这些是昨晚死去的病人的。他又皱着眉头重新理好这些病历卡。

塔鲁站起身来，靠在桌边，询问朗贝尔是否马上动身，朗贝尔如实回答。塔鲁听到这个消息很为朗贝尔高兴。朗贝尔想见医生，塔鲁便陪同他去见医生。塔鲁明白，医生比自己更近人情，但是朗贝尔解释不是这个原因。塔鲁看着他，突然笑了起来。

他们穿过一道走廊，绿色的墙壁宛如水族馆映射的光芒，两扇玻璃门后有些奇怪的身影在晃动。塔鲁带着朗贝尔走进了一个小房间，里面很小，四壁都是壁橱。他打开一个壁橱，从消毒器里取出两个纱布口罩，递给朗贝尔一副，让他戴上。记者问这口罩是否有用，塔鲁回答说这只是让别人放心而已，没有什么实际作用。

他们走进一个窗户紧闭的大厅，空间非常宽敞，几台风扇在墙壁上方嗡嗡作响，搅动着混浊而炎热的空气。墙壁下方摆着两排灰色的病床。阵阵呻吟声飘荡在大厅各处，有的尖锐，有的低沉，汇聚成乏味单调的哀怨声。阳光透过高窗的铁栅栏倾泻进来，几名身穿白大褂的男子缓缓地走来走去。朗贝尔感到异常闷热，倍感不适。医生里厄正站在一名呻吟的病人旁，弯着身子，切开他的腹股沟，两名护士在病床两边按住病人的下肢。在里厄直起身子时，一名助手递上一只托盘，里厄便把手术器械往托盘里一扔，然后一动不动地站了一会儿，注视着这位正在接受包扎的病人。

里厄问塔鲁："有什么新情况吗？"

"帕纳卢已经同意接手朗贝尔在隔离病区的工作。他做得够多了。现在就等着朗贝尔离开后重新组建第三个调查组。"

里厄点头表达赞同。

"卡斯特尔已经制作出了第一批制剂。他建议进行试验。"

"太好了！"里厄说道。

"对了，朗贝尔找你有事。"

里厄转身看向朗贝尔，口罩上面的眼眉皱了起来。

"你在这里干什么？你应该在其他地方。"他说道。

塔鲁说朗贝尔今晚十二点离开。朗贝尔补充说："原则上是这样的。"

无论谁说话，纱布口罩都会鼓起来，嘴巴那里会变得潮湿。这种交谈似乎发生在两个雕像之间，相当不真实。

"我得和你聊聊。"朗贝尔说。

"如果你愿意，可以在塔鲁的办公室等我，到时候我们一起走。"

过了一会儿，里厄和朗贝尔坐在医生的汽车后座上，开车的人是塔鲁。不一会儿，塔鲁发现汽车没有汽油了，明天得步行。

"医生，"朗贝尔终于忍耐不住，说了出来，"我想和你们并肩作战，我不走了。"

塔鲁保持沉默，继续开车。里厄仍然一脸疲态。

他压低声音问道："那你的妻子怎么办？"

朗贝尔做了很久的心理建设才说出了这个决定。面对这些坚守前线的抗疫战友和严峻的鼠疫形势，朗贝尔认为，如果自己离开了，一定会感到羞愧。虽然他也清楚，这么做会影响他对妻子的爱意。听到这里，里厄直起身子，铿锵有力地说道：

"别这么想，选择幸福不用感到羞愧难当。"

"是的。但如果一个人只顾自己的幸福，那他就太自私了。"

此时，之前沉默的塔鲁说道：

"如果你想要为大家分担不幸，那你享受幸福的时光就会大大减少。你必须做出选择。"

"不是的，我一直把自己视作这座城市里的外地人，和你们毫无关系。但现在，经历了这么多事，我对这里产生了归属感。鼠疫和每个人都有关系。"

没有人回应他，他显得十分不耐烦。

"我为什么这么选择，难道你们还不清楚吗？否则你们在医院的意义是什么？你们都做出了选择，都放弃了幸福。"

塔鲁和里厄依然沉默不语。这阵沉默持续到里厄家门口，朗贝尔又提出了上次的问题，声音更加响亮。里厄转身看着朗贝尔，用力直起身子说：

"朗贝尔，我很抱歉，我不想深究你说的内容。但如果你愿意，那就和我们

一起吧。"

突然，汽车一偏，里厄的话被打断了。然后他又凝视着前方继续说："世界上没有任何事情值得我们为之放弃自己的所爱。"但他也疑惑，为什么自己会放弃自己的所爱。说完，他又倒在靠垫上，疲惫地说道：

"这不过是个事实罢了，我们不能忘记它，并且得对它造成的后果拭目以待。"

朗贝尔问道："什么后果？"

里厄回答说："在同一时间，我们无法做到既治疗病人又知晓结果。那就让我们先抓紧时间治疗病人吧，这件事情最紧急。"

午夜时分，塔鲁和里厄开始绘制他们负责调查的街区地图。塔鲁瞥了一眼手表，然后抬起头来，刚好与朗贝尔的目光相遇。

"你通知那些人了吗？"

朗贝尔转移了视线，掷地有声地回答道：

"在来之前，我已经写了张便条留给他了。"

血清试验在十月的最后几天完成了。这是里厄的最后一线希望。如果试验再次失败，病魔肯定会肆意蹂躏这座城市，而且会持续数月，或是在某个时刻神秘地停止。卡斯特尔的血清试验成了挽救这座城市的唯一希望。

就在卡斯特尔去看望里厄的前一天，奥东先生的儿子病倒了，他们全家都躲进了隔离病房。不久前，奥东夫人才从那里出来，现在又得再次隔离。谨遵法规的法官一旦发现孩子有病症，就立刻去请里厄医生。当里厄赶到时，奥东夫妇正站在孩子床边。他们的小女儿已被隔离。床上的这个十分虚弱的孩子安静地接受着检查，一声不吭。医生抬起头，恰巧与法官对视，还看到了法官夫人苍白无比的脸庞。她捂着嘴，睁大眼睛注视着医生的每一个动作。

法官镇定地问道："这就是那种病，对吗？"

里厄看了一眼孩子，点头回答："是的。"

孩子的母亲眼睛睁得更大了，但仍然没说话。法官和医生都沉默了。接着法官压低声音说：

"好吧，我们必须遵守规定。"

里厄刻意避开了奥东夫人的目光，她一直用手帕捂着嘴巴。

医生犹豫了一下，然后说道："如果我打个电话，这事很快就会处理好。"

奥东先生准备带医生去打电话，但是医生又转身对奥东夫人说：

"很抱歉，你需要准备一些东西，你懂的。"

奥东夫人愣住了，目光投向地面。她点了点头，说：

"好的，我会做这件事的。"

在告别奥东夫妇之前，里厄问他们是否需要其他帮助。奥东夫人仍然默默地看着他，但这次法官避开了目光，说：

"不需要，只请您救救我的孩子。"

最初，隔离只是例行公事，但后来里厄和朗贝尔将这道手续组织得更加严密。他们坚持要求有病患的家庭的成员必须单独隔离，以避免鼠疫的进一步传播。里厄向法官解释了这些要求，法官也认为这些要求是合理的。然而，奥东夫妇的眼神交流传达出了他们的无奈和痛苦，医生感同身受。奥东夫人和她的女儿可以住在朗贝尔管理的隔离医院里，但那里没有多余的床位给预审法官了，他只能住进省政府正在市体育场上搭建的隔离营里。这个营地用的都是路政局借来的帐篷。尽管里厄深感抱歉，但奥东先生表示，规定适用于每个人，只需遵守即可。

孩子被转移到了附属医院，送进了原本是教室的病房，那里有十张病床。二十多个小时后，里厄判定孩子的病情已经无法挽回。他那幼小的身体已被瘟疫吞噬，变得毫无反应。虽然几个小腹股沟肿块才刚刚出现，但他却感到非常疼痛，四肢都难以动弹。孩子已经被疾病击败了。所以，里厄想在他身上试验卡斯特尔的血清。那天晚上，他们用了很久，接种疫苗，但孩子毫无反应。第二天早上黎明时分，大家围在小男孩身边，判断这次决定性的试验是否有效。

清晨，孩子突然从昏迷中醒来，开始在床单中翻滚抽搐。从凌晨四点开始，医生、卡斯特尔和塔鲁就一直守在他身旁，密切关注着他的病情变化。塔鲁身材魁梧，略微驼背，站在床头；里厄则站在床尾；卡斯特尔静静地坐在他旁边，读着一本旧书。随着阳光逐渐照亮病房，其他人陆续到来。帕纳卢站在床的另一侧，倚靠在墙上，脸上流露出痛苦的表情，这些天来的疲惫已经掩饰不住了。约瑟夫·格朗也来了，他为自己气喘吁吁的状态道了歉。大家都明白，他待不了多久。里厄默默地向他指了指孩子。孩子的脸已经完全扭曲，双目紧闭，牙关咬紧，身体一动不动，头却左右摇晃。黑板依然挂在病房尽头，当阳光变得更加明亮时，原本书写在上面的方程式变得清晰可见。此时，朗贝尔走了进来，靠在另一张床的一端，掏出一包香烟。但当他看向孩子时，便把香烟放回口袋里。

坐着的卡斯特尔从眼镜上方瞥了一眼里厄，说道：

"你有没有关于他父亲的消息？"

里厄说："没有，孩子的父亲住在隔离营。"

医生握紧床边的栏杆，目不转睛地盯着这位幼小的病人，小孩的呻吟声回荡在病房里。突然间，他的身体僵硬了起来，又一次咬紧牙关，微微拱起腰部，四肢慢慢分开。军用毛毯盖在他赤裸裸的身体上，身体上散发出一股腥膻的羊毛与酸腐的汗水交织在一起的气味。渐渐地，小孩的身体放松下来，胳膊与大腿向床中间聚拢。他始终紧闭着双眼，一声不吭，呼吸越发急促。里厄和塔鲁互相对视，但塔鲁却在下一刻转移了视线。

数月以来，他们目睹了太多孩子的死亡。恐惧没有任何偏见。但今天早晨，他们的目光每时每刻都盯着孩子的痛苦遭遇。当然，在他们看来，这些无辜生命所经历的痛苦一直是令人愤慨的。但在此之前，他们只是在抽象地感受这种愤怒，因为他们从未长时间直面一个无辜儿童在临终前这般长时间地痛苦挣扎。

突然，孩子的身体扭曲了起来，他发出了尖细的呻吟声。四肢在痉挛和寒战中不停地颤抖，好像被鼠疫掀起的飓风拉扯着，随时可能被扯成碎片。他的脸色苍白，透出一股痛苦和恐惧的神情。这种无助和恐惧的感觉让人心碎。最后，孩子停止了痉挛，身体变得软弱无力，热度也渐渐消失。他仿佛被遗弃在荒凉的沙漠中，孤独而绝望。过了一会儿，孩子的身体再次被热浪袭击，他惊恐地缩成一团，发疯似的摇晃着脑袋。大颗大颗的泪珠从他的红肿的眼中流出，滴落在被单上。经历这番折磨后，孩子精疲力竭，他蜷缩着自己消瘦的双腿和胳膊。他的姿态令人联想到耶稣被钉在十字架上受难的景象，荒诞而又让人不寒而栗。

塔鲁弯下身子，用自己笨重的手擦去孩子小脸上的汗水和眼泪。不知何时起，卡斯特尔合上了书本，一直注视着患病的孩子。他开口想要说些话，但因为嗓子不适，不得不先咳嗽几声才说出来。

"里厄，早上的症状是不是没有得到缓解？"

里厄说没有，但这孩子已经比普通人坚持更久了。帕纳卢倚靠在墙上，低声说道：

"如果他注定要死的话，那么他还会忍受更长时间的痛苦。"

里厄突然转向他，张开嘴巴，但最终没有说话。显然，他在努力克制自己。然后他把目光投向孩子。

阳光透过窗户洒满了病房。另外五位病人都在瑟瑟发抖并呻吟着，但似乎都有些拘谨，好像事先商量好似的。只有一位病人在病床的另一端不断发出规律的叹息声，不像是痛苦，更像是惊讶。他们似乎已经接受了患病的事实，不再像刚开始那样恐惧。唯独这个孩子在拼命挣扎。里厄不时检查他的脉搏，尽管这并不必要，但他想摆脱目前无能为力的状态。当他闭上双眼，感受到这孩子的焦虑和自己沸腾的热血交融时，他想要尽自己的力量去支持这个饱经折磨的孩子，为他分担痛苦。然而，只过了短短一分钟，两颗跳动的心脏就失去了协调，孩子躲避了他的接触，他的努力也化为乌有。他收回自己的手腕，回到原位。

粉红色的光线逐渐变成金黄色，照在石灰墙上。清晨时分，暑气已经彰显威力。格朗离开的时候说他会回来，但似乎大家都没听到。每个人都在等待。孩子依旧闭着眼，看上去比之前平静了一些。他的双手像鸡爪一样，慢慢地在床的两侧栏杆上来回滑动，然后举起来去抓膝盖边的床单。突然，孩子蜷起双腿，直到大腿抵住腹部才停下来。这时，他第一次睁开眼睛，看到里厄站在他旁边。他脸色灰白，目光呆滞，嘴巴张开。几乎与此同时，他发出了一声长长的、几乎不因呼吸而发生变化的呼喊，单调乏味、缺乏和谐的抗议声一时之间充斥着病房，听起来很不近人情，就像是所有人同时发出来的。里厄咬紧牙关，塔鲁转过身去。朗贝尔走到床前，卡斯特尔就在旁边，此时他合上了摊在膝盖上的书。帕纳卢看着孩子因生病而脏兮兮的嘴巴，发出那种几乎每个年龄段的人都会发出的叫声。他跪下来，在那连续不断、难以言明的哀叫声中，他用压抑但清晰的声音说道："上帝啊，拯救这个孩子吧。"这句话似乎直击在场每个人的灵魂。

周围的病人越来越不耐烦，孩子仍在不断地叫喊，另一边的病人最终也加入了尖叫的队伍。同时，其他病人的呻吟声也越来越响亮。病房里翻滚着如潮水般的痛苦的啜泣声，帕纳卢的祷告声都被盖过了。里厄紧紧抓住病床的栏杆，闭上了眼睛，极度的疲劳和厌倦要将他吞噬了。

当他再次睁开眼睛时，塔鲁正站在他身旁。

"我必须走了，"里厄说道，"看到这些人，我再也无法忍受了。"

这时，其他病人的喊声骤然停止。医生注意到孩子的呼喊声已经变弱，而且在逐渐消失。病房里重新响起哀号声，但它们低沉而闷哑，就像一场刚刚结束的战斗留下的回声。在床的另一边，卡斯特尔说了句"结束了"。孩子躺在乱七八糟的床单上，嘴巴张开，但没有声音。他的身体变得很小，脸上还有泪痕。

帕纳卢来到床前，做了个祝福的手势。然后他拿起自己的长袍，从中间过道走出了房间。

"我们现在需要重新开始吗？"塔鲁问卡斯特尔。

老医生摇了摇头。

"也许吧，"他僵硬地笑着说，"毕竟，孩子支撑了很长时间。"

里厄步伐匆忙地离开病房，神情急切。其他人都默默地看着他，没有说话。当他经过帕纳卢时，帕纳卢试图拉住他的胳膊。

"好了，医生。"他对里厄说道。

里厄迅速转身。他粗鲁地对帕纳卢说："啊！那个孩子至少是纯洁的，你难道不清楚吗？"

然后他转过身来，离开病房，走到院子的尽头。在一片积满尘埃的小树林里，他找了一张长凳坐下，用手擦了擦流到眼睛里的汗水。他想要大声喊叫，以解开内心沉重的郁结。热浪侵袭榕树的树枝。白云迅速遮蔽清晨湛蓝的天空，空气变得更加闷热。里厄百无聊赖地坐在长凳上，看着天空和树枝，他的呼吸逐渐平稳，疲劳也逐渐消散。

"你为什么对我说话这么凶？"他身后传来一个声音，"这种情况下，我也无能为力啊。"

里厄转向帕纳卢说：

"没错。我很抱歉。但疲劳让人疯狂。有时候，在这座城市里，我能感受到的，只有自己内心的反抗。"

"我明白，"帕纳卢喃喃自语，"这已经超出了我们的理解范畴，很难不让人厌恶。但也许我们应该去爱我们无法理解的东西。"

里厄突然站起身来，看着帕纳卢，眼中流露出他所有的激情和力量，然后摇了摇头。

"不，神甫，"他说，"我对爱的看法不一样。我将永远不会爱上这个折磨孩子们的世界。"

帕纳卢的脸上闪过一道阴影，他被震撼到了。

"哦！医生，"他悲伤地说，"我刚才领悟到了什么叫恩赐。"

里厄无精打采地坐在凳子上，感到非常疲倦。他回答的声音更加轻声细语：

"我知道，那正是我所没有的。但我不想讨论这个。因为某个目标，我们才聚集到了一起。这个目标已经超越了亵渎神灵或祷告神灵的层面，这才是最重要的。"

帕纳卢坐在里厄旁边，显得非常感动。

"是的，"他说道，"是的，你也是为了人类的福祉而工作。"

里厄微微一笑。

"对于我来说，人类的福祉，这个词实在太宏大了。我没有那么高的境界。我首先关心的是人的健康。"

帕纳卢结结巴巴地说："医生……"

他停顿了一下，额头开始冒汗。他喃喃自语般说了声"再见"，然后站了起来，眼中闪烁着光芒。他准备离开。这时里厄也站起身，向他走近了一步。

"再次请求你的原谅。"他说，"我绝不会再这样失控了。"

帕纳卢伸出手来，忧虑地说道：

"但我没能说服你啊！"

"这有什么要紧的呢？"里厄说道，"你很清楚，我所厌恶的是死亡和疾病。

不管你是否同意，我们在一起工作是为了战胜它们。"

里厄握住帕纳卢的手。

"你看，"他故意不看帕纳卢的眼睛，说道，"现在就算是上帝也无法把我们分开了。"

帕纳卢自从加入卫生防疫组织以来，一直驻扎在医院和鼠疫感染区，从未远离过。他认为自己作为一名救援者，无论面对的是病痛还是生死，都应该在第一线战斗。虽然他有血清的保护，但他仍然担心自己的安危，这也很正常。他看到过很多生离死别的场景，一直表现得很冷静。然而有一天，他亲眼看见了一个孩子的死亡，并且看了很长时间，在这之后他就变了。他开始越来越紧张，脸上也流露出越来越明显的疲惫神情。有一天，他微笑着告诉里厄，自己正在准备一篇名为《神甫可以看医生吗？》的文章。而里厄则感觉帕纳卢正在写一些更加严肃的内容，只是没有说出来。当里厄想要读这篇文章时，帕纳卢告诉他，他必须在男信徒做弥撒时举行一次祷告，而且他可以借此机会阐明自己的某些观点。

"医生，这里有一个题目，我想你会感兴趣的。"

在一个狂风肆虐的日子里，神甫做了第二次布道。相比第一次，这次听众的人数大大减少。对于许多人来说，这样的场景已经没有了新鲜感。而身处这样的困境中，"新鲜感"一词也失去了意义。另外，参加宗教活动已经成了他们的习惯。他们不会参与弥撒仪式，反而更愿意用缺乏理性的迷信活动来代替平常的宗教活动，如佩戴一些具有庇佑作用的徽章或圣罗克的护身符。

我们的居民存在过度迷信预言的问题，这里有一个典型案例。春天时，人们一直期待瘟疫结束，但没有人去询问这场灾难究竟会持续多久，因为大家都相信它不会持续太久。但随着时间的推移，人们开始担心这场灾难真的没有尽头。因此，疫情的终结成了所有希望的所在。于是，人们互相传递着占星术士或是天主教某些圣人的各种预卜。很快，城里的一些出版商发现，他们可以从这种狂热的迷信中获利，于是他们大量印刷流行的预卜文字。当他们发现目前的内容无法满足公众的好奇心时，便派人去市图书馆找资料，在各种逸闻中寻找相关文字，然后印刷出版。当社会逸闻中也没有这类预卜文字时，他们就请记者来杜撰，这些记者表现出的杜撰能力并不比历代优秀的同行差。

人们对一些预卜文字的渴求程度竟不亚于健康年代的感情故事。其中，有些预测的算法很奇怪，参与计算的包括鼠疫暴发的年份、死亡人数和持续时间等因素。而其他预测则比较了历史上大规模鼠疫的情况，总结出相似点（预卜称之为常数），通过同样奇怪的计算方法，声称能够从中得出与当前厄运息息相关的启示。不过，最受公众欢迎的是启示录语言风格的预言，这类预言把一系列会在城里发生的事件公之于众，而且事件非常复杂，可以从各个角度进行解释。因此，人们每天都向诺斯特拉达米斯[①]和圣女奥迪尔[②]寻求答案，总是会有所收获。另外，所有预卜都有一个共同点：它们最终都能让人感到安心。但唯独鼠疫不是这样。

在我们的城市里，这些迷信活动已经逐渐代替了宗教仪式，所以当帕纳卢在教堂里布道时，只有四分之三的座位上有人坐着。布道当晚，里厄来到了教堂，寒风透过大门吹进来，在门徒之间肆意游走。在这个阴冷、寂静的教堂里，里厄坐在男信徒中间，亲眼看着神甫登上讲道台。与第一次布道相比，神甫这次的口吻更加温和、更加小心，信徒们几次在他的言语中感受到了某种犹豫的痕迹。还有一件事情很奇怪，他不再使用"你们"这个词，而是使用"我们"

---

① 诺斯特拉达米斯（1503—1566），法籍犹太裔预言家，精通希伯来文和希腊文，留下以四行体诗写成的预言集《百诗集》一部。

② 圣女奥迪尔是阿尔萨斯公爵阿达尔里克的女儿。660—720 年左右，她在法国孚日山区建造了一座修道院。

这个词。

　　他开始坚定地提醒大家，几个月前，鼠疫就已经降临到了我们的身边。如今我们更加了解它，因为我们已经多次看到它出现在我们身边，坐在我们的桌子旁或者坐在我们亲人的床边。我们也看到它在我们的工作地点等候，或者在我们周围徘徊。因此，我们或许应该更加认真地听取它的话，而不是像第一次听到它的时候那样惊讶。帕纳卢神甫深信自己第一次在这里布道时说的话依然是正确的。但是，他的所思所言也许缺乏仁慈之心，像我们每个人都会遇到的情况一样。所以，他现在深感后悔。无论如何，每件事情都有值得汲取的东西。对于基督徒来说，最艰难的考验仍然是恩典。在这种情况下，他们应该寻找的是他们应得的恩典及其成分，包括如何找到它。

　　人们坐在里厄周围的长凳扶手上，自在地享受着这里的氛围。一扇嵌有软垫的大门轻轻地来回开合着，有人走过去轻轻地调整了门，让它不再晃动。这事搅得里厄分了心，他没能听清帕纳卢说了些什么。帕纳卢神甫大概在告诉人们不要试图为鼠疫的暴发找理由，而是要从中学到有用的东西。里厄模糊地认为，在神甫看来，一切都不需要解释。帕纳卢高声说道，在上帝眼中，有些事情是可以解释的，而有些事情则无法解释。神甫的这番话立刻吸引了里厄。当然，善恶之分是存在于这个世界上的，而且人们很容易解释它们之间的区别。但是要解释恶的内因就没那么简单了。例如，从表面上看，恶分为有必要的恶和不必要的恶。有深陷地狱的唐璜，也有一个孩子的死亡。唐璜惨遭雷劈，这很符合公道，因为他放荡好色。但是一个孩子遭受痛苦就让人很难理解。实际上，孩子的痛苦以及伴随痛苦产生的恐惧是世界上最重要的事情之一，而引起这种痛苦的原因更是至关重要。上帝在生活的其他方面给予我们便利，而在此之前，宗教毫无作用。但此刻，恰恰相反，上帝把我们置于绝境。我们被困在鼠疫的牢房里，必须在死亡的阴影下寻找救赎。虽然只需举手之劳便能逃脱这一困境，但帕纳卢神甫却不愿意。他并未轻言永恒的快乐会弥补孩子所遭受的痛苦，因为谁能确定永恒的快乐能够抚平人类的痛苦呢？那肯定不是基督徒，更不是主耶稣，因为他已经在肉体和灵魂上承受了无尽的痛苦。面对孩子遭受的痛苦，神甫宁愿身陷囹圄，宁愿接受象征着十字架的磔刑。那天，他对听他布道的人说："这一重要的时刻到来了，我的兄弟们。你们要么全部相信，要么全部否定。你们之中有谁敢全部否定呢？"

里厄听了神甫的讲话，感觉他所说的话近乎异教邪说。他还没来得及思考，神甫就继续说下去了。神甫强调，这一纯粹的要求是赐予基督徒的恩惠，也是他们的一种品德。神甫知道，他即将阐述的品德会引起很多有识之士的不满，这些人习惯于一种更为宽容和传统的道德观念。但在鼠疫肆虐的时代，宗教已经不同以往。如果上帝同意并希望我们的灵魂在幸福时光里得到安宁和欢乐的话，那么在这个不幸的时代里，他会希望我们的灵魂变得更加坚定。如今，上帝赐予了他所创造的世界一切便利，却将我们置于困境之中，迫使我们去追寻并接受最高尚的品德，这品德意味着要么接受一切，要么否定一切。

在十九世纪，一位不信教的作家声称揭开了教会的秘密，他否认炼狱的存在。意思是说，没有所谓的中间状态，只有天堂和地狱之分。根据人们生前的选择，要么得救上天堂，要么受罚下地狱。但在帕纳卢看来，那些拥有自由思想的灵魂都会看出这是一种邪说，因为这世界终究是存在炼狱的。只不过在某些时期，我们不能过分依赖进入炼狱的想法。在某些时期，我们也不能轻率地讨论宽恕罪过的话题。所有的罪孽都是深重的，所有的冷漠都是罪恶的。要么完全相信这些，要么完全不相信。

帕纳卢停了片刻。透过门缝，里厄听到外面狂风的呼号声越发猛烈。神甫说，按照狭义的规定，他所讲的全盘接受的品德是无法被人理解的。这不是普通的顺从或难得的谦卑，而是一种心甘情愿的屈辱。尽管孩子们遭受痛苦对于大脑与心灵来说是屈辱的，但正因如此，我们才必须投身其中。帕纳卢让听众相信他所要讲的话不容易说出口，这种痛苦是上帝所希望的。只有基督徒才会不惜一切代价地把这条重要的道路行进到底，因为只有相信一切，才能避免沦落到否定一切的地步。此刻，当教堂里的善良的妇女们得知淋巴结是人体排除感染的天然途径时，她们会说："上帝，让我的身上长淋巴结吧。"即便天意难以捉摸，基督徒也会听天由命。我们必须勇敢面对无法接受的事情，这正是为了完成我们的选择。孩子们的痛苦是我们苦涩的面包，但我们的灵魂要是少了这块面包，便会死于心灵枯萎。

帕纳卢神甫在讲话过程中停顿时，常常会听到一阵骚动声。但这一次，当骚动声响起时，他毫不动摇地继续布道。他以听众的口吻提出一个问题："我们应该怎么办？"他知道有些人会提到"宿命论"这个让人感到不安的词语。不过，只要把"积极的"这个形容词加在前面，那么他就不会害怕这个词语了。当然，他也再次强调，不要模仿他此前提到过的阿比西尼亚的基督徒，更不要学那些患上鼠疫的波斯人，一边将旧衣服扔向由基督徒组成的防疫小分队，一边祈求上天让他们的敌人也染上疫病，这些离经叛道者居然妄想战胜上帝派来的不幸。不过反过来的话，也不要去模仿开罗的修道士。在十九世纪鼠疫暴发的年代，为了避免接触信徒们那可能潜伏病菌的湿润温热的嘴唇，修道士们便用镊子夹圣体饼来举行送圣体仪式。无论是波斯的鼠疫患者还是开罗的修道士，他们都犯有同样的罪孽。因为在前者看来，孩子遭受的痛苦无足轻重，而在后者那里，人类对病痛的恐惧无处不在。这两种情境下，问题都被回避了。帕纳卢还想引用一些例子。据历史学家记载，鼠疫在马赛大规模暴发时，赎俘会修道院的八十一名修道士中，经过高烧，幸存的只有四人，其中三人还是逃走的。但帕纳卢神甫读到这里时却想着那位独自留下的修道士，尽管他要面对七十七具尸体，面对被同伴抛下的事实，但他依然坚持留下来。于是神甫用拳头敲击讲道台的边缘，人声呼喊道."我的兄弟们，那位留下来的修道士太值得我们学习了！"

当社会遭遇灾难或时局混乱时，我们不要听信道德家的空话，认为俯首听命或舍弃一切是正确的，而是应该采取措施来维护秩序。哪怕是在黑暗中摸索前行，尝试做出一些有益的事情。但是对于其他事情，甚至是孩子的死亡，还是得顺其自然，接受上帝的安排，而不是轻举妄动。

讲到这里，帕纳卢神甫提到了马赛暴发鼠疫时贝尔增斯主教的崇高形象。他回忆道，当鼠疫即将结束时，主教尽自己所能来处理此事，但仍然感到束手无策。于是，他准备了一些食物，并把自己锁在家里，让别人把门堵上，这样他就不会被感染。居民们曾经对主教非常崇拜，但现在却对他愤怒不已，这种心态类似于经历了极大的痛苦之后产生的报复心理。他们希望主教也染上鼠疫，因此便把尸体堆在他的屋子周围，甚至扔到他家院子里，希望他早日死去。主教在最后关头表现出懦弱之举，曾以为自己已经脱离了死亡的威胁，但死神最终还是找上了他。因此，我们应该意识到，在鼠疫的汪洋大海中，从不存在所谓的孤岛，也没有中立地带。我们必须接受这个事实，因为在面对上帝时，我们必须在爱和恨之间做出选择。而谁敢选择恨上帝呢？

帕纳卢在总结时说道："我亲爱的兄弟们，上帝的爱是艰苦的，需要我们完全忘却自我和放下自我。只有这种爱才能消除孩子们的痛苦和死亡，只有这种爱才能使死亡成为必然，因为死亡无法理解，只能成为人们希望的对象。这是我想与你们分享的深刻教训。在人们眼中，这是一种残酷的信仰，在上帝的眼中，它却具有决定性的作用，我们应该逐渐接受这种信仰。我们应该努力将自己塑造成这种非凡的形象。在这种高度上，一切都将融为一体，没有区别。那些看似不公平的表象终将迸发出真相。在法国南部的许多教堂里，数百年来，鼠疫患者一直被埋葬在祭坛的石案下面，神甫们就在这些人的坟墓上方布道，他们所宣扬的精神正是从这些遗体中升腾而来的，那些孩子的遗体也在其中啊。"

里厄医生走出教堂时，一阵狂风迎面吹来，将雨水和湿漉漉的人行道的气息带进了教堂，让还没走出教堂的信徒们感受到城市的气息。一位年迈的教士和一位年轻的副祭走在里厄医生前面，他们费劲地按住自己的帽子。尽管如此，那位年长的教士依然在不停地评论刚才的布道，他很钦佩帕纳卢的口才，但也对神甫流露出的莽撞想法感到不安。在他看来，这次布道展现出的是焦虑，而不是力量。焦虑的情绪不应该出现在帕纳卢这个年纪的教士身上。年轻的副祭低头顶风前进，声称自己与神甫经常交流，很清楚神甫的变化，还说神甫的论文更大胆，教会可能不会允许他出版。

"那他的想法是什么？"年迈的教士问道。

他们来到教堂前的广场上，狂风呼啸，年轻的副祭被风吹得说不出话来。他喘过气来后，说道：

"连神甫都要去看医生了，这意味着有矛盾的地方。"

里厄和塔鲁谈到了帕纳卢的布道，塔鲁说起了他认识的一位神甫的故事。这位神甫在战争中看到一张年轻的脸庞被挖去双眼后，便丧失了信仰。

"帕纳卢说得没错，"塔鲁说道，"当一个基督徒目睹无辜者被挖去双眼，他要么失去信仰，要么同意被挖去双眼。帕纳卢不想失去信仰，他会坚持到底。这就是他想表达的内容。"

这样的评论是否可以清楚解释未来发生的那些不幸事件？是否可以解释帕纳卢在这些事件中的怪异的行为举止？人们拭目以待。

布道过后的某一天，帕纳卢忙起了搬家的事情。当时，城里的疫情日益严重，许多人都开始搬家。为此，塔鲁不得不离开旅馆，到里厄家居住，而神甫则放弃了修会为他提供的公寓，转而住在一位老太太的家里。这位老太太常去教堂，还未感染鼠疫。搬家的过程中，神甫感到疲惫不堪，越发焦虑。因此，房东老太太对他的尊重日益减少。因为老太太曾向他提起圣女奥迪尔的预言，但神甫因身体疲惫而有些不耐烦，没有认真聆听。尽管他后来尽力改变老太太对他的印象，但都没有成功。于是，他每天晚上回到自己的房间前，都能看到房东冷漠地坐在客厅里，背对着他，毫不理会他的存在，只冷冰冰地抛来一声"晚安神甫"。有天晚上，当他准备上床睡觉时，他感到头昏脑涨，体内潜伏的

热度就像汹涌的海浪一样，即将从手腕和太阳穴处涌出。

　　大家后来了解到的情况都来自房东太太之口。那天早晨，房东太太像往常一样早起。但是过了一会儿，她发现神甫没有像平时一样从房间里走出来，这让她感到很奇怪。犹豫了一阵子后，她最终决定敲门进去看看。

她发现神甫整晚都没有睡着，仍躺在床上。他的脸涨得比平时更红，心里憋得很难受。老太太客气地建议他请医生过来看看，但是神甫粗暴地拒绝了她的提议。对此，老太太感到很遗憾，只好离开了他的房间。不久后，神甫按铃示意让她过去。他向她道歉，解释自己的状态不佳，但与鼠疫无关，他身上没有任何症状，只是疲乏而已。老太太庄重地回答说，她并不是因为担心自己的安全才建议他去看医生，她清楚地知道自己的安全掌握在上帝手中，关心他是因为她认为自己对他的健康负有一定责任。虽然神甫拒绝了她的建议，但老太太仍然放心不下。她还是希望他能够请医生过来，神甫再次拒绝了，但他解释得含糊不清。在老太太看来，神甫是因为秉持原则才拒绝看医生的。但她无法理解。于是，她得出结论：她的房客已经烧糊涂了，她只好给他弄点汤药喝喝。

老太太决定认真履行自己在这种情况下应承担的责任。每隔两小时，她都会前去探望病人。她惊讶地发现，神甫整天都处于焦虑不安的状态中。他时而掀开被单，时而重新盖上，手不停地摸着汗涔涔的前额。他经常咳嗽，声音沙哑，像是被勒住了脖子一般。那时，他看上去像是无力从喉咙口咳出让他窒息的棉花团一般。这番折腾之后，他变得非常疲惫，向后倒在床上。最后，他略微坐起身来，注视前方，目光比之前更加焦躁。老太太一直在犹豫，不知道是否该叫医生，是否应该反对病人的意愿。虽然这可能只是一场普通的发烧，但它看起来十分严重。

下午，她想与神甫交谈，但只得到些含糊不清的只言片语。于是，她又提出了自己的建议。神甫坐了起来，虽然气喘吁吁，却清楚地回答说自己不需要请医生。房东太太决定等到第二天早上再决定是否需要拨打朗斯多克情报局每天在广播里播放的电话号码。在这期间，她始终专注自己的责任，想着在晚上去照顾神甫。到了晚上，她给神甫喂了新煮好的汤药，然后就去躺下休息，醒来时发现已经是第二天早上了。她匆忙赶到神甫房中。

　　神甫躺在床上，一动不动。昨晚，他的脸庞还因极度充血而变得通红，今天则脸部浮肿得很明显，脸上变成了青灰色。神甫一直凝视着床的正上方悬挂的一盏彩色玻璃珠吊灯。老太太走进房间时，神甫转过头来看着她。据房东太太说，经历了漫长的折磨后，神甫早上看上去非常虚弱，甚至无法回应她的话。老太太询问他的身体状况，他回答说身体不好，但不需要医生，只需送他去医院，接下来的事情就顺理成章了。老太太注意到他的语气很冷淡，这让她非常惊恐，于是她赶紧去打电话。中午时分，里厄赶到了。听完老太太的陈述，里厄只是回答说："帕纳卢说得没错，但现在已经晚了。"当里厄跟神甫打招呼时，对方的神情还是十分冷漠。

　　经过检查，里厄惊讶地发现神甫并没有任何淋巴结鼠疫或肺鼠疫的主要症状，只是肺部有些肿胀，导致胸闷。然而，神甫的脉搏很弱，总体上看，病情非常严重，治愈的希望很渺茫。

　　医生告诉帕纳卢："虽然你身上没有鼠疫的主要症状，但不排除这个可能，所以你还是得去隔离。"

　　神甫发出了奇怪的笑声，似乎是在表示礼貌，但并没有吭声。里厄离开房间打了个电话，然后回来看着神甫，轻声说道：

　　"我会一直陪在你身边的。"

　　神甫看上去精神了不少，他的眼睛望向里厄，眼神中似乎带着某种热情。他开始说话了，说得有些吞吞吐吐，难以分辨他是否感到忧伤。

　　"谢谢你，"他说，"但是修道士把他们的一切都已经奉献给了上帝，他们是没有朋友的。"

　　他让人取了放在床头的十字架。他拿起它，然后转过身来注视着它。

　　帕纳卢在医院里始终保持沉默，像个静物一样，接受各种治疗，但他从未离开过他的十字架。然而，让里厄一直感到疑虑的是神甫的病情仍然无法确诊。

这似乎是鼠疫，又不是鼠疫。这段时间以来，医生们很难确诊人们是否感染了鼠疫，而鼠疫似乎乐此不疲地捉弄医生们。然而，随后发生的事情表明，诊断上的不确定性并不重要。

热度上升了。咳嗽声越来越嘶哑，病人整天都备受折磨。晚上，神甫终于咳出了一团让他难以呼吸的"棉花"，它颜色鲜红。在高烧发作时，帕纳卢的眼神一直很冷漠。第二天早上，有人发现他已经死了，半个身子倒在床外，眼神失去了生机。"病情可疑"四个字还留在他的病历上。

这一年的万圣节异乎寻常。虽然天气还是和以往一样，但突然间气温就降下来了，高温的日子终于结束了。冷风呼啸不停，依然如往年一样。风起云涌，云在天边迅速翻滚，云影笼罩着地上的房屋。云层飘走后，十一月清冷的阳光重新洒在房屋上。许多人穿上了防水服。但人们也注意到，市面上出现了很多经过涂胶处理、质地光亮的衣服。原来有报纸报道说，两百年前南方发生了大规模的鼠疫，当时医生为了保护自己，都穿上了涂油的衣服。商家为了清仓，开始售卖那些库存的过时的衣服，人们纷纷穿上这些衣服，希望避免感染。

可是，所有的这些季节的特征都没有让一个事实被人们遗忘：公墓已经罕有人迹。现在这个时候，电车上的乘客再也闻不到菊花香，女性们不再成群结队来到安葬亲人的地方，向他们的墓碑献上鲜花。以往，人们会在这一天去探望那些逐渐被遗忘的逝者。但这一年没有人会去特意怀念逝者，因为对他们的思念已经太多了。人们不再带着遗憾和忧伤回到墓碑前。他们也不再是被逝者抛下的幸存者，不需要一年一次来墓碑前表达哀思。他们是闯入生活中的不速之客，人们想要忘却他们。因此，在某种层面上看，今年的亡人节被所有人含糊地混了过去。根据科塔尔的说法——塔鲁感到他的话语中带有越来越多的讽刺语调——现在每一天都是亡人节。

焚尸炉里的火焰舞动得更加欢快。然而，死亡人数却一直没有增加。看上去鼠疫似乎已经到达了顶点，它像个恪尽职守的公务员，只管每天有条不紊地完成自己的杀戮任务。从道理以及权威人士的意见来看，这是个好的迹象。鼠疫形势图上的曲线先是上升，然后上升的速度逐渐放缓，形状宛若高原。这让里夏尔医生感到十分欣慰，他不禁夸赞起了这张图。在他看来，鼠疫已经进入了一个相对平稳的阶段，之后将会逐渐减弱。医生们把这归功于卡斯特尔刚刚研制出的新型血清，效果确实出乎意料。老卡斯特尔表示认同，但他也提醒大家，事情总是难以预料的。从瘟疫发展史来看，疫情在突然之间死灰复燃的情况并不少见。省政府一直想让公众放心，但由于疫情严重，一直未能付诸行动。现在，省政府计划召集医生们起草一份报告。可就在疫情稳定的阶段，鼠疫夺走了里夏尔医生的性命。

对此，政府的态度从之前的乐观转为悲观。卡斯特尔依然致力于配制血清。医院和隔离所已经覆盖了每个公共场所。省政府是唯一被保留下来作为集会的地方。不过总体而言，由于这一时期的疫情相对稳定，里厄安排的医疗组织完全可以应付得绰绰有余。医生和助手们可以暂时喘口气，只需按部就班地继续进行工作即可，尽管这种工作已经超出了正常的负荷。肺部感染的症状已经表现出来，正在全城迅速蔓延。病人吐血不止，死亡速度比以往更快。由于这一新型传播形式的出现，疾病感染的风险也更大了。说实话，虽然专家的意见总是自相矛盾，但为了安全起见，卫生防疫人员还是戴起了经过消毒的面纱口罩。虽然看上去疫情已经蔓延开来，但由于淋巴结鼠疫患者正在减少，因此总人数保持动态平衡。

但是因为食品供应问题越来越严重，人们开始感到焦虑。投机商利用这一机会抬高物价，以高价出售市面上缺乏的基本食品。穷人因此处境格外困难，而富人却几乎毫不受影响。鼠疫本应该促进居民之间的平等，但由于个别人的自私行为，事实上反而加深了人们心中的不公平感。当然，在死亡面前，人人平等，但这并不是人们心中想要的。那些挨饿的穷人更加怀念邻近城市和乡村的自由生活，在那里他们还可以吃得上面包。由于长久地饿肚子，他们产生了一种不太理性的想法——认为自己早就应该被释放。因此，一个口号流传开来："要么给我们面包，要么给我们自由！"这句话出现在了墙上，甚至传到了省长耳边。某些游行示威活动也打出了这样的旗号，尽管它们很快被压制下去，但它们的严重性是不容忽视的。

各大媒体听取政府下达的命令，无论代价如何都要传播乐观主义。现在人们打开这些报纸，就能读到现在形势的特点，即全城居民表现出的"冷静和镇定，是令人动容的榜样力量"。然而，在这座封闭且没有秘密的城市里，没人相信这种所谓的"榜样"。如果想了解有关冷静和镇定的确切情况，只需参观由行政当局组织的隔离所或隔离营。但是，叙述者对这些地方不熟悉，因此只能引用塔鲁的描述。

塔鲁的笔记中记录了一次参观经历。他和朗贝尔一起去市体育场的隔离营参观。体育场就在城门口，一侧朝着一大片空地，这空地一直延伸到城市所在的高原边缘，另一侧朝着电车通过的马路。高高的水泥墙包围着体育场四周，四个入口处都设置了岗哨，囚禁在里面的人插翅难逃。高墙也阻挡了外界的好奇心，外面的人根本不知道里面的不幸者到底过着什么样的生活。然而，里面的不幸者却能听到电车驶过的声音，每当声音变大，他们猜测着是不是上下班时间到了。于是，他们明白了一个事实：水泥墙划分出了两个完全不同的世界。尽管他们被隔离在正常生活之外，但生活仍在另一个世界继续着。哪怕生活在不同的星球上，也不会有如此巨大的差异。

在一个星期天的下午，足球运动员贡扎莱斯陪着塔鲁和朗贝尔来到了体育场，这里已经被征用为隔离营。朗贝尔要带他们去见隔离营主管。在他们见面的时候，贡扎莱斯告诉他们，在鼠疫暴发前，他们通常都会在这个时候准备比赛。但现在，所有的体育场都被征用了，球赛组织不了了。贡扎莱斯感到无所事事，于是他接受了看管体育场的工作，条件是只能在周末上班。当天天气晴朗多云，贡扎莱斯抬头望着天空，感叹说这种天气最适合比赛了。他充满深情地回忆起了比赛时更衣室里涂抹松节油的味道、摇晃的看台、黄褐色球场上的色彩鲜明的球衣，还有中场休息时清凉解渴的柠檬汽水。此外，塔鲁还记录了一件事情，当他们经过郊区的时候，贡扎莱斯一直在踢地上的石子，试图把它们踢到阴沟里去。每当他踢中一个时，他就说："一比零。"最后，他把烟蒂扔掉，试图用脚在空中踢中它。在体育场附近，有几个孩子在踢球，他们把球踢给了贡扎莱斯，他也准确地将球踢回去。

　　三个人进入体育场后，发现体育场上搭着好几百个红色帐篷，远远望去，可以看到里面的卧具和包裹。为了让这些隔离的人可以在酷热暴晒或刮风下雨时有个躲避的地方，看台还是保留了，但是他们必须在太阳落山前回到帐篷里去。很多无所事事的人都躺在看台上。看台的下面是整修过的淋浴间，原来运动员的更衣室也被改造成医务室和办公室。一些人在体育场边缘徘徊，茫然地看着周围的一切。蹲在帐篷门口的那些人，似乎在等待着什么。

　　"他们白天都在干些什么？"塔鲁问朗贝尔。

　　"什么都不干。"

　　事实上，这群人静得出奇，人人都两手空空，晃着胳膊。

　　"一开始他们也互相争吵，彼此合不来，"朗贝尔解释说，"但随着时间的推移，他们的交谈越来越少。"

　　从塔鲁的日记上看，他理解这些人。一开始，他们挤在帐篷里，无聊地听着苍蝇嗡嗡的声音，或者忙着给自己挠痒痒。如果有人愿意倾听他们的愤怒或恐惧，他们会大声宣泄。但是，随着隔离营容纳人数超出上限，愿意倾听的人越来越少。于是，他们不得不保持沉默，彼此猜疑。在灰色而明亮的天空下，

相互猜忌的气氛投射在红色的隔离营上，

每个人的脸上都带着猜疑的神情。他们之所以被隔离开来是有原因的，所以他们既思考原因，又感到恐惧。塔鲁发现他们的目光都很空洞，似乎都在承受着痛苦，因为与以往生活的差异让他们感到难以适应。他们不能总是想着死亡，于是索性什么都不去想，好像在度假一样。"但是最糟糕的是，"塔鲁写道，"他们深知自己已经被遗忘了。曾经认识他们的人现在只想着其他事情，完全记不起他们了，这是可以理解的。而那些爱他们的人四处奔波，想方设法让他们离开这里，最后疲惫不堪，逐渐也把他们遗忘了。由于一直想着离营的问题，反而把需要离开的亲人遗忘了，这是很正常的现象。到最后，人们发现即使在最不幸的时候，也没有一个人能真正想到谁。因为真正想念一个人，就意味着时刻都在想念，而不能被任何事情分心，无论是家务事，还是苍蝇飞舞，是做饭吃饭，还是身上的瘙痒。然而，苍蝇和瘙痒是无处不在的，这就是生活不易的原因。他们都很清楚这一点。"

隔离营的负责人走到了三人面前，告诉他们有一位名叫奥东的先生要见他们。他带着贡扎莱斯去了他的办公室，然后带着朗贝尔和塔鲁走到看台的一个角落。奥东先生独自坐在那里，看到他们后起身迎接。他的穿着和以往一样。但塔鲁注意到他两鬓的头发比以前更直，一只鞋的鞋带也松了。法官看起来很疲倦，讲话时从未注视他们。他说很高兴见到他们，并要求他们代他感谢里厄医生的工作。

其他人都没有说话。

法官望向三人，过了片刻，他说："我希望菲利普没遭太多罪。"

这是塔鲁第一次听到法官提到儿子的名字，心想事情可能有所进展。太阳正在下沉，阳光透过云层斜照在看台，金光照亮了三人的面容。

塔鲁马上回答："他没受苦，法官先生。"

他们离开时，法官望着太阳的方向凝视了片刻。

他们告别贡扎莱斯的时候，他正在研究轮班值勤表。足球运动员笑着和他们握手。

"至少更衣室还在原地，"他说，"还是我记忆中的样子。"

不久后，当主管陪着塔鲁和朗贝尔走出来的时候，看台上传来了一声巨响。那曾经用来宣布比赛结果或介绍球队的高音喇叭，现在带着嗡嗡的杂音宣布隔离人员必须回到帐篷里，晚餐即将发放。这些人拖着步子慢慢地离开看台回到帐篷中去。等大家都停下来后，两辆小电动车开到两顶帐篷之间。人们伸出胳膊，两只长柄勺子伸进两个锅里，把里面的东西捞出来放进两个饭盒里。然后电动车再次启动，开到下一顶帐篷前停下来，然后再一次分发食物。

塔鲁说："这样的安排很科学。"

主管一边和他们握手，一边满意地回答："是的，这很科学。"

夜幕降临，余晖洒在隔离营上，给人一种柔和而凉爽的感觉。在这宁静的夜色中，人们听到了碟子和勺子碰撞的声音。有些蝙蝠在帐篷上盘旋，然后又忽然消失了。电车在墙外发出轰鸣声。

"法官很可怜。"当他们走出大门时，塔鲁喃喃自语，"我们应该帮帮他，但是我不知道该怎么帮助一个法官。"

这座城市中有多个隔离营存在，但由于叙述者缺乏直接的信息来源，所以无法多加叙述。但可以透露的是，这些隔离营的存在，从中散发的气味，黄昏时分高音喇叭发出的声音，围墙的神秘和对这些荒地的恐惧，都加重了市民的心理负担，导致更多的慌乱和不安。这也使得市民与市政当局的摩擦不断加剧。

十一月底，清晨气温急剧下降。暴雨过后，路面变得干干净净，散发出光泽，天空也一碧如洗，万里无云。每天早晨，虚弱的太阳发出耀眼而冰冷的光芒，照亮了整座城市。夜幕降临时，空气反而变得温暖起来。塔鲁选择在这一时刻与里厄医生谈心。

这天晚上十点左右，经过一天的疲惫，塔鲁陪同里厄去一位患有哮喘病的老人家里出诊。在老街巷错落有致的住宅上空，繁星点点，星光柔和。轻风拂过十字路口，四周幽暗无声。他们穿过宁静的街区，到达了老人家里。老人唠唠叨叨，抱怨有些人与市政当局不和，指责有一拨人把持着好差事，而且常说"人在河边走，哪有不湿鞋"。老人告诉他们，大规模的冲突也许已经蓄势待发。当医生为他诊断的时候，老人不停地谈论时事。

他们听到楼上传来脚步声。病人的老伴察觉到了塔鲁好奇的表情，于是向他们解释说楼上的平台上住着几位女邻居。与此同时，他们也了解到平台之间相互连通，风景宜人。这使得整个街区的妇女足不出户就可以串门互访。

"没错，"老人说，"上去看看吧，那里的空气很好。"

当他们到达平台时，却只看到三把椅子。他们向一边望去，看见一排排平台向着远处延伸，直至一座黝黑而巨大的岩石处，那是他们见到的第一座山岗。而朝着另一边看去，越过几条街道和隐匿的港口，目光直达地平线，海天交接处，光芒闪烁。远处的航道上有一座灯塔，发出规律的微光，但他们看不到光亮源头。自从春天以来，这座灯塔就不停地闪烁，指引着船只驶向其他港口。风吹云散，夜空清澈，璀璨的星光与远方灯塔的微光融为一体，流星不时划过天穹。芳草和石头的清香乘着和风而至，四下万籁俱寂。

"这里的气候真舒服。"里厄说着，一边坐了下来，"仿佛鼠疫从未来过。"

塔鲁背对着他，凝视着大海。

"没错，"他过了一会儿说，"天气很好。"

慢慢地，他走到里厄医生身旁，仔细地凝视着他。三道微光划破天空。一阵餐具碰撞的声音从街道深处传来，一直传到了他们耳边。屋里的一扇门砰的响了一下。

"里厄，"塔鲁的语气很平淡，"你难道不想知道我是谁吗？你把我当成了朋友吗？"

"当然，"医生回答道，"我当你是朋友。"

"好的，这样我就放心了。那现在你愿意聊聊我们的友情吗？"

里厄朝他笑了笑作为回应：

"好的，那就来聊聊吧。"

在几条街之外的一段路上，一辆车似乎在湿滑的路面上打滑了很久。当它慢慢驶离时，远处隐约传来几声惊叫，再次打破了寂静。接着，周围又变得异常宁静，只有夜空和繁星萦绕着两个人。塔鲁站起身，靠在平台的栏杆上，看着一直坐在椅子上的里厄。从远处看过来，只能看到一个高大的人影宛如剪纸般贴在夜空中。塔鲁说了很久。以下是他说话的要点：

> 　　里厄，简单来说，在熟悉这座城市和了解这场瘟疫之前，我已经经历过鼠疫的痛苦。和大家没什么两样。然而，有些人并不了解或者安于这种现状，有些人很清楚，也想要改变这种局面。而对于我来说，我早就想摆脱这种情况了。
>
> 　　年轻时的我思想天真，对一切都没什么想法。我过着无忧无虑、悠闲自在的生活。我聪明伶俐，也很有女人缘，一切都进行得很顺利。即便有忧虑，我也会很快放下。但有一天，我开始反思自己。现在……
>
> 　　我必须承认，我小时候的家境比你好很多。我的父亲是地位优越的代理检察长，但他却很平易近人，天生就是个好人。我的母亲性格淳朴谦虚，我一直很爱她，但我更愿意默默地为她付出。我父亲对我很关心，我觉得他一直在尝试理解我。后来我明确地知道他

有外遇，但我却并不因此感到愤恨。他并没有表现得很出格，还是和往常一样，不会令人反感。他算不上圣人，但也不是个坏人，也许就介于二者之间。他有一种能让人感到亲近的独特魅力，如此一来，我们之间的情感才能经久不衰。现在，他已经去世了，在他过世后我才意识到这些。

但是他有一个特别的爱好：他对《谢克斯火车时刻表》①这本书爱不释手。虽然他只有假期才会去布列塔尼省的小房子，但他对火车时刻表的了解却让人惊叹。无论是从巴黎到柏林的火车的出发和到达时间，还是从里昂到华沙的换车时间，甚至是你想去的各大首都之间的距离，他都能够准确地告诉你。即使是火车站站长都头疼的从布里昂松②到夏蒙尼③之间的路线，对于他来说都了如指掌。每天晚上，他都会研究这方面的内容，并对此感到十分自豪。我也对此产生了兴趣，经常向他提问。当我在《谢克斯火车时刻表》里确认他的答案，并发现他说得完全正确时，我感到十分高兴。他很认可来自我这位小观众的好意，这让我们之间的关系更加亲密。尽管于我而言，在铁路知识方面的这种优越感与其他优越感相比并无二致。

我的话可能太随意了，过于高估了这位正直之人。说到底，他只是间接影响过我的决定，最多只是提供给我一个机会。我十七岁那年，我父亲邀请我去听他在刑事法庭上的发言。在他看来，这是

---

①《谢克斯火车时刻表》是由法国印刷商拿破仑·谢克斯（1807—1865）推出的法国第一本火车时刻表。

②布里昂松位于法国东南部，是普罗旺斯－阿尔卑斯－蓝色海岸大区上阿尔卑斯省的副省会。

③夏蒙尼是法国东南方接近瑞士与意大利国界的一个山中小镇。

一个很好的表现机会，也能激发年轻人的想象力，让我走上他为我规划的人生之路。我接受了邀请，因为这会让我父亲很高兴，也因为好奇心驱使，我想看看他在我们家庭之外会扮演什么角色，听听他的发言，看看他的表现。但除此之外，我并没有别的打算。我一直认为法庭上发生的一切都是自然而然的，也是必然的，就像七月十四日的国庆阅兵式或颁奖仪式一样。当时，我很难理解这些抽象的概念，但我对此无所谓。

但是那一天，我印象最深的是那个被指控的罪犯。我没有在意他犯的是什么罪，但我认为他是有罪的。他年纪约三十岁，身材矮小，头发是红棕色的，看起来很可怜。他好像已经下定决心要承认一切，也对他所做的事和将要遭受的惩罚感到十分恐惧。那几分钟里，他完全夺走了我的所有注意力。他的领结没有与领子对齐。他咬着一只手的指甲，右手的指甲……他的表情就像一只被强烈阳光吓坏了的猫头鹰。总之，我不必再说下去了，你知道他以前很有精神。

但是，我是突然间意识到这一点的。在那之前，他在我眼中只是"被告"这种简单的概念而已。我并没有完全忘记我的父亲，但是我的注意力被什么东西抓住了，完全集中在嫌疑人身上。我几乎什么也没听见，我感觉有人想要杀死这个活生生的人，一种强烈的本能像潮水一样涌起，让我不由自主地涌向他。直到我父亲开始宣读公诉状，那一刻，我才真正地清醒了。

身穿红色长袍的父亲变得全然不同了，既不再是善良老人的形象，也失去了温暖亲切的感觉。他的嘴不停地张合，宛如蜿蜒的长蛇，不停地吐出话语。我明白他正以社会的名义要求将这个男人处死，甚至要求砍下他的头颅。没错，他只是说了一句"这个脑袋必须掉下来"，但最终结果并没有什么区别，因为这个脑袋最终被取下来了。只是这件事情不是他亲自去做罢了。我一直把这个案子听到结束。对这个不幸的人，我产生了特别亲切的感觉，这种感觉强烈得让我惊讶，但我父亲从未有过这种感觉。按照惯例，我父亲必须见证犯人的处决，这是被冠以"最后时刻"的优雅名称的过程，实际上却是最卑鄙的谋杀行为。

自那天以后，我开始厌恶《谢克斯火车时刻表》，这种厌恶甚至蔓延到法庭、死刑和行刑。我惊讶地发现，我父亲可能已经多次参与了这样的谋杀。每当需要他起早的那一天，都会有犯人被处决。是的，每当这种情况发生时，他都会在闹钟里设好时间。我不敢告诉我母亲这件事情，但是我对她的观察更加敏锐了。我明白他们之间已经没有感情了，她已经活得无欲无求了。这让我原谅了我母亲，正如我当时所说的那样。后来我明白，其实我母亲不需要任何人的原谅，因为她的原生家庭非常贫困，贫穷让她学会了顺从。

也许你期望我告诉你：我当时立即离开了。但事实并非如此，我在那儿住了好几个月，差不多有一年时间。可我的心却受伤了。有一天晚上，我父亲在找他的闹钟，因为他要早起。那晚我整夜未睡。第二天，当他回来时，我已经离开了。后来，我的父亲四处寻找我，我还是去见了他，但没有做任何解释，只是平静地告诉他，如果他强迫我回家，我就会自杀。他最终同意我离开，因为他一向温和。他谴责了我一番，认为我那种放荡不羁的生活是很愚蠢的（我并没有为自己的行为进行辩解）。但他还是对我千叮咛万嘱咐，眼中充满了真诚的泪水。过了很久，我才回去看望母亲，也碰到了父亲。我想，这样的关系已经让他很知足了。至于我，我并不恨他，只是心中不免凄凉。他去世后，我把母亲接来和我一起住。如果她还活着，现在她还会和我一起住在这里。

这段经历是一切的开始，所以我花了很长时间来强调它。现在我会尽快讲述下一段故事。十八岁那年，我离开了富裕的家庭，开始品尝贫困的滋味。为了维持生计，我做过很多工作，做得都不错。但死刑始终让我耿耿于怀。我想要为那只红棕色的"猫头鹰"算笔账。因此，我参与了政治活动，就像大家所说的一样。总之，我不想成为鼠疫的受害者。我曾经认为，我所在的社会是以死刑为基础的，因此，我同社会斗争，也就是同谋杀斗争。这是我的想法，其他人也是这么对我说的。最终，这样的道理被证明是基本正确的。于是，我和一些我深爱着的人站在了一起，持续了很长时间。在欧洲，我的斗争足迹遍及每个国家。就说这么多吧。

有人跟我说，死几个人对于引领一个不再杀人的世界是必不可少的，从某个角度来看，这一说法没有错。我当然也很清楚偶尔我们也会判人死刑。但是，无论如何，我现在已经无法坚持这样的真理了。当时我曾极度犹豫，这一点我很肯定。但一想到"猫头鹰"，我就坚持住了。直到在匈牙利的某一天，我再次目睹了一场处决，视线因为童年时候袭遍我全身的那种强烈的感觉而变得模糊起来。

你是否曾亲眼见过枪决？显然没有。通常只有接到通知或事先被筛选的观众才能观看。你对枪毙的认识恐怕还停留在图画和书本的描绘上：远处的几名持枪的士兵，绑人的木桩，蒙眼的布条。但实际情况完全不是这样的！执行枪决的士兵会排成一排，就站在距离犯人一米五开外的地方。如果犯人向前走两步，他的胸膛就会碰到枪口。在如此近的距离下，士兵们的子弹会集中打在犯人的心脏区域，打出一个拳头大小的窟窿。这些你都不知道，因为人们从不谈论这些细节。对于鼠疫患者来说，睡眠远比生命神圣。这些正直的人，他们的睡眠不应该被打扰。只有品位低劣的人才会去做这种事，而品位在于不必坚持，这是大家都知道的。而我呢，从那时起就再也没能睡过好觉。我的品位不高，但依然在坚持，换言之，这些事情从未被我遗忘。

于是，我领悟到了一个事实：在漫长的岁月中，我曾认为自己在与鼠疫作斗争，但实际上我一直是一名鼠疫患者。我知道，我间接造成了成千上万人的死亡，因为我支持导致死亡的行为和原则。其他人好像并不会对此感到不安，至少他们从不会主动谈论这些。但是我却感到非常痛苦。我与他们在一起，却常常孤身一人。当我表达内心的不安时，他们总是告诉我要以大事为重。当他们向我讲道理时，常常语出惊人，迫使我咽下那些咽不下的东西。但是我的回答是，那些大鼠疫患者，即穿着红色长袍的那帮人，他们也会摆出冠冕堂皇的理由来。如果我接受了小鼠疫患者所提出的不可抗的原因和迫不得已的理由，那么我就不能拒绝大鼠疫患者提出的同样的理由。他们告诉我，如果我支持那些穿着红色长袍的人，那么最好的方法就是让他们垄断判刑的权力。但是当时我认为，退让一次，就会退让更多次。历史仿佛也证明了我的想法，今天，他们都在杀人场上争第一。他们全都杀红了眼，并且欲罢不能了。

不管怎样，我并不关注大道理，反而关注那只红棕色的"猫头鹰"，以及那种卑鄙的行径：那些臭气熏天的嘴巴向一个戴着手铐脚链的人宣判他即将被处死，还为他的死安排好了一切。然后他整晚都在惊恐中度过，眼睁睁地等待着别人来杀他。我还关注他胸前的窟窿。我认为，至少对我来说，在这种等待中，我绝不会支持这种令人憎恶的屠杀。是的，我表现得固执而盲目，但也希望能更清晰地看待问题。

自那时起，我的生活没有什么改变了。我一直感到羞愧，因为我曾经杀过人，尽管是出于善意，但隔了这么久我仍然羞愧得要命。随着时间的流逝，我发现就算是那些过去表现得更好的人，今天也会无意识地去杀人或听任他人杀人，因为生活的逻辑本就如此，因为我们在这个世界上的每一个行动，都有可能导致别人的死亡。生活在鼠疫中的每一天，我一直心存羞愧，内心一直无法平静。现在，我还在寻找这份平静，试图去理解每个人，不让自己成为任何人的敌人。我必须尽我所能，才能不再成为鼠疫患者，这样我们才能对平静有所期待。即使得不到平静，我也可以安详地离开这个世界，以减轻人们的痛苦。我不能拯救每个人，但我可以尽力减少他们受到的伤害，甚至给他们带来一点好处。我坚决拒绝为任何夺人性命的事进行辩解，不管是有理还是无理，不管是近在眼前还是远在天边。

虽然这场疫病并没有给我带来什么启示，但它让我认识到了与你并肩战斗的重要性。据可靠消息，我知道每个人都携带鼠疫（是的，里厄，生活中的一切我都知道，这点你很清楚），因为没有人可以经历过鼠疫还毫发无损。我们必须时刻保持警惕，避免将疾病传染给他人。虽然疾病源于自然，但我们可以通过保持健康、正直和纯洁的意志来避免疾病的传播。正直的人不会轻易分心，所以他们几乎不会将疾病传染给他人。要做到永不分心，就必须保持专注，要有毅力和压力！虽然成为疾病患者很累，但不这么做我们会更加疲惫。也正因如此，有些疲惫不堪的人不愿再承受疾病的折磨，于是他们向死亡寻求解脱。

从此刻起，我意识到我已经没有存在于这个世界上的价值了。自从我放弃杀人的念头，我就彻底强迫自己去流浪。创造历史的任务交给其他人去完成吧。我也知道，我没有权利去凭表象评判他人，也没有资格成为一名通情达理的杀人凶手。尽管这不是什么值得骄傲的事情。但现在我对自己感到很满意，因为我学会了谦逊。我只想说，这个世界上有许许多多的施害者和受害者，如果可以的话，我们应该站在受害者这一边。这听起来很简单，但它简单与否，我并不清楚，我只知道这是事实。我听过太多的道理，这些道理也差点让我和其他人走向了杀人的道路。我终于明白，人类所讲的那些不清不楚的语言最终导致了人类所有的不幸。因此，为了向正确的方向前进，我决定要清晰地表达自己，采取明确的行动。所以我说，这个世界上只有施害者和受害者，除此之外别无其他。如果我在说这些话时成了施害者，那么至少我不是故意的。我希望成为一名无罪的杀人犯。你瞧，这算不上什么雄心壮志吧。

当然，这个世界还得有第三种人——真正的医生。但实际上，能够遇到真正的医生的机会并不多，而且也很难。因此，在任何情况下，我都决定站在受害者一边，这样可以更好地控制损害程度。身处受害者之列，我至少可以努力成为第三种人，也就是说，求索通往安宁的必经之路。

说到最后，塔鲁晃着大腿，脚尖轻轻跺着平台。短暂的沉默过后，医生稍微挺直身子，问塔鲁是否知道通往安宁的必经之路。

"有的，那就是同情心。"

救护车的鸣笛声响起，刚刚还模糊不清的惊呼声现在汇聚到岩石山岗的城市边缘处。与此同时，他们还听到了一阵仿佛爆炸的声音。紧接着，又陷入了寂静。里厄注意到灯塔闪了两下，微风似乎更加有力量。这时，海上刮来了一阵带着海盐气味的风，海浪拍打礁石发出低沉的声音，他们听得一清二楚。

塔鲁言简意赅："总而言之，我真正感兴趣的，是怎么成为一名圣人。"

"你明明不相信上帝啊。"

"是这样的。我今天思考的一个具体的问题是：如何在不信仰上帝的前提下成为一名圣人。"

突然间，一大片光芒从刚刚传出惊叫声的地方冒出来。模糊的嘈杂声沿着风向飘来，一直飘到他们两个人这里。很快，那片光芒就变暗了，远处平台的边缘只留下了红色的光晕。随着风势渐歇，他们听到许多人的尖叫声，紧接着是枪声，以及一大群人的叫喊声。塔鲁站起身来，努力聆听，但再也听不到什么声音了。

"城门那片又打起来了。"

里厄说道："现在已经没事了。"

塔鲁轻声说这样的事永远不会有尽头，还会有很多受害者，这是避免不了的局面。

医生回答道："或许吧。但是，你知道吗，和圣人在一起的时候我并没有一种一脉相连的感觉，反而和失败者们在一起时我感受到了。我的兴趣在于怎样成为一个真正的人，而不在那些圣人之道和英雄主义上。"

"没错，我们的追求一致，但我的心没有那么大。"

通过夜空照射的微光，里厄盯着塔鲁看，但他并不如里厄所想的那样在开玩笑，呈现在里厄眼前的是一张忧郁而严肃的脸。又起风了，里厄感觉这风吹

着很温暖。塔鲁振作了一下精神，继续说道：

"你觉得为了我们的友谊我应该做些什么呢？"

里厄说："你想做什么就做什么。"

"对于未来的圣人而言，洗个海水澡应该也是一个十分高尚的乐趣吧。"

里厄笑了起来。

"我们可以出示通行证，然后去防波堤上。总之，若是在鼠疫中只想简单地活着，那就太傻了。一个真正的人是应该为了受害者们战斗，但是如果他没有什么喜好的话，那这种战斗简直毫无意义。"

里厄说："你说得都对，我们快走吧。"

　　不一会儿，汽车在港口栅栏边停了下来。夜空中悬挂着乳白色的月亮，它到处投下昏暗的影子。城市在他们的身后，一股股携带着病菌的热烘烘的气流从那里飘来，他们顺着这股气流走到了海边。向士兵出示通行证后，他们穿过堆满木桶的场地，闻着酒香和鱼腥味，朝着防波堤方向走去。当他们快到目的地时，海藻与碘盐的气味扑鼻而来，他们知道大海就在眼前。接着，海浪的声音响起了。

　　巨大的基石被海浪拍打着，发出柔和的声响。他们登上堤岸，一望无垠的大海就在眼前，海面像浓密厚实的丝绸，又像柔软光滑的兽毛。他们坐在一块岩石上，面朝大海。潮涨潮落，声音非常舒缓。海水仿佛在宁静地呼吸，波光

粼粼的水面若隐若现。黑夜在他们面前深邃无比，一望无际。里厄的目光触及岩石表面的坑洼时，内心涌起一股奇特的幸福感。他转头看向塔鲁，端详着这位朋友平静而严肃的脸庞，猜测着他内心一定也有着同样的幸福感。但这种幸福感并不会使他们忘记任何事物，包括杀戮。

他们褪去衣物，里厄率先跳入海中。一开始，他感到海水很冷，但当他浮出水面时，海水又变得温暖了。游了一会儿蛙泳后，他明白这天晚上海水温暖的原因在于秋天的海洋吸收了大地数月以来储藏的热量。他以匀速继续游动，双脚拍打海水，在他身后涌起了一道道泡沫，海水沿着他的手臂流淌到他的脚踝处。突然，一声响亮的扑通声传到他的耳中，他知道塔鲁也下水了。里厄翻过身来，静静地躺在水面上，凝视着星月交辉的夜空。他做了一次深呼吸，随后听到了一阵清晰的拍水声。在静谧的夜晚，这声音越来越响亮。塔鲁越游越近，他的呼吸声也变得清晰可闻。里厄翻过身来，与他的朋友并肩前进，以同样的速度游动。塔鲁游得更卖力，里厄只得加快速度。几分钟后，他们以相同的节奏、相同的速度向前游去，远离尘世，最终将城市与疫情抛在身后。里厄先停下来，然后他们慢慢地游回去。回程中，他们遇到了一股寒流。面对大海突如其来的攻击，他们心照不宣地同时加快了速度。

他们匆忙穿好衣服，一声不吭地离开了。但他们的心已经互相理解，今晚的一切都给他们留下了美好的回忆。当他们从远处眺望疫城的哨兵时，里厄知道塔鲁的内心也在和他一样沉思：虽然他们刚刚暂时遗忘了鼠疫，但现在又需要重新开始面对它。

是的，他们必须重新开始，因为鼠疫不会遗忘任何人。十二月，市民们的心中再次燃起了鼠疫之火，隔离营里人头攒动，焚尸炉越发忙碌。是的，鼠疫正在从容地蔓延着。市政当局原本期望着寒冬可以阻止鼠疫的蔓延，但它却顽强地挺过了初冬。全城居民都深陷绝望：还得等多久才能迎来光明呢？

　　医生短暂地享受了宁静和友情之后，再次被拖回了无尽的苦难之中。他们又要开办一家医院，里厄依然日复一日地与病人打交道。但是，他们也发现了一个奇怪的现象：虽然感染鼠疫的患者越来越多，但是他们却变得更加懂得体贴医生，懂得为自己争取最大的利益，而不再像最初那样歇斯底里或垂头丧气。他们主动要求喝水，希望得到更多的关怀。医生们依旧很疲惫，但处在这样的环境中，他们的孤独感再也不如往常强烈。

　　里厄在十二月底收到了预审法官奥东先生的来信。奥东先生当时仍被隔离在营里。信中提到他的隔离期已满，但管理部门却无法提供他进营的时间证明，所以他虽然没有错，却仍被困在里面出不来。前不久，奥东夫人被放出来，她曾到省政府提出抗议，但对方却不屑一顾，称省政府不可能出错。于是，里厄去请朗贝尔帮忙解决此事。几天后，奥东先生前来拜访他，其中确实出现了误会，里厄感到有些愤慨。因为营内生活的艰辛，奥东先生变得瘦弱无力，他举起了一只手，有板有眼地告诉里厄人都会犯错的时候，医生深感事情出现了变化。

　　里厄说道："法官先生，你后面打算干什么？还有一些材料等着您处理呢。"

　　法官回答道："不，我要请假。"

　　"你确实需要休息一下。"

　　"不，我的意思是我想回到隔离营。"

　　里厄听了这话十分惊讶：

　　"可你才从那地方出来呀！"

　　"是我没讲明白。有人告诉我，隔离营需要志愿者去担任管理人员。"

　　法官那圆溜溜的眼睛骨碌碌地转了一下，试着把一绺头发捋平……

　　"你应该明白，在那里我能做一些力所能及的事。而且，在那里的日子让我觉得我和我的小男孩并没有分开，听起来很傻吧。"

　　里厄看着法官大人，那双平淡无神又严肃冷酷的眼睛中的纯净的金属色泽已经荡然无存，它们越发暗淡晦涩，不可能突然之间闪现出温情来。

里厄说："既然您执意如此，那交给我来安排吧。"

医生确实办妥了这件事。在圣诞节之前，这座被瘟疫所笼罩的城市中的生活一如既往地继续着。塔鲁带着从容的神情继续漫步于城中。朗贝尔悄悄告诉里厄医生，两个年轻的哨兵帮他找到了一个秘密渠道，可以帮他和妻子通信。他如今总是能收到来信。里厄在朗贝尔的建议下，也打算使用这种秘密渠道。几个月来，他第一次提起笔来写信，竟觉得下笔十分困难。发出的信一直都没有得到回应。而科塔尔凭借小规模的投机生意已经大赚一笔。但在这个节日假期期间，格朗的情况却不太妙。

相比于说是"福音节"，地狱节似乎更能描述今年的圣诞节。店铺里空空荡荡，饰灯也暗淡无光，橱窗里摆放的都是假巧克力或是空盒子。电车上的乘客神情都很忧郁，以前那种圣诞节的气氛荡然无存。从前过圣诞的时候，穷人富人都欢聚一堂。但如今，商店后间只有少数特权派，享用着高价换来的孤寂而可耻的欢宴。教堂中再也看不到往日的感恩之举，只能听到哀怨之声。死气沉沉的城市中寒风凛冽，奔跑嬉戏的孩子寥寥无几，他们对自己正面对的威胁还懵懂无知。没有人敢告诉他们从前会有圣诞老人来给予他们礼物。如今，人们的心中只惦记着一个非常古老和暗淡的希望，这份希望支撑着人们继续生活，不至于自暴自弃，走向死亡。

圣诞节前夜，格朗迟迟未到。里厄担心不已，一早就赶到他家，却不见他的踪影。于是里厄通知了大家。近十一点时，朗贝尔告诉医生，他远远地看到街上有个面容惨白的人在游荡，很像格朗，然后就再也没见到他了。于是，医生和塔鲁开车去找他。

中午，天气寒冷，里厄下车朝远处看去，发现格朗紧贴在橱窗上，看着里面各种粗糙的木制玩具。两行热泪在老公务员的脸上不停地流淌着。这两行热泪也让里厄心潮澎湃，因为他明白其中的滋味，自己也难以自控地哽咽起来。
里厄回忆起格朗订婚的那天：也是在圣诞节，在一家商店门口，让娜靠在格朗
身上，说自己很开心。现在，让娜清脆的声音从遥远的过去，带着执着的爱情
又传回到格朗耳中。里厄知道那位哭泣的老人此时此刻在想什么，他和那个老
人一样：这个缺乏爱情的世界死气沉沉。总有那么一刻，人们会厌倦于监狱、
工作和勇气，转而去渴求那令心灵悸动的温情，还有某个人的容颜。

格朗从橱窗的玻璃上看到了里厄，于是转身靠在橱窗上，不停地流着眼泪，
看着走过来的里厄。

"哦！医生！啊！医生！"老人在抽泣。

里厄不停点头，他也说不出话来。现在，他同样万分心碎，被悲伤包围着，
也产生了大家都会产生的愤怒。

他说："好吧，格朗。"

"我得抽空给她写一封信。她得明白……她不必自责，她应该幸福的……"

里厄拉着格朗的动作并不温柔，格朗近乎被里厄拖着向前走了，口中还在
不住地嘟囔着。

"哦！医生！我花费很多心力才能让自己看起来像一个正常的人，但是现在
得花更大的力气。都是被逼的，时间拖得太久了，我们真想放弃。"

格朗神情疯狂，身体颤抖，他停了下来。医生感觉他的手很烫。

"回家吧。"

然而，格朗挣脱了他的手，老人只跑了几步，就停下来开始前后摆动自己
的双臂，转了几个圈后，在冰冷的人行道上倒下了，流淌着的泪水让他的脸看
起来很脏。看到这一幕，远方的行人忽然不敢再向前进。里厄不得不抱起老人。

因为肺部受到感染，格朗躺在床上，呼吸困难。经过思考，里厄决定
不再将这位老公务员送进隔离病房，因为他并没有亲属。自己和塔鲁可以照

顾他……

格朗的皮肤发青，眼神暗淡无光，头陷在枕头中。塔鲁用箱子的木片在壁炉里生火。格朗看着微弱的火苗，开口道："我好不起来了。"奇怪的噼啪声随着他说的每个字响起，就像是从他燃烧的肺里冒出来的。里厄劝慰他，病会好的，先不要说话。病人的脸上先是浮现出古怪的笑容，而后又多了一丝温情。他用力眨了一下自己的眼睛："医生，要是我的病好了，我一定会对你脱帽致敬！"格朗的话刚说完，就陷入了昏迷。

几小时后，里厄和塔鲁发现病人半靠坐在床上。里厄从他那红通通的脸上推断他的病情似乎在恶化，但病人却比之前清醒了很多。他们一进房间，病人就用低沉的声音请求他们把之前放在抽屉里的手稿拿给他。塔鲁递给他手稿，他拿到后便紧紧握在胸前，递给医生让他读一读。这份手稿并不长，只有五十页左右。医生翻阅着，发现手稿上只有同一句话，只不过把它不断地抄抄改改，增补删减。"五月""林间小道""女骑士"这几个词以各种方式不停地排列组合成句。手稿里还包含一些极其冗长的注释和句子的不同变化形式。但在手稿最后一页，只有一句字迹工整、书写漂亮的话："我十分亲爱的雅娜，今天是圣诞节……"在这句话的上方，字迹工整地写着这句话最新的组合形式。"请帮我念出来。"格朗说。于是，里厄开始念。

"在五月的一个美丽的早晨，一位苗条的女骑士骑着一匹神气的枣骝牝马，在林间小道和鲜花丛中驰骋着……"

老人急切地询问："写得怎么样？"

里厄并未抬起头来。

老人十分激动地说道："哦！我明白了，'美丽'这个词不太准确。"

他放在被子上的手被里厄握住了。

"医生，算了，我没时间了……"

格朗的胸膛十分困难地起伏着，他忽然大叫一声：

"把它烧了吧！"

医生犹豫了一下，格朗又重复了一遍自己的命令，语气极其猛烈，又饱含痛苦。最终，里厄还是把手稿扔到了火苗渐熄的壁炉中。屋子里一下子就亮起来，短暂的热浪也为屋子里增添了暖意。病人背向他们，脸贴在了墙上。医生走到床边，塔鲁则朝窗外张望，仿佛局外人一般。给格朗注射完血清后，里厄告诉塔鲁，格朗很可能撑不过今晚。塔鲁提议自己留下照看他，医生同意了。

整个晚上，里厄都挂念着格朗的命运。第二天早上，他发现格朗坐在床上，正在和塔鲁闲聊。他的高烧已经退了，现在身体还有点虚弱。

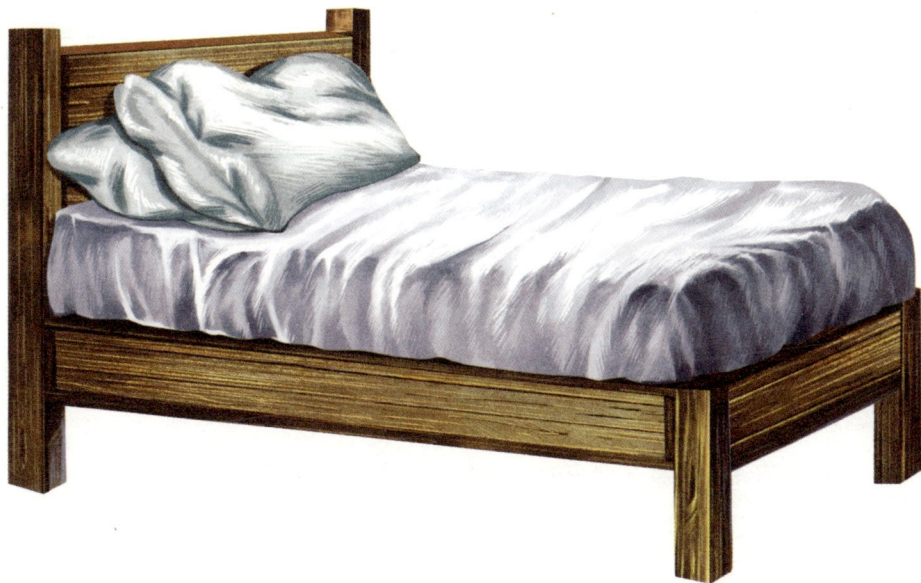

公务员说道："医生，你来了！我错了。我记得之前说过的话，我会重头来过的。"

里厄跟塔鲁说道："再观察观察。"

情况到了中午也没有变化。晚上，格朗基本上被认为已经得救了。对于这例死里逃生的现象，里厄感到十分困惑。

几乎同时，一位女病人被送到里厄这里。里厄认为这位病人已经凶多吉少，因此她到达医院后就被隔离了起来。这位年轻女孩神志不清，肺鼠疫的症状全部在她身上显现出来。但到了第二天早晨，她的体温开始下降。医生认为这种情况和格朗一样，是在早晨暂时得到了缓解。根据经验，里厄觉得这不是个好兆头。到了中午，她的体温并没有回升。晚上，体温只上升了几分。到了第三天早上，她的体温完全正常了。尽管很疲惫，但她终于可以自由呼吸了。里厄告诉塔鲁，这种痊愈方式很不寻常。但是在接下来的一个星期里，四起这样的病例出现在里厄的诊室。

周末，医生和塔鲁得到了那位哮喘病老人的热情接待。

"它们又出来啦，"他说道，"这下好了。"

"什么出来了？"

"老鼠啊！"

从四月份至今，没有一只死老鼠出现过。

塔鲁问里厄："一切又将重新上演了吗？"

老人搓着自己的手。

"它们跑来跑去的样子可真令人高兴！得好好看看。"

他确实看见两只活老鼠从门口窜进家中，邻居们也说有窸窸窣窣的声音出现在房梁上。是的，就在人们快要遗忘老鼠的活动声时，老鼠又出现了。里厄等着每周初发布的统计总表。从数据来看，疫情正在减弱。

Volume

· 第五部 ·

居民们虽然对鼠疫突然减弱的情况感到意外，但他们并没有急于庆祝。在过去的几个月里，他们一方面渴望摆脱疫情赢得自由，一方面也学会了保持谨慎，他们已经不再指望疫情很快结束。然而，人们都在议论这种新情况。在内心深处，他们燃起了一股巨大而无法言说的希望。其他一切都是次要的。统计数字的下降使得那些刚刚死于鼠疫的人变得不那么重要了。有迹象表明，尽管人们没有公开表达对"健康时代"的到来的期盼，但他们确实在暗自期待。所以，自那时起，尽管表面上他们表现得不太在意，但居民们已经愿意谈论鼠疫结束后应该如何安排生活的话题了。

　　所有人都认为，以前舒适的生活不会立刻恢复。破坏很容易，重建则困难重重。人们只是感到生活必需品的供应可能会略微改善，这样一来，当务之急就得到了解决。但实际上，在这些不相关的评论中，一种荒谬的希望正在悄悄升腾。市民们偶尔会意识到这一点，然后匆忙说："无论如何，自由不会立即到来。"

　　虽然鼠疫没有立刻停止蔓延，但表面上看，它的减弱速度比预期要快得多。一月初的天气异常寒冷，寒流在城市上空停滞不前，这并不正常。最近一段时间，阳光普照整个城市，折射出恒久而冷峻的荣耀。在这片纯净的空气中，鼠疫已经连续三周减弱，死亡率也越来越低，瘟神似乎也筋疲力尽了。在很短的时间内，鼠疫就几乎失去了之前积聚起来的全部力量。那些被它看中的猎物已经逃脱了魔爪，如格朗和里厄收治的小姑娘。在某些街区，鼠疫还会猖獗几天，而在其他街区却完全没有出现。周一，感染人数还很多，但到了周三，这些人的症状就几乎全部消失了。人们认为鼠疫被烦躁和疲惫瓦解了，所以它时而猖獗时而猛扑，它在失去了对自己的控制力的同时也丧失了以往彰显它实力的精准的攻击性。也就在这段时间，之前都以失败告终的卡斯特尔的血清试验接连获得了成功。医生们之前采取的各种措施都没有效果，现在却一下子有了成效。鼠疫的衰弱出乎意料，仿佛遭到了围攻一样，之前围攻它的钝器也变得锐利起来。不过，鼠疫偶尔也会发威，有三四个病人原本是有希望治愈的，但却在它盲目的暴发中丧命了。他们是鼠疫中的倒霉鬼，当他们满怀希望时，鼠疫却夺走了他们的生命。当时被迫撤出隔离营的奥东法官也是其中一员。塔鲁谈到他时说他运气不佳，但人们不知道这话说的是法官死了没有运气，还是他生前运气不佳。

总体而言，鼠疫正在全面撤退。省政府发布的公告开始流露出一丝希望，最终确认了鼠疫正在离开它的阵地，让人们相信曙光近在眼前。实际上，胜利与否很难判断，只是人们似乎感觉到鼠疫已经走了，就像它的到来一样突然。对抗鼠疫的战略并没有改变，只是昨天还没有效果，今天却似乎有了喜人的成果。只是在人们看来，鼠疫可能已经筋疲力尽了，或者它是在实现了一切目标后撤退了。反正它已经完成了自己的使命。

然而，城市似乎没有什么变化。白天仍然宁静无声，到了晚上，街上人潮涌动，仍然是同一群人，大部分穿着厚外套，裹着围巾。咖啡馆和电影院的生意也没有受到影响。但是，如果仔细观察，从人们脸上流露出的放松神情和偶尔露出的微笑会让你意识到一个重要的事实：过去，街上的行人从不会笑。实际上，在城市被黑色幕布包围数月之后，有一道裂缝刚刚出现了，而且人们从每周一电台播报的新闻里发现这道裂缝正在不断扩大，最终足以让人呼吸畅通。

然而，这种放松还是不够积极，也无法被直白地表达出来。以前，如果有火车出站、轮船到港或者汽车通行的消息，人们不太会轻易相信。但是，如果这些消息在一月中旬播报的话，人们却不会感到惊讶。这或许看似微不足道，但实际上，这些微小的差别表明市民们已经在希望之路上迈出了重要的一步。可以说，我们的市民心中已经燃起了星星之火，从这一刻起，鼠疫肆虐的时代实际上就此终结。

可是在整个一月份，市民们的行为依然很矛盾。他们时而感到兴奋，时而又感到沮丧。尽管统计数据令人振奋，但还是发生了几起未遂的逃跑事件。这让行政当局十分惊讶，甚至连岗哨卫兵也感到意外，因为大部分的逃跑都是成功的。实际上，这时逃跑的人往往是出于情感的自然流露。对于一些人而言，鼠疫已经将怀疑的烙印打在了人们的内心深处，并且永远会伴随着他们。他们不再抱有希望。虽然鼠疫时期已经结束，但他们仍然遵循着那段时间的规则生活，总是跟不上时代的步伐。而那些与亲人分开生活的人，他们经历了长时间的封闭生活，身心俱疲。现在他们反而因为这股希望之风而变得狂热和焦躁，难以自控。他们担心自己可能在美梦即将实现时就死去，错过与心爱之人相聚的机会。每每想到长期忍受的磨难得不到回报，他们不禁心生莫名的恐惧。多年来，尽管他们被囚禁流放，但他们仍然坚持等待。现在，希望的第一道曙光已经出现，它强大到足以摧毁连失望和恐惧都无法摧毁的东西。因此，他们像疯子一样往前冲，希望能够赶在鼠疫前面。即使赶不上鼠疫，他们也决定要坚持到最后一刻。

与此同时，一些乐观的迹象也开始自发显现。例如，人们发现物价明显下降。从纯经济学的角度来看，这种现象根本解释不了。尽管面临的困难依然存在，进出城门仍需履行隔离手续，食品供应也远未改善。所以，人们看到的完全是一种精神层面的现象，就像各地都为鼠疫减弱而感到意外一样。与此同时，那些曾经因鼠疫而被迫分开生活的人们，也变得越发乐观。城里的两家修道院也恢复了原貌，修士们又过上了集体生活。军人们亦是如此。他们被重新召回空置的营房，开启正常的部队生活。虽然这些事情看似微不足道，但它们反映了重大变化。

这样的状态延续到一月二十五日，人们一直在偷偷兴奋着。统计数字在这一星期内持续大幅下降。省政府在与医学委员会商议后，宣布鼠疫基本得到控制。公告中还补充道，为保险起见，市民们都同意关闭城门两周，预防措施持续一个月。如果在此期间发现鼠疫有死灰复燃的迹象，那么"就一定要维持现场秩序，并采取相关措施"。不过大家都认为这些补充不过是官方条款，所以一月二十五日晚上，整个城市都成了欢乐的海洋。为了配合全民喜悦的氛围，省长下令恢复正常时期的照明。在这个寒冷而明净的天空下，在灯火辉煌的大街上，市民们成群结队地走在一起，有说有笑，热闹非凡。

当然，仍有许多屋子的百叶窗紧紧关闭。这个晚上，有人欢喜有人忧。但即便是那些悲伤的家庭也感到了莫大的宽慰，因为他们不必时刻警惕自己的安全，也不再害怕有亲人离去。与此同时，还有一些家庭有人因为鼠疫住在医院里，全家人要么住在隔离病房里，要么待在家里，等待着鼠疫离开他们，就像它已经离开其他人一样。虽然这些家庭与全民欢庆的氛围无关，但他们仍然满怀希望，只不过这份希望被他们埋在心底，除非有真正的把握，否则他们不会表露出来。这份期待，在全城欢庆的氛围的映衬下，显得更有残酷的意味。

然而，其他人的欢乐心情丝毫未被这些特例影响。虽然鼠疫还未终结，但在众人心中，这些情况仿佛火车在铁轨上鸣笛飞驰，轮船在海面上破浪前行，为了与时间赛跑，都将提前好几周。第二天，人们的思维会更加冷静，怀疑又会卷土重来。但此时此刻，整个城市都在准备离开这个封闭、阴暗、僵化的大地，离开这片孕育了他们的土地，载着城中的幸存者驶向新生的前方。在这个晚上，塔鲁、里厄、朗贝尔和其他人走在人群中，也感受到了飘飘然的愉悦。甚至离开了林荫大道后，他们仍感受到欢乐的声音在身旁回响。他们已经疲惫很久了，无法分辨躲在百叶窗后面的痛苦和远处几条大街上飘荡的欢乐。自由近在眼前，而自由的脸上竟然满是欢笑与泪水。

当欢庆的声音变得更加嘈杂和热烈时，塔鲁突然停了下来。一道黑影轻盈地跑过漆黑的路面，原来是只猫，这是春天以来塔鲁见到的第一只猫。它在马路中间犹豫了一下，然后舔了舔爪子，挠了挠右耳，迅速跑开，最终在夜幕中消失。看到这一幕，塔鲁露出了笑容。那个小老头也会很开心的。

鼠疫似乎正在远离，回到它无名的巢穴里。然而，根据塔鲁的笔记，此时的科塔尔恐怕是城里唯一感到沮丧的人了。

说实话，自从统计数字开始下降后，这份笔记就变得相当奇怪。或许是因为疲劳，笔记里的字迹变得难以辨认，而且主题也变得十分跳跃。此外，这份笔记第一次失去了客观性，个人见解充斥其中。譬如，在大篇幅的关于科塔尔的叙述中，人们可以读到一篇关于玩猫老头儿的短篇报告。据塔鲁所说，无论鼠疫发生与否，他都一直关注这位老人，并且心怀尊重。但最近他却无法再找到他了。一月二十五日晚上过后，他曾在那条小巷口看到过那几只猫，它们没有失约，正在阳光下取暖。但百叶窗依然紧闭，老头儿没有出现。后面的几天，塔鲁也没有看到他。这让他感到十分奇怪。他开始猜测这老头的情况，觉得他或许生气了，因为他认为鼠疫害了他；或许他已经死了，那么他的情况也很值得思考，就像患哮喘的老人一样，得想一想他是不是圣人。虽然塔鲁并不认为这老头是圣人，但他觉得他的情况体现出了某种"迹象"。他在笔记中写道："人类只能接近圣人的标准。那么，即使只能成为一个谦逊而仁慈的恶神，我们也应该感到满足。"

在笔记中，人们可以找到许多其他评论，它们总是散落在评价科塔尔的文字中。其中一些评论提到了格朗，他现在已经康复，回到了工作岗位，仿佛一切都没有发生过。其他评论则涉及里厄医生的母亲。塔鲁与这位老太太同住在一幢楼里，他们偶尔会碰面聊天。塔鲁记录下了他们的谈话内容，老太太的态度、微笑和对鼠疫的看法。他特别描述了老太太的谦逊，她简明扼要的表达方式，以及她对某扇窗户的喜爱。她每天晚上都会坐在这扇对着马路的窗前，挺直身板，双手静静地放在膝盖上，专注地望向前方，直到落日余晖洒满房间，在她的身后投下黑影。光线越来越暗，最终她的身影湮没在黑暗中。塔鲁还描述了她轻快的步伐，以及她善良的品德。尽管她从不在塔鲁面前表现出来，但从她的言行中，他能感受到其中蕴含的美德。最后，他认为这位安静低调的老太太具有无须思考就能懂得一切的本领，面对任何锋芒都毫不逊色，哪怕是鼠疫。但当塔鲁写到"鼠疫"时，字迹变得歪曲不可辨认。下面几行字也难以辨认，最后几句话涉及私事，所以他的字再次变得歪曲："我母亲也是这样的人，我钟爱她那谦逊的品质，总想待在她身边。虽然她已经离开了八年，但在我心中她只是躲避了一段时间，只是躲避的时间比平时更长。当我转身回头时，她已经先离开了。"

让我们再谈谈科塔尔吧。自从统计数字下降以来，他去看了里厄好几次，但每次都请求里厄预测疫情进展。"它会突然停止吗？还是会慢慢减缓？"他怀疑地问道。他经常提出这些问题，似乎缺乏信心。里厄在一月中旬给出了比较乐观的回答，但科塔尔对此并不满意，总是表现出不同的情绪，有时生气，有时沮丧。医生不得不告诉他，虽然统计数据看起来很好，但最好不要放松警惕。

"你的意思是，你们依然对这种病毒一无所知，它有可能再次暴发，对吗？"科塔尔问道。

"是的，但治愈的病例也会越来越多。"医生回答道。

科塔尔松了口气。他曾向小区内的商贩们宣传过里厄的观点。这样的情况并不少见：在早期胜利的狂热过后，许多人又被疑云笼罩，这也是省里公告宣布后的后果。科塔尔看到大家的疑虑，不禁放宽了心，但有时他还是会感到沮丧。"是的，"他告诉塔鲁，"城门最后会打开，我会成为被抛弃的那个。"

在一月二十五日之前，他的情绪就开始变得不稳定，人们都注意到了。他曾试图拉近邻里的关系，坚持了相当一段时间，但突然间他又和邻居们吵了起来，吵了好几天。至少从表面上看，他离开了社交圈，转瞬间过起了隐居的生活。他的身影消失在他钟爱的餐厅、剧院和咖啡馆里。不过，他似乎并没有过回鼠疫暴发之前审慎低调的生活。他整天待在家里，每顿饭都是从附近一家餐厅叫外卖送上门来的。只有到了晚上，他才悄悄地跑出去，偷偷购买所需之物，转身一出店门，就消失在人迹罕至的大街上。塔鲁曾经碰到过他，但从他口中得到的也只是零零散散的单词。之后，人们发现他突然又变得合群了，可以和人们没完没了地谈论鼠疫，征求每个人的意见，每晚开开心心地穿梭在人群中。

当省政府发布公告的那天，科塔尔突然消失了，没有人知道他去了哪里。两天后，塔鲁在大街上碰到了正在漫无目的地徘徊的他。科塔尔邀请塔鲁陪他回到了郊区，但塔鲁当时觉得特别累，所以拒绝了他的请求。然而，科塔尔坚持不懈地请求塔鲁，情绪非常激动，语速很快，嗓门很高，动作也很夸张。他问塔鲁是否认为省政府的公告真的意味着鼠疫的结束。虽然在塔鲁看来，一份公告本身并不足以结束灾难，但他合理推断，如果没有出现意外情况，鼠疫很可能会尽快结束。

科塔尔说："对，但谁能保证没有意外情况发生呢？"

塔鲁则指明，省政府已经做好了迎接意外的准备，规定打开城门的时间是两个星期之后。

科塔尔的脸色阴沉，但又有些激动，他说："省政府干得真不赖。因为从事情发展的情况来看，它可能说了也是白说。"

塔鲁认为有这种可能，但他还是希望生活可以很快回到正轨，城门也能早日打开。

科塔尔说："不是不行，但是，你口中的正常生活是什么样的生活？"

塔鲁笑着说道："去看电影院的新片子。"

然而，科塔尔没有笑。他很好奇，人们是否会认为鼠疫并没有改变城市，是否会认为一切像从前一样重新开始，仿佛什么都没有发生过一样。塔鲁认为，鼠疫既改变了城市，又没有改变城市。当然，无论是现在还是将来，一切照旧都是市民们最大的愿望。从某种程度上来看，一切会照常，但从另一个角度来说，即使是心甘情愿，人们也做不到完全遗忘这一切。鼠疫终究会留下痕迹，至少会留在人们的心里。这位靠年金生活的小个子直言不讳地说，他对心灵不感兴趣，而且心灵是他最不关心的东西。他所关心的是行政组织本身是否会发生改变，例如，所有的部门是否像以前一样运转。塔鲁坦白说他对此一无所知。在他看来，鼠疫的暴发多多少少都会冲击到这些部门，若想重新运转，困难是在所难免的。既然会有新问题出现，那么旧部门的重组就势在必行了。

科塔尔说："确实，这不是没有可能，人们都要从头来过。"

两人走到离科塔尔家不远的地方。科塔尔尽量装得乐观些，表现得很兴奋。他想象过，城市会遗忘过去，重新焕发生机。

"行吧，"塔鲁说道，"无论如何，一切都会变得更好，你也是。在某种意义上，我们的新生活即将开始。"

两人站在门口握手告别。

科塔尔的表情越发激动："没错，从零开始，这是好事。"

但是，走廊的暗处突然跳出两个人。塔鲁听到科塔尔问这两个人到底想干什么，这两个着装貌似公务员的人询问他是否就是科塔尔。科塔尔发出一声惊呼，接着便转身跑开，消失在黑夜中。塔鲁在震惊之余询问这两个人的意图，他们假装彬彬有礼，表示只是想了解情况，然后从容地向科塔尔逃跑的方向走去。

回到家后，塔鲁记录了刚才发生的场景，笔迹中可以看出他很疲惫。他补充道，还有很多事情等着他去做，但不能作为不早做准备的借口。于是他反思自己是否已做好准备。最后，他在笔记的最后回答道：不论白天还是黑夜，人总会有懦弱的时刻，而他就是害怕这一刻。

也就是城门开放的前几天，里厄医生中午回到家里，想看看有没有他等待已久的电报。虽然他这几天非常劳累，程度不亚于鼠疫肆虐期间，但期望完全解放的心情让他的疲劳一扫而空。他充满了期待，喜悦涌上心头。一个人不可能永远处在精神高度集中和紧张的状态中。那些在鼠疫斗争中积累起来的力量，总要让它得到释放，这才是幸福所在。如果那份电报带来好消息，那里厄医生将会迎来一个全新的开始。他相信大家都会有一个新的开始。

当里厄经过门房时，新的门房微笑着向他招手。他上楼梯的时候，想起了以前那位被缺衣少食和疲惫折腾得苍白无力的老守门人的面容。

没错，当不切实际的情况结束时，他将会迎来新的开始，如果运气好的话……但是当他打开门的时候，母亲立刻告诉他，塔鲁先生的情况不太好。他早上醒来，没出门，现在又躺下了。为此，里厄的母亲非常担心。

"也许不会有太大问题。"他说。

塔鲁僵硬地躺在床上，沉重的脑袋深深陷在枕头中，从厚重的被子中依然能看到他结实的胸膛。他在发烧，头非常痛。他觉得自己得的大概是鼠疫，但是目前症状还不明确。

里厄检查完后说："不是的，现在并不能确定。"

在走廊上，里厄对母亲说，塔鲁渴成这样大概就是鼠疫的兆头。

老太太惊呼："什么，不可能吧，怎么会是现在。"

接着她又说："贝尔纳，我们留下他吧。"

里厄思考了一下，说道：

我无权这么做，不过"城门就要打开了。如果你不在这儿，我一定会留下他。"

老太太说："留下我们两个吧，贝尔纳，你知道的，我之前打了疫苗的。"

医生说塔鲁也打过疫苗，不可能是因为疲劳过度，他一定忘记了最后一次血清注射。里厄进入房间时，塔鲁看到他手里拿着几个安瓿瓶，里面装着血清。

"哦！就是这些吧。"他说道。

"并不是，这些只是为了预防。"

塔鲁伸出胳膊。里厄给他注射的时间过得非常漫长。

"今天晚上看看情况再说。"他看向塔鲁，说道。

"里厄，我需要隔离吗？"

"现在并不能确定你是否得了鼠疫。"

"我第一次遇到注射了血清却不进行隔离的情况。"塔鲁笑着说。

里厄转身说道：

"在这里你会更舒服些，我和母亲都会照顾你。"

塔鲁保持沉默。正在收拾安瓿瓶的里厄想在塔鲁开口之后再转身，但最终，他走到病人的床前，对病人露出笑容，他脸上满是倦容，但是他那灰色的眼睛中流露出令人安宁的力量。

"过一会儿我就回来。能睡着就睡会儿吧。"里厄笑着说。

塔鲁在医生走到门口时将他唤回自己的床前。

塔鲁的内心似乎在激烈地斗争，不知如何说出口。

终于，他开口说道："里厄，我应该知道的，你得跟我说清楚所有情况。"

"我发誓，任何事都不会瞒着你。"

塔鲁那张大脸笑得有些变形。

"谢谢你，我会和它斗下去的，我可不想死。但是，如果真的输了，我想有一个好结局。"

里厄俯下身，紧紧按住塔鲁的肩膀。

他说道："不行，你一定要斗争，要活下去，你不是想做圣人吗？"

这一天早上很冷，后来暖和了点，下午又下起了一阵暴雨加冰雹。黄昏时分，天空放晴，但是寒风越发刺骨。晚上，回到家中的里厄顾不上脱掉外套就直接进入朋友的屋子。他的母亲在织毛衣。而塔鲁看起来并没有动窝，嘴唇已经因为高烧变成惨白色，他依然在坚持斗争。

医生询问他的情况。

塔鲁耸了一下露出来的宽厚的肩膀，说道："没办法，我要输了。"

医生弯下腰仔细观察，发现他的皮肤异常滚烫，而且皮肤下出现了多个淋巴结。他的胸腔里发出类似地下工厂敲打金属的阵阵杂音。塔鲁身上表现出了两种奇怪的症状。里厄直起身子，告诉他血清完全发挥作用需要一点时间。塔鲁想开口说些什么，但热度突然袭来，喉咙变得紧绷，他无法发出声音。

晚饭后，里厄和母亲来到病人身边。对他来说，这一夜是与疾病进行殊死搏斗的时刻。里厄明白，这场斗争将是漫长而艰苦的，需要一直战斗到黎明。在这场斗争中，最好的武器不是塔鲁的强壮臂膀和宽阔胸膛，而是里厄扎针时流出的血液。这些血液里有比心灵更深刻的东西，连科学都无法解释。里厄只能眼睁睁地看着他的朋友独自奋力对抗病魔。而他的任务就是让脓肿熟透，打几针强力针。几个月来的失败经历教会了他如何看待治疗措施的效果。实际上，他唯一的任务是创造机会，让偶然性发挥作用。偶然性只有在被诱发的情况下才会实现。一定要引发偶然性，因为里厄已经被鼠疫困扰得不知所措了。它试图打破人们的围攻，从根本上挫败人类的策略。它看似已经消失，转而在人们意想不到的地方出现。它又一次展现了惊人的力量。

塔鲁整夜都保持着沉默和静止，用自己魁梧的身躯对抗着鼠疫。他的沉默是对病魔的坚定宣示——自己绝不分心。里厄只能透过他的眼神来追踪战斗的进展。塔鲁的眼睛时而睁开，时而紧闭，时而眯起，时而放松，时而注视某个物品，时而又转向医生和他的母亲。每次医生与塔鲁的目光相遇时，他都努力保持微笑。

有一段时间，快速的脚步声从街上传来。这些人似乎在远离这里，因为远处传来了轰鸣声，随后雷声越来越近，最后流水声响彻整条街道：暴雨再次倾泻而下，很快冰雹也掺杂其中，落在人行道上，不断发出噼里啪啦的声音。窗帘在风中摇摆不定。昏暗的房间里，里厄心不在焉，不时地看着暴雨，但现在他又回过神来，专注地凝视着床头灯下的塔鲁。医生的母亲正在织毛衣，时不时地抬头仔细检查病人的情况。医生已经做了所有力所能及的事情。雨停后，房间里更加安静了，唯有没有硝烟的战争和听不见的喧嚣还在进行着。医生备受失眠的困扰，他仿佛在寂静中听到了柔和而有节奏的呼啸声，在整个鼠疫时期，这个声音一直萦绕在他耳边。他向母亲做了个手势，催促她去睡觉。她摇了摇头，两眼发亮，然后继续仔细检查她编织的一针，她不太确定织得是否正确。里厄站起身喂病人喝水，然后又回来坐下。

在大雨暂停之际，行人们在人行道上加速前行，但他们的步伐逐渐减弱，渐行渐远。医生第一次发现，这个夜晚和往常的夜晚有许多相似之处：虽然天色已经很晚，但行人却很多，而且救护车的鸣笛声也听不到。这是一个逃离了鼠疫的夜晚。但在寒冷、灯光和人群的驱逐下，鼠疫从城市深处逃到了这个温暖的房间里，对着毫无生命力的塔鲁发起了最后的攻击。瘟神不再扰乱城市的天空，却潜伏进这个房间，在沉闷的空气中呼啸着。这几个小时里，里厄听到的正是这个声音。现在必须等待这个声音停止，等待鼠疫承认自己的失败。

黎明前的一段时间，里厄弯腰劝解自己的母亲：

"你得睡觉了，记得滴眼药水，然后才能在八点的时候来接替我。"

放下针线活的老太太走到床边，看着已经闭上眼好一会儿的塔鲁，他的头发因被汗水浸湿而卷曲，紧贴在坚硬的前额上。老太太叹了口气，病人睁开了双眼，看到了一个温柔的脸庞凑到他的眼前。他顶着高烧，脸上又浮现出顽强的微笑，然而他的眼睛又立刻闭上了。老太太走了之后，屋里只剩下里厄一个人坐在扶手椅上，他独自感受着深夜的寂静。此时，清晨的寒冷逐渐入侵这间屋子。

在昏昏欲睡的时候，里厄被黎明的第一缕阳光惊醒了。他打了个哆嗦，看看塔鲁，明白战斗暂时停止了，病人也已经入睡。他听到了远处传来的马车的车轮滚动声。外面的天色还是一片漆黑。里厄走向床边，看着塔鲁，他的脸上没有任何表情，好像还没有醒来一样。

里厄问他是否睡着了。

"睡着了。"

"呼吸有没有变好？"

"好一些，这能说明什么吗？"

里厄过了一会儿才开口说："不，我们都知道，这什么都说明不了。这种病会在早上有所缓解。"

塔鲁也是这么认为的。

他说："谢谢你。请你始终给我明确的回答。"

里厄坐在床前，身边就是病人的两条僵硬颀长的腿，就像是死人平躺着一样。塔鲁的呼吸声越发沉重。

他气喘吁吁地问道："里厄，我是不是又要发烧了？"

"没错，但是得等到中午才能知道情况怎么样。"

塔鲁闭上眼睛，聚集力量。他的神态透露出一丝厌倦。他在等着热度上升，但高烧已经在他身体的某处上下翻腾。当他睁开双眼时，眼神空洞无神。直到他发现里厄正俯身靠近他时，他的眼中才闪现一丝生机。

里厄说道："喝点水吧。"

喝完水，塔鲁的头又歪倒下来。

"时间怎么过得这么慢？"塔鲁问道。

里厄紧紧握住塔鲁的胳膊，但塔鲁的目光望向一旁，没有任何回应。突然间，高烧像洪水决堤般涌向他的前额。当塔鲁的目光再次移向里厄时，里厄凑近他，试图鼓励他。塔鲁想要回报一个微笑，但他的嘴巴紧闭，嘴角泛着白沫，最终无法如愿。但他僵硬的面容中，目光仍然坚定，闪耀着无畏的光芒。

房间里的时针指向了七点，老太太推门而入。里厄走回自己的书房，打电话安排别人代替他去医院上班。他决定推迟门诊时间，先在沙发上躺一会儿。但他没有躺多久，就又起身回到房间。这时，塔鲁的脑袋转向老太太，注视着她娇小的身影。老太太双手合十，坐在椅子上。他一直凝视着她，非常专注。于是，老太太把一根手指放在嘴唇上示意，起身去关掉床头灯。然而，白昼的光线很快穿透窗帘照了进来。很快，当病人的脸从黑暗中浮现出来时，老太太发现他还在注视着她。她弯下腰，帮他整理了一下枕头。她站起来时，把手放在他湿漉漉的头发上摸了一会儿。这时，她听到一个低沉的声音从远处传来，向她道谢，并告诉她一切都好。当她再次坐下时，塔鲁已经闭上了眼睛，尽管嘴紧闭，但他疲惫的脸上似乎浮现出一丝微笑。

中午时分，高烧已经达到了顶峰。病人感到胸部不适，随即开始强烈地咳嗽，咳得全身晃动，但他只咳出了少量的血。淋巴结已经不再肿胀，但一直未消退，像是拧在关节上的螺丝帽，里厄觉得拧开它们是不可能的了。在持续的高烧和不断的咳嗽中，塔鲁偶尔还会看着他的朋友们。但没过多久，他睁眼的次数就越来越少了。在阳光的照射下，他那张饱经风霜的脸显得更加惨白。在暴风雨中，塔鲁不停地抽搐，身体变得越发虚弱。尽管闪电不时照亮他的脸，但他还是逐渐迷失在暴风雨中。此刻，里厄面对的只是一张毫无生气的脸，没有任何笑容了。这具躯体曾经和他多么亲近，如今却被鼠疫的长矛刺得千疮百孔，遭受着常人难以忍受的折磨，再加上被上天充满仇恨的狂风吹得面目全非。里厄亲眼看见塔鲁沉入鼠疫的深渊，但他却无能为力。他只能待在岸上，心如刀割。他没有武器，孤立无援，只能再一次独自面对这场灾难。最终，里厄流下了泪水，他感到太无力了。突然间，塔鲁转身面对着墙壁，发出低沉的呻吟，

仿佛体内的主弦已经断裂。然而，里厄并未见证这一切。

夜晚降临了，再没有战争的喧嚣，只有无尽的寂静。在这间孤寂的房间里，一股惊人的静谧之气笼罩在这具穿好衣服的尸体之上。之前几个晚上，当城门被攻破时，平台上也曾笼罩过这种气息。他早已习惯了这种宁静，每当死亡降临，这样的宁静气息就会笼罩在病床上方。停顿，间歇，战斗后的休息，无论何时何地都一样，这是打了败仗后常有的宁静。然而，此时笼罩在他朋友身上的氛围却异常浓郁，无论是街道，还是经历过鼠疫肆虐的城市，都和这份宁静

无比协调。因此，里厄深刻地感受到，这次失败已经不可挽回，它标志着所有战争的结束，也使和平成了无法疗愈的伤口。医生不知道塔鲁最后是否找到了安宁，但至少此刻，里厄觉得自己再也无法感受到安宁的存在，对于失去儿子的母亲和埋葬自己朋友的人来说，都不会再有这样的安宁了。

夜幕再度降临，寒意依旧笼罩着室外，星光在清澈的夜空中闪耀，仿佛被冻住了一样。他们身处昏暗的房间中，透过玻璃窗仍能感受到冰冷的空气，听到寒夜的呼啸声。老太太仍坐在床边，姿势不变，床头的灯光照着右侧。里厄坐在房间中央的远离灯光的扶手椅上。他回忆起妻子，但又立即将这念头驱散。

在这个寒凉的夜晚，路人走在街上的脚步声格外清晰。

老太太问他："你安排好一切了吗？"

"是的，我已经打过电话了。"

于是，他们再次安静地守夜。老太太不时望向儿子，里厄偶尔与她的目光交汇，轻轻地微笑着。夜幕中，街道上传来熟悉的声音。虽然官方还未颁布许可，但许多汽车已经开始行驶，它们在马路上飞驰而过，来来往往，络绎不绝。说话声，喊叫声，接着迎来一片宁静，随后又是马蹄声、电车在轨道拐弯时发出的刺耳声、模糊的嘈杂声，最后又是一阵夜风声。

"贝尔纳？"

"我在。"

"你累吗？"

"不累。"

他明白母亲此时的心情，知道她在深情地爱着自己。但他也深知，爱并非多么了不起的事情，因为爱永远无法强大到足以表达的地步。因此，他与母亲之间只能在沉默中相爱。他知道，总有一天，母亲会先离开，他也会离去。然而，在有生之年，他们只能保持着这样的关系，没有机会互诉衷肠。同样地，他曾与塔鲁生活在一起，但在这个晚上塔鲁去世了，他们还未曾真正享受过友情。塔鲁失败了，正如他所说的那样。那么里厄呢？他又得到了什么呢？他获得了对鼠疫的认知，对鼠疫的回忆，对友谊的认识，对友谊的回忆，以及对温情的认识，对温情的回忆，这就是他所获得的全部了。知识和回忆，是人类在鼠疫和生命的游戏中所能获得的所有东西。这或许就是塔鲁所说的"赢"的意义。

又一辆汽车开过去，老太太坐在椅子上挪动自己的身子。里厄微笑着，她说自己并不累，但她立马对儿子说："你得去山里休息一下。"

"我一定会去的，妈妈。"

没错，他需要到那里放松一下。为什么不呢？这也能为未来的回忆找一个借口。但是，如果所谓的"赢"就只是拥有一些知识、一些回忆，却得不到所期待的东西，那样的生活也是很艰辛的。或许塔鲁的生活就是这样，而他也明白，如果没有了梦想，那么生活就只剩下了空虚。一个人没有希望，内心就无法平静。在塔鲁看来，人无权判别人死刑，但他也清楚，任何人都会忍不住去给别人判刑，即使是受害者，有时也会变成刽子手。所以他在痛苦和矛盾之中生活着，从未有过希望。难道这就是他追求神圣的原因吗？想要通过帮助别人获得内心的平静？实际上，里厄对此一无所知，但这也无所谓。塔鲁在里厄心中留下的唯一印象，就是一个双手紧握着方向盘、驾驶着汽车的男人，或者就是眼前这具躺在床上一动不动的魁梧的躯体。知识在此刻具象化了：一个是生命的热情，一个是死亡的印象。

或许正因如此，当里厄在早晨听闻妻子的死讯时，他表现得很平静。他当时待在自己的书房里。他母亲几乎是一路奔跑着来到他的房间，把电报交给他后就出去了，然后给了送信的人一些小费。当她回来时，发现儿子已经打开并读过这份电报了。虽然她盯着他看，但他却一直出神地凝视着窗外，欣赏着港门正在展现的美丽的早晨景色。

老太太叫道："贝尔纳。"

医生投来漫不经心的一眼。

"电报里写的是什么？"她问道。

"就是一星期之前发生的那件事。"医生坦白道。

老太太转过头看向窗外。里厄先是沉默不语，然后劝慰母亲不要哭泣，表示他早已预感到这一刻会到来，的确难以承受。只是说出这句话的时候，他明白这一痛苦来得并不意外。几个月来，尤其是最近两天，他一直面对同样的痛苦，从未消失。

在二月的一个美丽的早晨，黎明时分，城门终于打开了，人们热烈欢呼。各大报纸、广播电台和省政府公报都在祝贺这一时刻。虽然叙述者当时没有时间全程参与相关活动，但仍记录下了城门打开后的欢乐时刻。

不论黑夜或白天，都在举行隆重的庆祝活动。此外，站台上的火车开始冒烟，而跨越海洋而来的轮船也进入了我们的码头。种种迹象都在表明：那些经历过分离之苦的人们迎来了团圆的时刻。

可以想象，当地居民的离别情感应该是非常强烈的。无论是白天还是晚上，进出的火车都挤满了乘客，每个人都买了这一天的车票。在暂停解除封锁的两周内，人们都感到非常不安，生怕省政府会在最后一刻改变决定。此外，有些旅客即使快要到达这座城市，他们仍然感到惶恐不安，因为他们大致知道他们的亲朋好友的命运，但他们对于这座城市和里面的其他人知之甚少，因此他们认为这座城市非常可怕。不过，只有对于在离别期间没有燃烧激情的人，这些内容才是真实的。

实际上，富有激情的人一直沉浸在自己的思考中，唯一变化的只是他们思考的对象从时间变成了他们念念不忘的事情。在流亡的日子里，他们渴望时间过得快一些，但当城市已经进入他们的视野时，他们希望时间能慢下来，甚至希望时间可以停止。这段时间里，由于没有爱情，他们的生活似乎被剥夺了某些东西，于是产生了既模糊又强烈的感觉，冥冥之中觉得自己应该被补偿，期待快乐的时间比过去等待的时间慢上两倍。那些等待他们的人，如朗贝尔的情人，她在几个星期前就得到了通知，在迫不及待和心烦意乱中准备好了迎接他的到来。经历了持续数月的鼠疫，这份柔情蜜意化成脱离实际的抽象概念。朗贝尔也在战战兢兢地等待着，期待与爱人共同邂逅这份情意，而曾经承载这份情意的就是爱人的血肉之躯。

他希望自己能回到鼠疫刚暴发时的状态，瞬间跑出城外，扑进爱人的怀抱。但他明白这已经不可能了。鼠疫让他养成漫不经心的习惯，尽管他努力想改正，但这个习惯就像阴暗角落里的焦虑一样，一直缠绕着他。他甚至觉得鼠疫结束得太突然了，还没有做好思想准备，幸福就迅速奔来。事态变化太快，超出了人们的预期。朗贝尔明白，他即将重获一切，但也知道快乐是一种烫得无法品尝的东西。

此外，叙述者还记录了其他人的情况。在火车站台上，他们又开始了各自的生活，哪怕只通过眼神交流和微笑致意，他们仍感觉自己没有脱离集体。然而，他们流放的心情在他们看到火车冒烟时立刻被快乐冲刷殆尽。曾经，离别的场景在这个火车站台上不断出现，好像永无止境。但是现在，当火车停下来，这些场景便在一瞬间以相互热烈的拥抱、触碰已经忘记了活力的躯体时结束了。至于朗贝尔，他还来不及看清向他奔来的是谁，她就已经跑进了他的怀抱。他张开双臂紧紧抱住她，只能看到她熟悉的头发。泪水难以自控，他自己也不知道是因为此刻的幸福，还是因为压抑已久的痛苦。但他至少能确定，泪水让他无法辨认他胸前的脸庞是什么样子的，也许是他一直想念的，也许是充满陌生神情的。或许，只有以后才能知道他的猜测是否准确。此时，他希望表现得像周围的人一样，鼠疫可能随时降临，又可能随时消失，但人们的心情依旧。

他们相互依偎着离开站台，回到各自的家中。他们仿佛已经战胜了疫情，眼中看不到身外的世界。他们忘记了曾经与他们一同乘坐火车的那些人，他们没有找到接他们的家人。现在，这些人着急地赶回家证实心中的顾虑，因为家人长期没有消息，让他们感到非常不安。这些人现在面临着新的痛苦，而另一些人已经在悲痛地思念着已经逝去的亲人，尽管他们的情况各不相同，但是生离死别之情都是深刻的。他们的亲人的遗体可能已经被埋葬在无名之墓，或是已经化为尘埃了。对他们来说，疫情从未离开过。

然而，谁还会想起这些孤寂的灵魂呢？从早晨起，阳光和寒风不断角逐，争夺天空的主宰权。中午时分，阳光终于驱散了阴霾，洒落在城市的每一个角落。时间仿佛凝滞了。山上的炮台对着平静的天空轰鸣，城市居民纷纷涌向街头，共同庆祝这承载着厚重回忆的时刻，这象征着痛苦的时代已结束，而被遗忘的时代尚待开启。

每个广场上都有人在跳舞。突然间，交通变得繁忙起来，越来越多的车辆只能在拥挤的马路上缓慢前行。整个下午，城里的钟声响彻云霄，久久地回荡在洒满阳光的蓝天上，让人心潮澎湃。教堂里回荡着感恩和祈福的声音。与此同时，所有庆祝的场所都人满为患。咖啡馆老板们卖光了最后的酒，全然不顾以后的日子。一群同样兴奋的人挤在吧台前，其中许多男男女女拥抱在一起，毫不在意旁人的眼光。所有人都在大声叫喊、欢笑，这些日子里，他们细心守护着自己的心灵，积聚着所有生活中的情感。而今天，他们将这些情感全部释放出来，宛如劫后余生。明天，他们会再次恢复小心翼翼的生活。此时，不同阶层和种族的人相聚一堂，互相称兄道弟，情同手足。实际上，死亡的存在并未消除阶级差异，但自由的欢愉却实现了这一目标，至少在这几个小时内是这样。

　　然而，这些热情洋溢的情感并不能完全说明一切。在夜幕降临之际，和朗贝尔一起走在拥挤的马路上的那些人，常常用从容淡定的面容掩盖更微妙的幸福感。的确，很多夫妻和家人，看上去就像是心平气和的散步者。然而，大多数人都免不了会去他们曾经受苦的地方，进行微妙的朝圣之旅。他们会向新人指出鼠疫留下的痕迹，或者自己曾经踏过的足迹。在某些情况下，人们喜欢扮演向导的角色，装作见多识广，只谈危险，而不提恐惧。这些乐趣并不会造成伤害。但有时情况会变得非同寻常，更加惊险刺激。例如，一个沉浸在对过去焦虑的甜蜜回忆中的男人可能会对他的爱人说："就在这个地方，就在这个时候，我多么思念你啊，但你不在我身边。"这些充满了激情的游客很容易被认出来：在吵闹的人群中，他们三三两两地聚在一起，窃窃私语，相互交流。相比于街头的音乐家，这些人更能真实地展现出获得自由的心情，因为他们在嘈杂声中行走，一对对依偎在一起，言语不多却沾沾自喜地展示着一种不合时宜的幸福模样，仿佛在宣告鼠疫已经过去了，恐惧时代已经成为历史了。他们无视现实，冷静地否认我们曾经生活在这个荒谬的世界里——一个人命如草芥的世界；他们否认那些野蛮行径、经过精心策划的疯狂行为，否认那种像囚禁一样的生活；他们否认闻到过那种使活人作呕的死亡气息；最后，他们还否认我们曾经因恐惧而惊魂未定。在那个时候，每天都有人被投进焚尸炉里，化为浓烟，还有一些人戴着无能和恐惧的枷锁等待着死亡的降临。

　　总之，这些就是里厄医生看到的场景。当时恰逢傍晚，医生独自一人走在通往郊区的路上，他耳畔不断响起钟声、炮声、音乐声以及喧嚣的呼喊声。他的工作仍在持续，因为病人没有休息的时候。太阳逐渐西沉，美丽柔和的落日余晖布满了整座城市，城市上空也飘起了熟悉的烤肉和茴香酒的味道。在他周围是一张张仰望天空、兴奋的笑脸。男男女女挤在一起，彼此拥抱，散发着无限热情。鼠疫已经过去了，恐惧也随之消散，这些热情的拥抱仿佛在说，鼠疫确实是导致人们离散和流放的根源。

里厄医生发现，在过去几个月中，所有行人的脸上都带着一种亲切的表情，他最终明白了这是为什么。现在，他只需要环视周围的人群就能理解。鼠疫过去了，但贫困的生活让所有人只能穿上流亡者的衣服。这种生活方式已经持续了很久了，起初从人们的脸色中就能看出来，现在则从他们的服饰上可以一览无余。从他们身上流露出的离愁别绪是显而易见的。自从鼠疫暴发、城门被关闭、人们被迫隔离后，他们的生活变得与世隔绝，他们失去了可以遗忘一切烦恼的人性温暖。尽管团聚的方式因人而异，城市里的男女老少还是希望能够团聚，但每个人都曾认为这是一个不可能实现的奢望。大多数人曾经尝试呼喊远方的亲人，渴望肉体的温暖，想念往日的温存或习惯。有些人失去了友情，无法像过去那样通过写信或乘坐火车、轮船来联系朋友，这使得他们倍感痛苦，但他们常常并不自知。其他人则人数较少，他们也像塔鲁一样渴望团聚，但他们却不知道团聚的方式，不过这是他们觉得唯一渴望得到的东西。他们暂时称这种没有名字的东西为"安宁"。

里厄沿着路继续前行，他周围的人越来越多，嘈杂声也越来越大。他似乎感觉自己离想要到达的郊区越来越远。他逐渐融入喊叫的人群中，更加理解他们的喊叫意味着什么，至少其中有他自己的呼喊。是的，无论是身体还是心灵，无论是无法忍受的孤独、无奈的流放，还是永不满足的渴望，每个人都经历了痛苦。堆积成山的尸体，救护车的鸣笛声，命运发出的警告，裹足不前的恐怖氛围，以及内心的强烈反抗，面对所有这一切，人们发出巨大的、响彻天地的喧闹声，提醒那些惊慌失措的人们，去寻找真正的家园。对于他们所有人而言，真正的家园不在这个令人窒息的城市里，而在城墙之外。真正的家园在荆棘丛生的山丘上，在大海深处，在自由的大地上，也在沉甸甸的爱情中。他们渴望回到家园，重拾幸福，对其他一切都不屑一顾。

里厄并不清楚这种放逐和团聚的愿望到底有何意义。他继续前行，人群不断挤压着他，向他呼喊。渐渐地，他来到了较为空旷的街区。他认为这些并不重要，只要看到能满足人们愿望的东西即可。

之后，站在几乎空无一人的郊区街道上，里厄终于明白了那些满足人们愿望的东西是什么了。有些人非常看重他们拥有的微不足道的东西，只想回到自己爱情的家园。有时，这些人的愿望确实会得到满足。但有些人却再也等不到自己的亲人，只能孤独地在城市里徘徊。另一些人则比较幸运，他们没有像其他人那样经历过两次离别的痛苦。前者可能因为疫情错过了一见钟情式的爱情，接着在接下来的几年里盲目追求彼此的结合，但不幸的是，感情最终变得扭曲并导致了二人反目成仇。而之前所说的那些幸运儿，像里厄一样，他们轻信了时间的治愈力，最终走到了分别的结局。还有像朗贝尔一样的幸运儿——譬如医生在早晨告别时对他说："勇敢点，胜利就在不远处。"——他们马上就能和他们失散的亲人重逢。至少在短暂的一段时间里，他们会感到幸福。现在，他们明白了一个真理，那就是如果有一样东西可以让人长久地渴望，并且偶尔得到，那么这就是人性中最温暖的东西——爱。

相反，有些人超越了常人，他们寻找着自己也无法解释的东西，到头来总是一无所获。塔鲁似乎在生命的最后时刻找到了他所追求的安宁，但这个安宁对于他来说已经不再重要了。然而，在夕阳余晖的映照下，里厄看到了另一些人在自己的家门口拥抱在一起，深情凝视着彼此。这些人之所以能够获得他们所渴望的，是因为他们追求的是他们唯一能掌控的东西。当里厄拐进格朗和科塔尔居住的那条街时，他意识到有些人满足于可怜而伟大的爱情，这样的人应该得到幸福，至少偶然应该得到。

这个故事即将接近尾声。现在，贝尔纳·里厄医生终于承认他就是这本书的作者了。但在描述最后几件事之前，他想要解释一下创作原因，以便读者能够明白他是以一个客观的见证者的口吻来叙述这个故事的。在整个鼠疫期间，他从事的职业使他可以接触到大部分的居民，记录下他们的感想。因此，他非常适合讲述自己的所见所闻，但是他希望恰当地表达自己的观点。总之，他尽量不去描写自己没有亲眼见到的事情，尽量不要把他心中未成形的想法灌输给鼠疫时期的伙伴，只使用碰巧或不幸落入他手中的文本资料。

他像一个善良的证人，保持着某种谨慎的态度。然而，在良心的驱使下，他毫不犹豫地站在受害者一边，想和广大市民们待在一起，因为他们都意识到只有爱情、苦难和放逐是真实不虚的。因此，他为市民们的焦虑而焦虑，市民的经历也是他的经历。

为了成为一位忠诚的见证人，他必须记录下所有与他们相关的行动、文献和会议。但是他个人的事情，如他的期望和经历的考验，他都保持沉默。如果谈论起这些事情，那也只是为了理解他们或者让市民们理解他们，同时也是为了尽可能准确地表达大部分时候模糊的情况。实际上，这种理性的选择对他来说并不难。每当他不由自主地把自己内心的情感与鼠疫患者的呐喊融为一体时，他就会想到自己所有的痛苦也是其他人的痛苦，想到在每个人都必须独自忍受痛苦的世界中，这种情况也是一种幸福。总之，他必须为众人发声。

然而，里厄并不能为其中一个人说话。那是塔鲁曾经向他提及过的一个人，他说："这个人的唯一罪行是在内心深处支持导致孩子和成年人死亡的行为。我能理解他做的其他事，但是唯独这一点，我理解不了。我只是迫于无奈才原谅他。"这个人心智愚昧，也非常孤僻，写完他之后，这篇纪事也许就该结束了。

离开热闹街道后，里厄走进了格朗和科塔尔居住的那条街，却被一道警戒线挡住了去路，这让他十分意外。喧闹的声音从街道深处传来，使得这个地方显得异常宁静。里厄感觉这里既荒凉又寂静。他拿出了自己的证件。

"无法通过，医生，"警察说，"有个疯子朝人群开枪了。但请您留在这里，您也许帮得上忙。"

就在这时，格朗向里厄走来，他面露疑惑。人们不让他通过。他听到了几声枪响从他家传出。远远看去，他的房子在夕阳的余晖中显得异常冷漠。房子周围是一片开阔的空地，一直延伸到对面的人行道上。在马路中央，人们可以清楚地看到一顶帽子和一块脏布。尽管里厄和格朗隔得很远，他们还是能看到对面马路上的警戒线与阻止他们前进的警戒线平行。警戒线后面，一些居民行色匆匆。不时有警察拿着枪蹲在这幢房子对面的几幢大楼门后。这幢房子的所有百叶窗都紧闭着，但三楼有一扇半开的百叶窗。整条大街非常安静，只能听到从市中心传来的断断续续的音乐声。

不一会儿，里厄听到对面一幢楼里传出的两声枪响，随后百叶窗碎裂了。一阵宁静随之降临。白天的喧嚣之后，再望向远处，里厄感到这一切仿佛都不太真实。

格朗突然激动地说："那是科塔尔的窗户，但科塔尔已经不在这里了。"

"那你们为什么开枪？"里厄问警察。

"我们在等一辆物资车，想要稳住他。他朝那些试图闯进大楼的人开了枪，有一个警察被击中了。"

"他为什么开枪呢？"

"我们不知道。当听到第一声枪响时，人们还没有反应过来是怎么回事。听到第二声枪响时，人们才开始惊叫，有人受伤了，于是大家都跑了。这个人肯定是个疯子。"

四周又变得静悄悄的，时间变得异常缓慢。他们看到一只狗突然从马路对面跑了过来。里厄好久没见过狗了。这是一条西班牙猎犬，之前显然被主人藏了起来。狗沿着墙壁一路小跑，到门口时，它蹲下身来开始咬身上的跳蚤。警察对着它吹了几声哨子。狗抬头看了一眼，然后决定要慢慢穿过马路去闻一闻那顶帽子。就在这时，三楼传来枪声，狗像煎饼一样翻了过来，四条腿拼命地挣扎着。最后，它倒在地上，不停地颤抖，抖了很久才停下来。对面大楼的门里又响起了五六声枪响，百叶窗的碎片乱飞。接着，又安静下来。太阳已经开始西沉，科塔尔的窗户开始变暗了。医生身后传来了轻微的刹车声。

"他们到了。"警察说道。

几名警员下了车，手中拿着绳索、梯子和两个用油布包着的长方形物件。他们绕到这片住宅外面的马路上，就在格朗的房子的对面。过了一会儿，人们猜到这些房子的门后发生了骚动。在等待中，一条狗倒在暗红色的血泊里，没有了动静。

忽然间，一阵冲锋枪声从警察占领的房屋的窗户处传来。随着枪响，百叶窗被瞄准的地方破碎成了一个大黑洞。里厄和格朗从他们的位置望去，什么也看不清。当枪声停下来时，第二把冲锋枪在远处的一栋房子里开始从另一个角度射击。子弹击中了窗框，溅出了许多碎片。就在那一瞬间，三个警察快速穿过马路，破门而入。几乎与此同时，另外三个警察也跟进去，枪声随之停止。人们静静等待着。远处传来了两声爆炸声，声音在楼内回响。随后是一阵嘈杂，人们看到一个身穿衬衣的小个子男人被拖出来，更确切地说，是被架出来了。街上几乎所有的百叶窗奇迹般地同时打开，窗口挤满了看热闹的人。一拨又一拨的人从家里走出来，挤在警戒线后面。此时，小个子男人已经在马路中间，双脚着地，胳膊被警察扭到了背后，嘴上不停地喊叫。一名警察走向他，狠狠地打了他两拳，看起来动作非常娴熟。

"是科塔尔，他一定是疯了。"格朗结结巴巴地说道。

被揍了两拳后，倒在地上的科塔尔仍然没有动静。那个警察还在用力地踢着他。接着一群乱哄哄的人激动起来，他们朝医生和他的老朋友走来。

"都闪开！"警察大喊。

当这群人走过里厄的面前时，他的目光看向别的地方。

在暮色中，格朗和医生一起离开了。刚才的事件似乎唤醒了整个街区，僻静的街道重新变得热闹起来，到处都是欢乐的人群。快到家门口时，格朗告别医生，说他得去工作了。但就在上楼前，他告诉医生，他已经给雅娜写了封信，现在感到很开心。接着，他又说他重新写了那句话："我删掉了所有的形容词。"

他说完话，脸上露出一丝狡黠的笑容。他摘下帽子，向里厄毕恭毕敬地鞠了一躬。然而，里厄当时心里却在想着科塔尔。他正打算去看望一位患有哮喘病的老人。走在路上，他的耳边始终听到打在科塔尔脸上的拳头的声音。也许，想起一个罪人比想起一个死人更加痛苦吧。

当里厄到达病人家时，夜幕已经降临。从房间里可以听到远处人们庆祝自由的喧闹声。老人仍在一遍又一遍地把鹰嘴豆倒来倒去地玩着。

"他们应该放松一下，这样做很好。"老人说，"世界之所以成为世界，就是因为有各种各样的事物存在。顺便问一下，医生，你的同事怎么样了？"

一阵阵声响传入他们的耳中，但那是和平的声音：孩子们在放鞭炮。

"他过世了。"医生一面说着，一面为老人的胸部听诊。

"啊！"老头吃惊地喊了一声。

"因为鼠疫。"里厄解释道。

"是啊，"过了一会儿，老头说，"好人总是容易离我们而去。生活就是这样。但最起码他知道自己追求的是什么。"

"你为什么这么说？"医生一边整理听诊器，一边问道。

"没有原因。他从不随意说话。总之，我很喜欢他。有人会说：'这是鼠疫，我们经历过鼠疫。'他们或许还会因此获得勋章。但到底什么是鼠疫呢？就是生活吧。"

"你应该经常进行熏蒸治疗。"

"哦！别担心。我还有很长时间，我会比他们更长寿。我明白如何生活。"

远处的欢呼声还在回荡着，与这位老人的话语遥相呼应。里厄医生在房间里停下了脚步。

"我想到平台上看看，你介意吗？"

"当然不！你是想去看看他们吧？随便你，不过他们还是像以前一样。"

里厄走向楼梯。

"嘿，医生，你听说了吗？他们要给在鼠疫中死去的人竖块纪念碑，这是真的吗？"

"据报纸上所说，是这样的。可能会竖立一块纪念碑或者是一块牌子。"

"我早就猜到了。他们肯定会有人来发表演讲。"老头儿笑得几乎岔气。

"我听到他们在这里说过：'我们已故的……'说完这话，他就匆匆赶去吃饭了。"

里厄已经爬上了楼梯。苍凉的穹顶之下，点点繁星在鳞次栉比的房屋上空闪烁着。在山岗附近，星光仿佛坚不可摧。就像那个晚上，他和塔鲁来到平台时一样，看着这夜景，自然而然地忘却了鼠疫。但是此刻，海浪的声音比那晚更加喧嚣。空气仿佛凝固住了，轻盈地飘浮着，连带着温润的秋风捎来的海水的咸味都闻不到。不过，来自城市的嘈杂声像海浪一样不断地冲击着平台的墙角。但这个夜晚依然属于自由和解放，而不属于反抗。远处隐约闪烁着一片暗红色的光芒，那是灯火通明的大街和广场。在这个自由的夜晚，愿望也变得无拘无束，发出洪亮的隆隆声，一直传到里厄的耳边。

在幽暗的港口上空，政府举行了盛大的庆典，璀璨的焰火在夜空中绽放，引起了全城居民的热烈欢呼声。所有那些里厄曾经爱过但都离开他的人，他们的生死、罪行甚至存在都被遗忘了。老人的话没有错，人们依然拥有活力，依然天真无邪。但在这里，里厄感到自己融入了群体之中，超越了所有痛苦。欢呼声越来越大，时间越来越长，直到传到了平台下方，在那里久久回荡着。星光闪烁，烟花灿烂绚丽，面对这美景，里厄医生决定要写篇故事，将故事的结局放在这里。他这么做，是为了避免成为沉默的大多数，为了支持那些他亲眼看见过的鼠疫患者，为了让人们记住他们曾经经历的苦难和不公，告诉别人他所得到的深刻领悟：在人性中，值得欣赏的东西总是比应该被蔑视的更多。

当然，他明白这篇纪事只是一份证据，不能记述到胜利的结局，但它能证明人们曾经不得不面对的事情，也证明未来可能还需要面对的问题。这些人既不可能成为圣人，也不想与灾难同流合污，但当他们面对恐惧和威胁时，他们不顾自身的痛苦，努力成为出色的医生。

里厄倾听着城市里的欢声笑语，却深知其中隐含着危机。因为沉浸在欢乐中的人们忽视的东西，他却看得很清楚。在书中，人们可以了解到鼠疫杆菌永远不会死亡或消失，它能够在家具和衣服中沉睡数十年，潜伏在房间、地窖、箱子、手帕和废纸堆中耐心等待。也许某一天，不幸会再次降临，再一次教训人类。那时，鼠疫将再次召唤它的鼠群，驱使它们朝着幸福之城狂奔，最终终结所有生命。

图书在版编目（CIP）数据

鼠疫 / (法) 阿尔贝·加缪著 ; 孙宁译. -- 南昌 : 百花洲文艺出版社, 2025.8. -- ISBN 978-7 5500 5035 4

Ⅰ. I565.45

中国国家版本馆CIP数据核字第2025Q0G725号

SHU YI
鼠疫

［法］阿尔贝·加缪　　　　孙宁　译

出 版 人	陈　波
出 品 方	师鲁贝尔
责任编辑	毕艳华　刘豪杰
装帧设计	师鲁贝尔
制　　作	师鲁贝尔
出版发行	百花洲文艺出版社
社　　址	南昌市红谷滩区世贸路898号博能中心Ⅰ期A座20楼
邮　　编	330038
经　　销	全国新华书店
印　　刷	天津禹阳世纪印务有限公司
开　　本	880 mm×1 230 mm　1/16　　印张　15
版　　次	2025年8月第1版
印　　次	2025年8月第1次印刷
字　　数	195千字
书　　号	ISBN 978-7-5500-5835-4
定　　价	59.00元

赣版权登字　05-2025-144

邮购联系　0791-86895108

网　　址　http://www.bhzwy.com

图书若有印装错误，影响阅读，可与承印厂联系调换。